新潮文庫

タナトスの蒐集匣

-耽美幻想作品集-

芥川龍之介　泉鏡花　江戸川乱歩
小栗虫太郎　折口信夫　坂口安吾
太宰治　谷崎潤一郎　夏目漱石
夢野久作

新潮社版

11986

目次

タナトスの蒐集匣

―耽美幻想作品集―

ああおいしい。
姫君の喉もたべてやりましょう

坂口安吾

桜の森の満開の下

坂口安吾　Sakaguchi Ango　1906-1955

新潟生れ。1930（昭和５）年、同人誌「言葉」を創刊。1931年に「青い馬」に発表した短編『風博士』が牧野信一に激賞される。戦後『堕落論』『白痴』などで新文学の旗手として脚光を浴びた。

桜の花が咲くと人々は酒をぶらさげたり団子をたべて花の下を歩いて絶景だの春ランマンだのと浮かれて陽気になりますが、これは嘘(うそ)です。なぜ嘘かと申しますと、桜の花の下へ人がより集って酔っ払ってゲロを吐いて喧嘩(けんか)して、これは江戸時代からの話で、大昔は桜の花の下は怖(おそ)しいと思っても、絶景だなどとは誰も思いませんでした。近頃は桜の花の下といえば人間がより集って酒をのんで喧嘩していますから陽気でにぎやかだと思いこんでいますが、桜の花の下から人間を取り去ると怖ろしい景色になりますので、能にも、さる母親が愛児を人さらいにさらわれて子供を探して発狂して桜の花の満開の林の下へ来かかり見渡す花びらの陰に子供の幻を描いて狂い死して花びらに埋まってしまう（このところ小生の蛇足）という話もあり、桜の林の花の下に人の姿がなければ怖しいばかりです。

昔、鈴鹿峠(すずかとうげ)にも旅人が桜の森の花の下を通らなければならないような道になっていました。花の咲かない頃はよろしいのですが、花の季節になると、旅人はみんな森の花の下で気が変になりました。できるだけ早く花の下から逃げようと思って、青い木や枯れ木のある方へ一目散に走りだしたものです。一人だとまだよいので、なぜかというと、花の下を一目散に逃げて、あたりまえの木の下へくるとホッとしてヤレヤレと思って、すむからですが、二人連は都合が悪い。なぜなら人間の足の早さは各人各様で、一人が遅れますから、オイ待ってくれ、後から必死に叫んでも、みんな気違いで、友達をすてて走ります。それで鈴鹿峠の桜の森の花の下を通過したとたんに今迄(まで)仲のよかった旅人が仲が悪くなり、相手の友情を信用しなくなります。そんなことから旅人も自然に桜の森の下を通らないで、わざわざ遠まわりの別の山道を歩くようになり、やがて桜の森は街道を外れて人の子一人通らない山の静寂へとり残されてしまいました。

　そうなって何年かあとに、この山に一人の山賊が住みはじめましたが、この山賊はずいぶんむごたらしい男で、街道へでて情容赦なく着物をはぎ人の命も断ちましたが、こんな男でも桜の森の花の下へくるとやっぱり怖しくなって気が変になりました。そこで山賊はそれ以来花がきらいで、花というものは怖しいものだな、なんだか厭(いや)なものだ、そういう風に腹の中では呟(つぶや)いていました。花の下では風がないのにゴウゴウ風が鳴っているような気がしました。そのくせ風がちっともなく、一つも物音がありません。自分の姿と跫音(あしおと)ばかりで、それがひっそり冷めたいそして動かない風の中につつまれていました。花びらがぽそぽそ散るように魂が散っていのちがだんだん衰えて行くように思われます。それで目をつぶって何か叫んで逃げたくなりますが、目をつぶると桜の木にぶつかるので目をつぶるわけにも行きませんから、一そう気違いになるのでした。

けれども山賊は落付いた男で、後悔ということを知らない男ですから、これはおかしいと考えたのです。ひとつ、来年、考えてやろう。そう思いました。今年は考える気がしなかったのです。そして、来年、花がさいたら、そのときじっくり考えようと思いました。毎年そう考えて、もう十何年もたち、今年も亦、来年になったら考えてやろうと思って、又、年が暮れてしまいました。

そう考えているうちに、始めは一人だった女房がもう七人にもなり、八人目の女房を又街道から女の亭主の着物と一緒にさらってきました。女の亭主は殺してきました。

山賊は女の亭主を殺す時から、どうも変だと思っていました。いつもと勝手が違うのです。どこということは分らぬけれども、変てこで、けれども彼の心は物にこだわることに慣れませんので、そのときも格別深く心にとめませんでした。

山賊は始めは男を殺す気はなかったので、身ぐるみ脱がせて、いつもするようにとっとと失せろと蹴とばしてやるつもりでしたが、女が美しすぎたので、ふと、男を斬りすてていました。彼自身に思いがけない出来事であったばかりでなく、女にとっても思いがけない出来事だったしるしに、山賊がふりむくと女は腰をぬかして彼の顔をぼんやり見つめました。今日からお前は俺の女房だと言うと、女はうなずきました。手をとって女を引き起すと、女は歩けないからオブっておくれと言います。山賊は承知承知と女を軽々と背負って歩きましたが、険しい登り坂へきて、ここは危いから降りて歩いて貰(もら)おうと言っても、女はしがみついて厭々、厭ョ、と言って降りません。

「お前のような山男が苦しがるほどの坂道をどうして私が歩けるものか、考えてごらんよ」

「そうか、そうか、よしよし」と男は疲れて苦しくても好機嫌でした。「でも、一度だけ降りておくれ。私は強いのだから、苦しくて、一休みしたいというわけじゃないぜ。眼の玉が頭の後側にあるというわけのものじゃないから、さっきからお前さんをオブっていてもなんとなくもどかしくて仕方がないのだよ。一度だけ下へ降りてかわいい顔を拝ましてもらいたいものだ」

「厭よ、厭よ」と、又、女はやけに首っ玉にしがみつきました。「私はこんな淋(さび)しいところに一っときもジッとしていられないョ。お前のうちのあるところまで一っときも休まず急いでおくれ。さもないと、私はお前の女房になってやらないよ。私にこんな淋しい思いをさせるなら、私は舌を噛(か)んで死んでしまうから」

「よしよし。分った。お前のたのみはなんでもきいてやろう」

山賊はこの美しい女房を相手に未来のたのしみを考えて、とけるような幸福を感じました。彼は威張りかえって肩を張って、前の山、後の山、右の山、左の山、ぐるりと一

廻転して女に見せて、

「これだけの山という山がみんな俺のものなんだぜ」

と言いましたが、女はそんなことにはてんで取りあいません。彼は意外に又残念で、

「いいかい。お前の目に見える山という山、木という木、谷という谷、その谷からわく雲まで、みんな俺のものなんだぜ」

「早く歩いておくれ。私はこんな岩コブだらけの崖の下にいたくないのだから」

「よし、よし。今にうちにつくと飛びきりの御馳走をこしらえてやるよ」

「お前はもっと急げないのかえ。走っておくれ」

「なかなかこの坂道は俺が一人でもそうは駈けられない難所だよ」

「お前も見かけによらない意気地なしだねえ。私としたことが、とんだ甲斐性なしの女房になってしまった。ああ、ああ。これから何をたよりに暮したらいいのだろう」

「なにを馬鹿な。これぐらいの坂道が」

「アア、もどかしいねえ。お前はもう疲れたのかえ」

「馬鹿なことを。この坂道をつきぬけると、鹿もかなわぬように走ってみせるから」

「でもお前の息は苦しそうだよ。顔色が青いじゃないか」

「なんでも物事の始めのうちはそういうものさ。今に勢いのはずみがつけば、お前が背中で目を廻すぐらい速く走るよ」

けれども山賊は身体が節々からバラバラに分かれてしまったように疲れていました。そしてわが家の前へ辿りついたときには目もくらみ耳もなり嗄れ声のひときれをふりしぼる力もありません。家の中から七人の女房が迎えに出てきましたが、山賊は石のようにこわばった身体をほぐして背中の女を下すだけで勢一杯でした。

七人の女房は今迄に見かけたこともない女の美しさに打たれましたが、女は七人の女房の汚さに驚きました。七人の女房の中には昔はかなり綺麗な女もいたのですが今は見る影もありません。女は薄気味悪がって男の背へしりぞいて、

「この山女は何なのよ」

「これは俺の昔の女房なんだよ」

と男は困って「昔の」という文句を考えついて加えたのはとっさの返事にしては良く出来ていましたが、女は容赦がありません。

「まア、これがお前の女房かえ」

「それは、お前、俺はお前のような可愛いい女がいようとは知らなかったのだからね」

「あの女を斬り殺しておくれ」

女はいちばん顔形のととのった一人を指して叫びました。

「だって、お前、殺さなくっとも、女中だと思えばいいじゃないか」

「お前は私の亭主を殺したくせに、自分の女房が殺せないのかえ。お前はそれでも私を

女房にするつもりなのかえ」

　男の結ばれた口から呻(うめ)きがもれました。男はとびあがるように一躍りして指された女を斬り倒していました。然(しか)し、息つくひまもありません。

「この女よ。今度は、それ、この女よ」

　男はためらいましたが、すぐズカズカ歩いて行って、女の頸(くび)へザクリとダンビラを斬りこみました。首がまだコロコロととまらぬうちに、女のふっくらツヤのある透きとおる声は次の女を指して美しく響いていました。

「この女よ。今度は」

　指された女は両手に顔をかくしてキャーという叫び声をはりあげました。その叫びにふりかぶって、ダンビラは宙を閃(ひらめ)いて走りました。残る女たちは俄(にわか)に一時に立上って四方に散りました。

「一人でも逃したら承知しないよ。藪(やぶ)の陰にも一人いるよ。上手(かみて)へ一人逃げて行くよ」

　男は血刀をふりあげて山の林を駈け狂いました。たった一人逃げおくれて腰をぬかした女がいました。それはいちばん醜くて、ビッコの女でしたが、男が逃げた女を一人あまさず斬りすてて戻ってきて、無造作にダンビラをふりあげますと、

「いいのよ。この女だけは。これは私が女中に使うから」

「ついでだから、やってしまうよ」

「バカだね。私が殺さないでおくれと言うのだよ」

「アア、そうか。ほんとだ」

男は血刀を投げすてて尻もちをつきました。疲れがどッとこみあげて目がくらみ、土から生えた尻のように重みが分ってきました。ふと静寂に気がつきました。とびたつような怖ろしさがこみあげ、ぎょッとして振向くと、女はそこにいくらかやる瀬ない風情でたたずんでいます。男は悪夢からさめたような気がしました。そして、目も魂も自然に女の美しさに吸いよせられて動かなくなってしまいました。けれども男は不安でした。どういう不安だか、なぜ、不安だか、何が、不安だか、彼には分らぬのです。女が美しすぎて、彼の魂がそれに吸いよせられていたので、胸の不安の波立ちをさして気にせずにいられただけです。

なんだか、似ているようだな、と彼は思いました。似たことが、いつか、あった、それは、と彼は考えました。アア、そうだ、あれだ。気がつくと彼はびっくりしました。

桜の森の満開の下です。あの下を通る時に似ていました。どこが、何が、どんな風に似ているのだか分りません。けれども、何か、似ていることは、たしかでした。彼にはいつもそれぐらいのことしか分らず、それから先は分らなくても気にならぬたちの男でした。

山の長い冬が終り、山のてっぺんの方や谷のくぼみに樹の陰に雪はポツポツ残っていましたが、やがて花の季節が訪れようとして春のきざしが空いちめんにかがやいていました。

今年、桜の花が咲いたら、と、彼は考えました。花の下にさしかかる時はまだそれほどではありません。それで思いきって花の下へ歩きこみます。だんだん歩くうちに気が変になり、前も後も右も左も、どっちを見ても上にかぶさる花ばかり、森のまんなかに近づくと怖しさに盲滅法たまらなくなるのでした。今年はひとつ、あの花ざかりの林のまんなかで、ジッと動かずに、いや、思いきって地べたに坐(すわ)ってやろう、と彼は考えました。そのとき、この女もつれて行こうか、彼はふと考えて、女の顔をチラと見ると、胸さわぎがして慌(あわ)てて目をそらしました。自分の肚(はら)が女に知れては大変だという気持が、なぜだか胸に焼け残りました。

★

女は大変なわがまま者でした。どんなに心をこめた御馳走をこしらえてやっても、必ず不服を言いました。彼は小鳥や鹿をとりに山を走りました。猪(いのしし)も熊(くま)もとりました。ビッコの女は木の芽や草の根をさがしてひねもす林間をさまよいました。然し女は満足を示したことはありません。

「毎日こんなものを私に食えというのかえ」

「だって、飛び切りの御馳走なんだぜ。お前がここへくるまでは、十日に一度ぐらいしかこれだけのものは食わなかったものだ」

「お前は山男だからそれでいいのだろうさ。私の喉(のど)は通らないよ。こんな淋しい山奥で、夜の夜長にきくものと云(い)えば梟(ふくろう)の声ばかり、せめて食べる物でも都に劣らぬおいしい物が食べられないものかねえ。都の風がどんなものか。その都の風をせきとめられた私の思いのせつなさがどんなものか、お前には察することも出来ないのだね。お前は私から都の風をもぎとって、その代りにお前の呉(く)れた物といえば鴉(からす)や梟の鳴く声ばかり。お前はそれを羞(はず)かしいとも、むごたらしいとも思わないのだよ」

　女の怨(えん)じる言葉の道理が男には呑(の)みこめなかったのです。なぜなら男は都の風がどんなものだか知りません。見当もつかないのです。この生活、この幸福に足りないものがあるという事実に就(つい)て思い当るものがない。彼はただ女の怨じる風情の切なさに当惑し、それをどのように処置してよいか目当に就て何の事実も知らないので、もどかしさに苦しみました。

　今迄には都からの旅人を何人殺したか知れません。都からの旅人は金持で所持品も豪華ですから、都は彼のよい鴨(かも)で、せっかく所持品を奪ってみても中身がつまらなかったりするとチェッこの田舎者め、とか土百姓めとか罵(ののし)ったもので、つまり彼は都に就てはそれだけが知識の全部で、豪華な所持品をもつ人達のいるところであり、彼はそれをまきあげるという考え以外に余念はありませんでした。都の空がどっちの方角だということすらも、考えてみる必要がなかったのです。

女は櫛(くし)だの笄(こうがい)だの簪(かんざし)だの紅だのを大事にしました。彼が泥の手や山の獣の血にぬれた手でかすかに着物にふれただけでも女は彼を叱(しか)りました。まるで着物が女のいのちであるように、そしてそれをまもることが自分のつとめであるように、身の廻りを清潔にさせ、家の手入れを命じます。その着物は一枚の小袖(こそで)と細紐(ほそひも)だけでは事足りず、何枚かの着物といくつもの紐と、そしてその紐は妙な形にむすばれ不必要に垂れ流されて、色々の飾り物をつけたすことによって一つの姿が完成されて行くのでした。男は目を見はりました。そして嘆声をもらしました。彼は納得(なっとく)させられたのです。かくして一つの美が成りたち、その美に彼が満たされている、それは疑(うたぐ)る余地がない、個としては意味をもたない不完全かつ不可解な断片が集まることによって一つの物を完成する、その物を分解すれば無意味なる断片に帰する、それを彼は彼らしく一つの妙なる魔術として納得させられたのでした。

男は山の木を切りだして女の命じるものを作ります。何物が、そして何用につくられるのか、彼自身それを作りつつあるうちは知ることが出来ないのでした。それは胡床(こしょう)と肱掛(ひじかけ)でした。胡床はつまり椅子(いす)です。お天気の日、女はこれを外へ出させて、日向(ひなた)に、又、木陰に、腰かけて目をつぶります。部屋の中では肱掛にもたれて物思いにふけるような、そしてそれは、それを見る男の目にはすべてが異様な、なまめかしく、なやましい姿に外ならぬのでした。魔術は現実に行われており、彼自らがその魔術の助手でありながら、その行われる魔術の結果に常に訝りそして嘆賞するのでした。

ビッコの女は朝毎に女の長い黒髪をくしけずります。そのために用いる水を、男は谷川の特に遠い清水からくみとり、そして特別そのように注意を払う自分の労苦をなつかしみました。自分自身が魔術の一つの力になりたいということが男の願いになっていました。そして彼自身くしけずられる黒髪にわが手を加えてみたいものだと思います。いやよ、そんな手は、と女は男を払いのけて叱ります。男は子供のように手をひっこめて、てれながら、黒髪にツヤが立ち、結ばれ、そして顔があらわれ、一つの美が描かれ生まれてくることを見果てぬ夢に思うのでした。

「こんなものがなア」

彼は模様のある櫛や飾のある笄をいじり廻しました。それは彼が今迄は意味も値打もみとめることのできなかったものでしたが、今も尚、物と物との調和や関係、飾りという意味の批判はありません。けれども魔力が分ります。魔力は物のいのちでした。物の中にもいのちがあります。

「お前がいじってはいけないよ。なぜ毎日きまったように手をだすのだろうね」

「不思議なものだなア」

「何が不思議なのさ」

「何がってこともないけどさ」

　と男はてれました。彼には驚きがありましたが、その対象は分らぬのです。

　そして男に都を怖れる心が生れていました。その怖れは恐怖ではなく、知らないということに対する羞恥（しゅうち）と不安で、物知りが未知の事柄にいだく不安と羞恥に似ていました。女が「都」というたびに彼の心は怯（おび）え戦（おのの）きました。けれども彼は目に見える何物も怖れたことがなかったので、怖れの心になじみがなく、羞（は）じる心にも馴（な）れていません。そして彼は都に対して敵意だけをもちました。

　何百何千の都からの旅人を襲ったが手に立つ者がなかったのだから、と彼は満足して考えました。どんな過去を思いだしても、裏切られ傷（きず）つけられる不安がありません。それに気附くと、彼は常に愉快で又誇りやかでした。彼は女の美に対して自分の強さを対比しました。そして強さの自覚の上で多少の苦手と見られるものは猪（いのしし）だけでした。その猪も実際はさして怖るべき敵でもないので、彼はゆとりがありました。

「都には牙（きば）のある人間がいるかい」

「弓をもったサムライがいるよ」

「ハッハッハ。弓なら俺は谷の向うの雀（すずめ）の子でも落すのだからな。都には刀が折れてしまうような皮の堅い人間はいないだろう」

「鎧をきたサムライがいるよ」

「鎧は刀が折れるのか」

「折れるよ」

「俺は熊も猪も組み伏せてしまうのだからな」

「お前が本当に強い男なら、私を都へ連れて行っておくれ。お前の力で、私の欲しい物、都の粋を私の身の廻りへ飾っておくれ。そして私にシンから楽しい思いを授けてくれることができるなら、お前は本当に強い男なのさ」

「わけのないことだ」

　男は都へ行くことに心をきめました。彼は都にありとある櫛や笄や簪や着物や鏡や紅を三日三晩とたたないうちに女の廻りへ積みあげてみせるつもりでした。何の気がかりもありません。一つだけ気にかかることは、まったく都に関係のない別なことでした。

　それは桜の森でした。

　二日か三日の後に森の満開が訪れようとしていました。今年こそ、彼は決意していました。桜の森の花ざかりのまんなかで、身動きもせずジッと坐っていてみせる。彼は毎日ひそかに桜の森へでかけて蕾のふくらみをはかっていました。あと三日、彼は出発を急ぐ女に言いました。

「お前に仕度の面倒があるものかね」と女は眉をよせました。「じらさないでおくれ。都が私をよんでいるのだよ」

「それでも約束があるからね」

「お前がかえ。この山奥に約束した誰がいるのさ」

「それは誰もいないけれども、ね。けれども、約束があるのだよ」

「それはマア珍しいことがあるものだねえ。誰もいなくって誰と約束するのだえ」

男は嘘がつけなくなりました。

「桜の花が咲くのだよ」

「桜の花と約束したのかえ」

「桜の花が咲くから、それを見てから出掛けなければならないのだよ」

「どういうわけで」

「桜の森の下へ行ってみなければならないからだよ」

「だから、なぜ行って見なければならないのよ」

「花が咲くからだよ」

「花が咲くから、なぜさ」

「花の下は冷めたい風がはりつめているからだよ」

「花の下にかえ」

「花の下は涯がないからだよ」

「花の下がかえ」

男は分らなくなってクシャクシャしました。

「私も花の下へ連れて行っておくれ」

「それは、だめだ」

男はキッパリ言いました。

「一人でなくちゃ、だめなんだ」

女は苦笑しました。

男は苦笑というものを始めて見ました。そんな意地の悪い笑いを彼は今まで知らなかったのでした。そしてそれを彼は「意地の悪い」という風には判断せずに、刀で斬っても斬れないように、と判断しました。その証拠には、苦笑は彼の頭にハンを捺したように刻みつけられてしまったからです。それは刀の刃のように思いだすたびにチクチク頭をきりました。そして彼がそれを斬ることはできないのでした。

三日目がきました。

彼はひそかに出かけました。桜の森は満開でした。一足ふみこむとき、彼は女の苦笑を思いだしました。それは今までに覚えのない鋭さで頭を斬りました。それだけでもう彼は混乱していました。花の下の冷めたさは涯のない四方からドッと押し寄せてきました。彼の身体は忽ちその風に吹きさらされて透明になり、四方の風はゴウゴウと吹き通り、すでに風だけがはりつめているのでした。彼の声のみが叫びました。彼は走りました。何という虚空でしょう。彼は泣き、祈り、もがき、ただ逃げ去ろうとしていました。そして、花の下をぬけだしたことが分ったとき、夢の中から我にかえった同じ気持を見出しました。夢と違っていることは、本当に息も絶え絶えになっている身の苦しさでありました。

★

男と女とビッコの女は都に住みはじめました。

男は夜毎に女の命じる邸宅へ忍び入りました。着物や宝石や装身具も持ちだしましたが、それのみが女の心を充たす物ではありませんでした。女の何より欲しがるものは、その家に住む人の首でした。

彼等の家にはすでに何十の邸宅の首が集められていました。部屋の四方の衝立に仕切られて首は並べられ、ある首はつるされ、男には首の数が多すぎてどれがどれやら分らなくとも、女は一々覚えており、すでに毛がぬけ、肉がくさり、白骨になっても、どこのたれということを覚えていました。男やビッコの女が首の場所を変えると怒り、ここはどこの家族、ここは誰の家族とやかましく言いました。

女は毎日首遊びをしました。首は家来をつれて散歩にでます。首の家族へ別の首の家族が遊びに来ます。首が恋をします。女の首が男の首をふり、又、男の首が女の首をすてて女の首を泣かせることもありました。

姫君の首は大納言(だいなごん)の首にだまされました。大納言の首は月のない夜、姫君の首の恋する人の首のふりをして忍んで行って契(ちぎ)りを結びます。契りの後に姫君の首が気がつきます。姫君の首は大納言の首を憎むことができず我が身のさだめの悲しさに泣いて、尼になるのでした。すると大納言の首は尼寺へ行って、尼になった姫君の首を犯します。姫君の首は死のうとしますが大納言のささやきに負けて尼寺を逃げて山科(やましな)の里へかくれて大納言の首のかこい者となって髪の毛を生やします。姫君の首も大納言の首ももはや毛がぬけ肉がくさりウジ虫がわき骨がのぞけていました。二人の首は酒もりをして恋にたわぶれ、歯の骨と歯の骨と噛み合ってカチカチ鳴り、くさった肉がペチャペチャくっつき合い鼻もつぶれ目の玉もくりぬけていました。

ペチャペチャとくッつき二人の顔の形がくずれるたびに女は大喜びで、けたたましく笑いさざめきました。

「ほれ、ホッペタを食べてやりなさい。ああおいしい。姫君の喉もたべてやりましょう。ハイ、目の玉もかじりましょう。すすってやりましょうね。ハイ、ペロペロ。アラ、おいしいね。もう、たまらないのよ、ねえ、ほら、ウンとかじりついてやれ」

女はカラカラ笑います。綺麗な澄んだ笑い声です。薄い陶器が鳴るような爽やかな声でした。

坊主の首もありました。坊主の首は女に憎がられていました。いつも悪い役をふられ、憎まれて、嬲り殺しにされたり、役人に処刑されたりしました。坊主の首は首になって後に却って毛が生え、やがてその毛もぬけてくさりはて、白骨になりました。白骨になると、女は別の坊主の首を持ってくるように命じました。新しい坊主の首はまだうら若い水々しい稚子の美しさが残っていました。女はよろこんで机にのせ酒をふくませ頬ずりして舐めたりくすぐったりしましたが、じきあきました。

「もっと太った憎たらしい首よ」

女は命じました。男は面倒になって五ツほどブラさげて来ました。ヨボヨボの老僧の首も、眉の太い頬っぺたの厚い、蛙がしがみついているような鼻の形の顔もありました。耳のとがった馬のような坊主の首も、ひどく神妙な首の坊主もあります。けれども女の気に入ったのは一つでした。それは五十ぐらいの大坊主の首で、ブ男で目尻がたれ、頬がたるみ、唇が厚くて、その重さで口があいているようなだらしのない首でした。女はたれた目尻の両端を両手の指の先で押えて、クリクリと吊りあげて廻したり、獅子鼻の孔へ二本の棒をさしこんだり、逆さに立ててころがしたり、だきしめて自分のお乳を厚い唇の間へ押しこんでシャブらせたりして大笑いしました。けれどもじきにあきました。

美しい娘の首がありました。清らかな静かな高貴な首でした。子供っぽくて、そのくせ死んだ顔ですから妙に大人びた憂いがあり、閉じられたマブタの奥に楽しい思いも悲しい思いもマセた思いも一度にゴッちゃに隠されているようでした。女はその首を自分の娘か妹のように可愛がりました。黒い髪の毛をすいてやり、顔にお化粧してやりました。ああでもない、こうでもないと念を入れて、花の香りのむらだつようなやさしい顔が浮きあがりました。

娘の首のために、一人の若い貴公子の首が必要でした。貴公子の首も念入りにお化粧され、二人の若者の首は燃え狂うような恋の遊びにふけります。すねたり、怒ったり、憎んだり、嘘をついたり、だましたり、悲しい顔をしてみせたり、けれども二人の情熱が一度に燃えあがるときは一人の火がめいめい他の一人を焼きこがしてどっちも焼かれて舞いあがる火焔になって燃えまじりました。けれども間もなく悪侍だの色好みの大人だの悪僧だの汚い首が邪魔にでて、貴公子の首は蹴られて打たれたあげくに殺されて、右から左から前から後から汚い首がゴチャゴチャ娘に挑みかかって、娘の首には汚い首の腐った肉がへばりつき、牙のような歯に食いつかれ、鼻の先が欠けたり、毛がむしられたりします。すると女は娘の首を針でつついて穴をあけ、小刀で切ったり、えぐったり、誰の首よりも汚らしい目も当てられない首にして投げだすのでした。

男は都を嫌いました。都の珍らしさも馴れてしまうと、なじめない気持ばかりが残りました。彼も都では人並に水干を着ても脛をだして歩いていました。白昼は刀をさすことも出来ません。市へ買物に行かなければなりませんし、白首のいる居酒屋で酒をのんでも金を払わねばなりません。市の商人は彼をなぶりました。野菜をつんで売りにくる田舎女も子供までなぶりました。白首も彼を笑いました。都では貴族は牛車で道のまんなかを通ります。水干をきた跣足の家来はたいがいふるまい酒に顔を赤くして威張りちらして歩いて行きました。彼はマヌケだのバカだのノロマだのと市でも路上でもお寺の庭でも怒鳴られました。それでもうそれぐらいのことには腹が立たなくなっていました。

男は何よりも退屈に苦しみました。人間共というものは退屈なものだ、と彼はつくづく思いました。彼はつまり人間がうるさいのでした。大きな犬が歩いていると、小さな犬が吠えます。男は吠えられる犬のようなものでした。彼はひがんだり嫉んだりすねたり考えたりすることが嫌いでした。山の獣や樹や川や鳥はうるさくはなかったがな、と彼は思いました。

「都は退屈なところだなア」と彼はビッコの女に言いました。「お前は山へ帰りたいと思わないか」

「私は都は退屈ではないからね」

とビッコの女は答えました。ビッコの女は一日中料理をこしらえ洗濯し近所の人達とお喋りしていました。

「都ではお喋りができるから退屈しないよ。私は山は退屈で嫌いさ」

「お前はお喋りが退屈でないのか」

「あたりまえさ。誰だって喋っていれば退屈しないものだよ」

「俺は喋れば喋るほど退屈するのになあ」

「お前は喋らないから退屈なのさ」

「そんなことがあるものか。喋ると退屈するから喋らないのだ」

「でも喋ってごらんよ。きっと退屈を忘れるから」

「何を」

「何でも喋りたいことをさ」

「喋りたいことなんかあるものか」

男はいまいましがってアクビをしました。

都にも山がありました。然し、山の上には寺があったり庵があったり、そして、そこには却って多くの人の往来がありました。山から都が一目に見えます。なんというたくさんの家だろう。そして、なんという汚い眺めだろう、と思いました。

彼は毎晩人を殺していることを昼は殆ど忘れていました。なぜなら彼は人を殺すことにも退屈しているからでした。何も興味はありません。刀で叩くと首がポロリと落ちているだけでした。首はやわらかいものでした。骨の手応(てごた)えはまったく感じることがないもので、大根を斬るのと同じようなものでした。その首の重さの方が彼には余程意外でした。

彼には女の気持が分るような気がしました。鐘つき堂では一人の坊主がヤケになって鐘をついています。何というバカげたことをやるのだろうと彼は思いました。何をやりだすか分りません。こういう奴等(やつら)と顔を見合って暮すとしたら、俺でも奴等を首にして一緒に暮すことを選ぶだろうさ、と思うのでした。

けれども彼は女の欲望にキリがないので、そのことにも退屈していたのでした。女の欲望は、いわば常にキリもなく空を直線に飛びつづけている鳥のようなものでした。休むひまなく常に直線に飛びつづけているのです。その鳥は疲れません。常に爽快(そうかい)に風をきり、スイスイと小気味よく無限に飛びつづけているのでした。

けれども彼はただの鳥でした。枝から枝を飛び廻り、たまに谷を渉(わた)るぐらいがせいぜいで、枝にとまってうたたねしている梟にも似ていました。彼は敏捷(びんしょう)でした。全身がよく動き、よく歩き、動作は生き生きしていました。彼の心は然し尻の重たい鳥なのでした。彼は無限に直線に飛ぶことなどは思いもよらないのです。

男は山の上から都の空を眺めています。その空を一羽の鳥が直線に飛んで行きます。その空は昼から夜になり、夜から昼になり、無限の明暗がくりかえしつづきます。その涯に何もなくいつまでたってもただ無限の明暗があるだけ、男は無限を事実に於て納得することができません。その先の日、その先の日、その又先の日、明暗の無限のくりかえしを考えます。彼の頭は割れそうになりました。それは考えの疲れでなしに、考えの苦しさのためでした。

　家へ帰ると、女はいつものように首遊びに耽っていました。彼の姿を見ると、女は待ち構えていたのでした。

「今夜は白拍子の首を持ってきておくれ。とびきり美しい白拍子の首だよ。舞いを舞わせるのだから。私が今様を唄ってきかせてあげるよ」

　男はさっき山の上から見つめていた無限の明暗を思いだそうとしました。この部屋があのいつまでも涯のない無限の明暗のくりかえしの空の筈ですが、それはもう思いだすことができません。そして女は鳥ではなしに、やっぱり美しいいつもの女でありました。けれども彼は答えました。

「俺は厭だよ」

　女はびっくりしました。そのあげくに笑いだしました。

「おやおや。お前も臆病風に吹かれたの。お前もただの弱虫ね」

「そんな弱虫じゃないのだ」

「じゃ、何さ」

「キリがないから厭になったのさ」

「あら、おかしいね。なんでもキリがないものよ。毎日毎日ごはんを食べて、キリがないじゃないか。毎日毎日ねむって、キリがないじゃないか」

「それと違うのだ」

「どんな風に違うのよ」

男は返事につまりました。けれども違うと思いました。それで言いくるめられる苦しさを逃れて外へ出ました。

「白拍子の首をもっておいで」

女の声が後から呼びかけましたが、彼は答えませんでした。

彼はなぜ、どんな風に違うのだろうと考えましたが分りません。だんだん夜になりました。彼は又山の上へ登りました。もう空も見えなくなっていました。

彼は気がつくと、空が落ちてくることを考えていました。空が落ちてきます。彼は首をしめつけられるように苦しんでいました。それは女を殺すことでした。

空の無限の明暗を走りつづけることは、女を殺すことによって、とめることができます。そして、空は落ちてきます。彼はホッとすることができます。然し、彼の心臓には孔があいているのでした。彼の胸から鳥の姿が飛び去り、搔（か）き消えているのでした。

あの女が俺なんだろうか？ そして空を無限に直線に飛ぶ鳥が俺自身だったのだろう

か？　と彼は疑りました。女を殺すと、俺を殺してしまうのだろうか。俺は何を考えているのだろう？

なぜ空を落さねばならないのだか、それも分らなくなっていました。あらゆる想念が捉えがたいものでありました。そして想念のひいたあとに残るものは苦痛のみでした。夜が明けました。彼は女のいる家へ戻る勇気が失われていました。そして数日、山中をさまよいました。

ある朝、目がさめると、彼は桜の花の下にねていました。その桜の木は一本でした。桜の木は満開でした。彼は驚いて飛び起きましたが、それは逃げだすためではありません。なぜなら、たった一本の桜の木でしたから。彼は鈴鹿の山の桜の森のことを突然思いだしていたのでした。あの山の桜の森も花盛りにちがいありません。彼はなつかしさに吾を忘れ、深い物思いに沈みました。

山へ帰ろう。山へ帰るのだ。なぜこの単純なことを忘れていたのだろう？　そして、なぜ空を落すことなどを考え耽っていたのだろう？　彼は悪夢のさめた思いがしました。救われた思いがしました。今までその知覚まで失っていた山の早春の匂いが身にせまって強く冷めたく分るのでした。

男は家へ帰りました。

女は嬉しげに彼を迎えました。

「どこへ行っていたのさ。無理なことを言ってお前を苦しめてすまなかったわね。でも、お前がいなくなってからの私の淋しさを察しておくれな」

女がこんなにやさしいことは今までにないことでした。男の胸は痛みました。もうすこしで彼の決意はとけて消えてしまいそうです。けれども彼は思い決しました。

「俺は山へ帰ることにしたよ」

「私を残してかえ。そんなむごたらしいことがどうしてお前の心に棲むようになったのだろう」

女の眼は怒りに燃えました。その顔は裏切られた口惜しさで一ぱいでした。

「お前はいつからそんな薄情者になったのよ」

「だからさ。俺は都がきらいなんだ」

「私という者がいてもかえ」

「俺は都に住んでいたくないだけなんだ」

「でも、私がいるじゃないか。お前は私が嫌いになったのかえ。私はお前のいない留守はお前のことばかり考えていたのだよ」

女の目に涙の滴が宿りました。女の目に涙の宿ったのは始めてのことでした。女の顔にはもはや怒りは消えていました。つれなさを恨む切なさのみが溢れていました。

「だってお前は都でなきゃ住むことができないのだろう。俺は山でなきゃ住んでいられないのだ」

「私はお前と一緒でなきゃ生きていられないのだよ。私の思いがお前には分らないのかねえ」

「でも俺は山でなきゃ住んでいられないのだぜ」

「だから、お前が山へ帰るなら、私も一緒に山へ帰るよ。私はたとえ一日でもお前と離れて生きていられないのだもの」

女の目は涙にぬれていました。男の胸に顔を押しあてて熱い涙をながしました。涙の熱さは男の胸にしみました。

たしかに、女は男なしでは生きられなくなっていました。新しい首は女のいのちでした。そしてその首を女のためにもたらす者は彼の外にはなかったからです。彼は女の一部でした。女はそれを放すわけにいきません。男のノスタルジイがみたされたとき、再び都へつれもどす確信が女にはあるのでした。

「でもお前は山で暮せるかえ」

「お前と一緒ならどこででも暮すことができるよ」

「山にはお前の欲しがるような首がないのだぜ」

「お前と首と、どっちか一つを選ばなければならないなら、私は首をあきらめるよ」

夢ではないかと男は疑りました。あまり嬉しすぎて信じられないからでした。夢にすらこんな願ってもないことは考えることが出来なかったのでした。

彼の胸は新な希望でいっぱいでした。その訪れは唐突で乱暴で、今のさっき迄の苦しい思いが、もはや捉えがたい彼方(かなた)へ距(へだ)てられていました。彼はこんなにやさしくはなかった昨日までの女のことも忘れました。今と明日があるだけでした。

二人は直ちに出発しました。ビッコの女は残すことにしました。そして出発のとき、女はビッコの女に向って、じき帰ってくるから待っておいで、とひそかに言い残しました。

★

目の前に昔の山々の姿が現れました。呼べば答えるようでした。旧道をとることにしました。その道はもう踏む人がなく、道の姿は消え失せて、ただの林、ただの山坂になっていました。その道を行くと、桜の森の下を通ることになるのでした。

「背負っておくれ。こんな道のない山坂は私は歩くことができないよ」

「ああ、いいとも」

男は軽々と女を背負いました。

男は始めて女を得た日のことを思いだしました。その日も彼は女を背負って峠のあちら側の山径(やまみち)を登ったのでした。その日も幸せで一ぱいでしたが、今日の幸せはさらに豊かなものでした。

「はじめてお前に会った日もオンブして貰ったわね」

と、女も思いだして、言いました。

「俺もそれを思いだしていたのだぜ」

男は嬉しそうに笑いました。

「ほら、見えるだろう。あれがみんな俺の山だ。谷も木も鳥も雲まで俺の山さ。山はいいなあ。走ってみたくなるじゃないか。都ではそんなことはなかったからな」

「始めての日はオンブしてお前を走らせたものだったわね」

「ほんとだ。ずいぶん疲れて、目がまわったものさ」

男は桜の森の花ざかりを忘れてはいませんでした。然し、この幸福な日に、あの森の花ざかりの下が何ほどのものでしょうか。彼は怖れていませんでした。

そして桜の森が彼の眼前に現れてきました。まさしく一面の満開でした。風に吹かれた花びらがパラパラと落ちています。土肌の上は一面に花びらがしかれていました。この花びらはどこから落ちてきたのだろう？　なぜなら、花びらの一ひらが落ちたとも思われぬ満開の花のふさが見はるかす頭上にひろがっているからでした。

男は満開の花の下へ歩きこみました。あたりはひっそりと、だんだん冷めたくなるようでした。彼はふと女の手が冷めたくなっているのに気がつきました。俄(にわか)に不安になりました。とっさに彼は分りました。女が鬼であることを。突然どッという冷めたい風が花の下の四方の涯から吹きよせていました。

男の背中にしがみついているのは、全身が紫色の顔の大きな老婆(ろうば)でした。その口は耳までさけ、ちぢくれた髪の毛は緑でした。男は走りました。振り落そうとしました。鬼の手に力がこもり彼の喉にくいこみました。彼の目は見えなくなろうとしました。彼は夢中でした。全身の力をこめて鬼の手をゆるめました。その手の隙間(すきま)から首をぬくと、背中をすべって、どさりと鬼は落ちました。今度は彼が鬼に組みつく番でした。鬼の首をしめました。そして彼がふと気付いたとき、彼は全身の力をこめて女の首をしめつけ、そして女はすでに息絶えていました。

彼の目は霞(かす)んでいました。彼はより大きく目を見開くことを試みましたが、それによって視覚が戻ってきたように感じることができませんでした。なぜなら、彼のしめ殺したのはさっきと変らず矢張り女で、同じ女の屍体(したい)がそこに在るばかりだからでありました。

彼の呼吸はとまりました。彼の力も、彼の思念も、すべてが同時にとまりました。女の屍体の上には、すでに幾つかの桜の花びらが落ちてきました。彼は女をゆさぶりました。呼びました。抱きました。徒労でした。彼はワッと泣きふしました。たぶん彼がこの山に住みついてから、この日まで、泣いたことはなかったでしょう。そして彼が自然に我にかえったとき、彼の背には白い花びらがつもっていました。

そこは桜の森のちょうどまんなかのあたりでした。四方の涯は花にかくれて奥が見えませんでした。日頃のような怖れや不安は消えていました。花の涯から吹きよせる冷めたい風もありません。ただひっそりと、そしてひそひそと、花びらが散りつづけているばかりでした。彼は始めて桜の森の満開の下に坐っていました。いつまでもそこに坐っていることができます。彼はもう帰るところがないのですから。

桜の森の満開の下の秘密は誰にも今も分りません。あるいは「孤独」というものであったかも知れません。なぜなら、男はもはや孤独を怖れる必要がなかったのです。彼自らが孤独自体でありました。

彼は始めて四方を見廻しました。頭上に花がありました。その下にひっそりと無限の虚空がみちていました。ひそひそと花が降ります。それだけのことです。外には何の秘密もないのでした。

ほど経て彼はただ一つのなまあたたかな何物かを感じました。そしてそれが彼自身の胸の悲しみであることに気がつきました。花と虚空の冴えた冷めたさにつつまれて、ほのあたたかいふくらみが、すこしずつ分りかけてくるのでした。

彼は女の顔の上の花びらをとってやろうとしました。彼の手が女の顔にとどこうとした時に、何か変ったことが起ったように思われました。すると、彼の手の下には降りつもった花びらばかりで、女の姿は掻き消えてただ幾つかの花びらになっていました。そして、その花びらを掻き分けようとした彼の手も彼の身体も延した時にはもはや消えていました。あとに花びらと、冷めたい虚空がはりつめているばかりでした。

お互に『影』なんぞは、
気にしないようにしましょうね

芥川龍之介

影

芥川龍之介　Akutagawa Ryunosuke　1892-1927
東京生れ。短編『鼻』が夏目漱石に激賞される。『羅生門』『藪の中』などを次々と発表し、大正文壇の寵児となるが、1925（大正14）年頃より体調がすぐれず、薬物自殺。遺稿に『歯車』『或阿呆の一生』など。

横浜。

日華洋行の主人陳彩は、机に背広の両肘を凭せて、火の消えた葉巻を啣えたまま、今日も堆い商用書類に、繁忙な眼を曝していた。

更紗の窓掛けを垂れた部屋の内には、不相変残暑の寂寞が、息苦しいくらい支配していた。その寂寞を破るものは、ニスの匂のする戸の向うから、時々ここへ聞えて来る、かすかなタイプライタアの音だけであった。

書類が一山片づいた後、陳はふと何か思い出したように、卓上電話の受話器を耳へ当てた。

「私の家へかけてくれ給え。」

陳の唇を洩れる言葉は、妙に底力のある日本語であった。

「誰？――婆や？――奥さんにちょいと出て貰ってくれ。――房子かい？――私は今夜東京へ行くからね、――ああ、向うへ泊って来る。――帰れないか？――とても汽車に間に合うまい。——じゃ頼むよ。——何？　医者に来て貰った？——それは神経衰弱に違いないさ。よろしい。さようなら。」

陳は受話器を元の位置に戻すと、なぜか顔を曇らせながら、肥(ふと)った指に燐寸(マッチ)を擂(す)って、啣えていた葉巻を吸い始めた。

……煙草(たばこ)の煙、草花の匂、ナイフやフォオクの皿に触れる音、部屋の隅から湧(わ)き上る調子外れのカルメンの音楽、——陳はそう云(い)う騒ぎの中に、一杯の麦酒(ビール)を前にしながら、たった一人茫然(ぼうぜん)と、卓(テーブル)に肘をついている。彼の周囲にあるものは、客も、給仕も、煽(せん)風機(ぷうき)も、何一つ目まぐるしく動いていないものはない。が、ただ、彼の視線だけは、帳場机の後の女の顔へ、さっきからじっと注がれている。

女はまだ見た所、二十を越えてもいないらしい。それが壁へ貼(は)った鏡を後に、絶えず鉛筆を動かしながら、忙(せわ)しそうにビルを書いている。額の捲(ま)き毛、かすかな頬紅(ほおべに)、それから地味な青磁色の半襟。——

陳は麦酒を飲み干すと、徐(おもむろ)に大きな体を起して、帳場机の前へ歩み寄った。

「陳さん。いつ私に指環(ゆびわ)を買って下すって？」

女はこう云う間にも、依然として鉛筆を動かしている。

「その指環がなくなったら。」

陳は小銭を探りながら、女の指へ顋(あご)を向けた。そこにはすでに二年前から、延べの金の両端を抱かせた、約婚の指環が嵌っている。

「じゃ今夜買って頂戴。」

女は咄嗟に指環を抜くと、ビルと一しょに彼の前へ投げた。

「これは護身用の指環なのよ。」

カッフェの外のアスファルトには、涼しい夏の夜風が流れている。陳は人通りに交りながら、何度も町の空の星を仰いで見た。その星も皆今夜だけは、……

誰かの戸を叩く音が、一年後の現実へ陳彩の心を喚び返した。

「おはいり。」

その声がまだ消えない内に、ニスの匂のする戸がそっと明くと、顔色の蒼白い書記の今西が、無気味なほど静にはいって来た。

「手紙が参りました。」

黙って頷いた陳の顔には、その上今西に一言も、口を開かせない不機嫌さがあった。今西は冷かに目礼すると、一通の封書を残したまま、また前のように音もなく、戸の向うの部屋へ帰って行った。

戸が今西の後にしまった後、陳は灰皿に葉巻を捨てて、机の上の封書を取上げた。それは白い西洋封筒に、タイプライタアで宛名を打った、格別普通の商用書簡と、変る所のない手紙であった。しかしその手紙を手にすると同時に、陳の顔には云いようのない嫌悪の情が浮んで来た。

「またか。」

陳は太い眉を顰めながら、忌々しそうに舌打ちをした。が、それにも関らず、靴の踵を机の縁へ当てると、ほとんど輪転椅子の上に仰向けになって、紙切小刀も使わずに封を切った。

「拝啓、貴下の夫人が貞操を守られざるは、再三御忠告……貴下が今日に至るまで、何等断乎たる処置に出でられざるは……されば夫人は旧日の情夫と共に、日夜……日本人にして且珈琲店の給仕女たりし房子夫人が、……支那人たる貴下のために、万斛の同情無き能わず候。……今後もし夫人を離婚せられずんば、……貴下は万人の嗤笑する所となるも……微衷不悪御推察……敬白。貴下の忠実なる友より。」

手紙は力なく陳の手から落ちた。

……陳は卓子に倚りかかりながら、レエスの窓掛けを洩れる夕明りに、女持ちの金時計を眺めている。が、蓋の裏に彫った文字は、房子のイニシアルではないらしい。

「これは？」

新婚後まだ何日も経たない房子は、西洋簞笥の前に佇んだまま、卓子越しに夫へ笑顔を送った。

「田中さんが下すったの。御存知じゃなくって？　倉庫会社の――」

卓子の上にはその次に、指環の箱が二つ出て来た。白天鵞絨の蓋を明けると、一つには真珠の、他の一つには土耳古玉の指環がはいっている。

「久米さんに野村さん。」

今度は珊瑚珠の根懸けが出た。

「古風だわね。久保田さんに頂いたのよ。」

その後から——何が出て来ても知らないように、陳はただじっと妻の顔を見ながら、考え深そうにこんな事を云った。

「これは皆お前の戦利品だね。大事にしなくちゃ済まないよ。」

すると房子は夕明りの中に、もう一度あでやかに笑って見せた。

「ですからあなたの戦利品もね。」

その時は彼も嬉しかった。しかし今は……

陳は身ぶるいを一つすると、机にかけていた両足を下した。それは卓上電話のベルが、突然彼の耳を驚かしたからであった。

「私。——よろしい。——繋いでくれ給え。」

彼は電話に向いながら、苛立たしそうに額の汗を拭った。

「誰？——里見探偵事務所はわかっている。事務所の誰？——吉井君？——よろしい。報告は？——何が来ていた？——医者？——それから？——そうかも知れない。——じゃ停車場へ来ていてくれ給え。——いや、終列車にはきっと帰るから。——間違わないように。さようなら。」

受話器を置いた陳彩は、まるで放心したように、しばらくは黙然と坐(すわ)っていた。が、やがて置き時計の針を見ると、半ば機械的にベルの鈕(ボタン)を押した。

書記の今西はその響に応じて、心もち明けた戸の後から、瘦(や)せた半身をさし延ばした。

「今西君。鄭(てい)君にそう云ってくれ給え。今夜はどうか私の代りに、東京へ御出(おい)でを願いますと。」

陳の声はいつの間にか、力のある調子を失っていた。今西はしかし例の通り、冷然と目礼を送ったまま、すぐに戸の向うへ隠れてしまった。

その内に更紗の窓掛けへ、おいおい当って来た薄曇りの西日が、この部屋の中の光線に、どんよりした赤味を加え始めた。と同時に大きな蠅(はえ)が一匹、どこからここへ紛れこんだか、鈍い羽音を立てながら、ぼんやり頬杖(ほおづえ)をついた陳のまわりに、不規則な円を描き始めた。……………

鎌倉(かまくら)。

陳彩の家の客間にも、レエスの窓掛けを垂れた窓の内には、晩夏(おそなつ)の日の暮が近づいて来た。しかし日の光は消えたものの、窓掛けの向うに煙っている、まだ花盛りの夾竹桃(きょうちくとう)

は、この涼しそうな部屋の空気に、快い明るさを漂わしていた。

壁際の籐椅子に倚った房子は、膝の三毛猫をさすりながら、その窓の外の夾竹桃へ、物憂そうな視線を遊ばせていた。

「旦那様は今晩も御帰りにならないのでございますか？」

これはその側の卓子の上に、紅茶の道具を片づけている召使いの老女の言葉であった。

「ああ、今夜もまた寂しいわね。」

「せめて奥様が御病気でないと、心丈夫でございますけれども――」

「それでも私の病気はね、ただ神経が疲れているのだって、今日も山内先生がそうおっしゃったわ。二三日よく眠りさえすれば、――あら。」

老女は驚いた眼を主人へ挙げた。すると子供らしい房子の顔には、なぜか今までにない恐怖の色が、ありありと瞳に漲っていた。

「どう遊ばしました？　奥様。」

「いいえ、何でもないのよ。何でもないのだけれど、――」

房子は無理に微笑しようとした。

「誰か今あすこの窓から、そっとこの部屋の中を、――」

しかし老女が一瞬の後に、その窓から外を覗いた時には、ただ微風に戦いでいる夾竹桃の植込みが、人気のない庭の芝原を透かして見せただけであった。

ますよ。」

「まあ、気味の悪い。きっとまた御隣の別荘の坊ちゃんが、悪戯(いたずら)をなすったのでござい

「いいえ、御隣の坊ちゃんなんぞじゃなくってよ。何だか見た事があるような――そう

そう、いつか婆やと長谷(はせ)へ行った時に、私たちの後をついて来た、あの鳥打帽をかぶっ

ている、若い人のような気がするわ。それとも――私の気のせいだったかしら。」

房子は何か考えるように、ゆっくり最後の言葉を云った。

「もしあの男でしたら、どう致しましょう。旦那様はお帰りになりませんし、――何な

ら爺(じい)やでも警察へ、そう申しにやって見ましょうか。」

「まあ、婆やは臆病(おくびょう)ね。あの人なんぞ何人来たって、私はちっとも怖くないわ。けれど

もし――もし私の気のせいだったら――」

老女は不審そうに瞬(まばた)きをした。

「もし私の気のせいだったら、私はこのまま気違になるかも知れないわね。」

「奥様はまあ、御冗談ばっかり。」

老女は安心したように微笑しながら、また紅茶の道具を始末し始めた。

「いいえ、婆やは知らないからだわ。私はこの頃一人でいるとね、きっと誰かが私の後

に立っているような気がするのよ。立って、そうして私の方をじっと見つめているよう

な――」

房子はこう云いかけたまま、彼女自身の言葉に引き入れられたのか、急に憂鬱(ゆううつ)な眼つきになった。

……電燈(でんとう)を消した二階の寝室には、かすかな香水の匂のする薄暗がりが拡(ひろ)がっている。ただ窓掛けを引かない窓だけが、ぼんやり明るんで見えるのは、月が出ているからに違いない。現にその光を浴びた房子は、独り窓の側(そば)に佇(たたず)みながら、眼の下の松林を眺めている。

夫は今夜も帰って来ない。召使いたちはすでに寝静まった。窓の外に見える庭の月夜も、ひっそりと風を落している。その中に鈍い物音が、間遠に低く聞えるのは、今でも海が鳴っているらしい。

房子はしばらく立ち続けていた。すると次第に不思議な感覚が、彼女の心に目ざめて来た。それは誰かが後にいて、じっとその視線を彼女の上に集注しているような心もちである。

が、寝室の中には彼女のほかに、誰も人のいる理由はない。もしいるとすれば、――いや、戸には寝る前に、ちゃんと錠が下してある。ではこんな気がするのは、――そうだ。きっと神経が疲れているからに相違ない。彼女は薄明い松林を見下しながら、何度もこう考え直そうとした。しかし誰かが見守っていると云う感じは、いくら一生懸命に打ち消して見ても、だんだん強くなるばかりである。

房子はとうとう思い切って、怖わ怖わ後を振り返って見た。が、果して寝室の中には、飼い馴(な)れた三毛猫の姿さえ見えない。やはり人がいるような気がしたのは、病的な神経の仕業であった。――と思ったのはしかし言葉通り、ほんの一瞬の間だけである。房子はすぐにまた前の通り、何か眼に見えない物が、この部屋を満たした薄暗がりのどこかに、潜んでいるような心もちがした。しかし以前よりさらに堪えられない事には、今度はその何物かの眼が、窓を後にした房子の顔へ、まともに視線を焼きつけている。

房子は全身の戦慄(せんりつ)と闘いながら、手近の壁へ手をのばすと、咄嗟(とっさ)に電燈のスウィッチを捻(ひね)った。と同時に見慣れた寝室は、月明りに交った薄暗がりを払って、頼もしい現実へ飛び移った。寝台、西洋蚊帳(せいようがや)、洗面台、――今はすべてが昼のような光の中に、嬉しいほどはっきり浮き上っている。その上それが何一つ、彼女が陳と結婚した一年以前と変っていない。こう云う幸福な周囲を見れば、どんなに気味の悪い幻も、――いや、しかし怪しい何物かは、眩(まぶ)しい電燈の光にも恐れず、寸刻もたゆまない凝視の眼を房子の顔に注いでいる。彼女は両手に顔を隠すが早いか、無我夢中に叫ぼうとした。が、なぜか声が立たない。その時彼女の心の上には、あらゆる経験を超越した恐怖が、……

房子は一週間以前の記憶から、吐息と一しょに解放された。その拍子に膝の三毛猫は、彼女の膝を飛び下りると、毛並みの美しい背を高くして、快さそうに欠伸(あくび)をした。

「そんな気は誰でも致すものでございますよ。爺やなどはいつぞや御庭の松へ、鋏(はさみ)をかけて居(お)りましたら、まっ昼間空に大勢の子供の笑い声が致したとか、そう申して居りました。それでもあの通り気が違う所か、御用の暇には私へ小言ばかり申して居るじゃございませんか。」

老女は紅茶の盆を擡(もた)げながら、子供を慰めるようにこう云った。それを聞くと房子の頬には、始めて微笑らしい影がさした。

「それこそ御隣の坊ちゃんが、おいたをなすったのに違いないわ。そんな事にびっくりするようじゃ、爺やもやっぱり臆病なのね。——あら、おしゃべりをしている内に、とうとう日が暮れてしまった。今夜は旦那様が御帰りにならないから、好いようなものだけれど、——御湯は？　婆や。」

「もうよろしゅうございますとも。何ならちょいと私が御加減を見て参りましょうか。」

「好いわ。すぐにはいるから。」

房子はようやく気軽そうに、壁側(かべぎわ)の籐椅子から身を起した。

「また今夜も御隣の坊ちゃんたちは、花火を御揚げなさるかしら。」

老女が房子の後から、静に出て行ってしまった跡には、もう夾竹桃も見えなくなった、薄暗い空虚の客間が残った。すると二人に忘れられた、あの小さな三毛猫は、急に何か見つけたように、一飛びに戸口へ飛んで行った。そうしてまるで誰かの足に、体を摺(す)りつけるような身ぶりをした。が、部屋に拡がった暮色の中には、その三毛猫の二つの眼が、無気味な燐光（りんこう）を放つほかに、何もいるようなけはいは見えなかった。…………

横浜。

日華洋行の宿直室には、長椅子に寝ころんだ書記の今西が、余り明くない電燈の下に、新刊の雑誌を拡げていた。が、やがて手近の卓子の上へ、その雑誌をばたりと抛（なげ）ると、大事そうに上衣（うわぎ）の隠しから、一枚の写真をとり出した。そうしてそれを眺めながら、蒼白い頰にいつまでも、幸福らしい微笑を浮べていた。

写真は陳彩の妻の房子が、桃割れに結った半身であった。

鎌倉。

下り終列車の笛が、星月夜の空に上った時、改札口を出た陳彩は、たった一人跡に残って、二つ折の鞄（かばん）を抱えたまま、寂しい構内を眺めまわした。すると電燈の薄暗い壁側のベンチに坐っていた、背の高い背広の男が一人、太い籐の杖を引きずりながら、のそのそ陳の側へ歩み寄った。そうして闊達（かったつ）に鳥打帽を脱ぐと、声だけは低く挨拶（あいさつ）をした。

「陳さんですか？　私は吉井です。」

陳はほとんど無表情に、じろりと相手の顔を眺めた。

「今日（こんにち）は御苦労でした。」

「先ほど電話をかけましたが、——」

「その後何もなかったですか？」

陳の語気には、相手の言葉を弾き除けるような力があった。

「何もありません。奥さんは医者が帰ってしまうと、日暮までは婆やを相手に、何か話して御出でした。それから御湯や御食事をすませて、十時頃までは蓄音機を御聞きになっていたようです。」

「客は一人も来なかったですか？」

「ええ、一人も。」

「君が監視をやめたのは？」

「十一時二十分です。」

吉井の返答もてきぱきしていた。

「その後終列車まで汽車はないですね。」

「ありません。上りも、下りも。」

「いや、難有う。帰ったら里見君に、よろしく云ってくれ給え。」

陳は麦藁帽の庇へ手をやると、吉井が鳥打帽を脱ぐのには眼もかけず、砂利を敷いた構外へ大股に歩み出した。その容子が余り無遠慮すぎたせいか、吉井は陳の後姿を見送ったなり、ちょいと両肩を聳やかせた。が、すぐまた気にも止めないように、軽快な口笛を鳴らしながら、停車場前の宿屋の方へ、太い籐の杖を引きずって行った。

鎌倉。

一時間の後陳彩は、彼等夫婦の寝室の戸へ、盗賊のように耳を当てながら、じっと容子を窺っている彼自身を発見した。寝室の外の廊下には、息のつまるような暗闇が、一面にあたりを封じていた。その中にただ一点、かすかな明りが見えるのは、戸の向うの電燈の光が、鍵穴を洩れるそれであった。

陳はほとんど破裂しそうな心臓の鼓動を抑えながら、ぴったり戸へ当てた耳に、全身の注意を集めていた。が、寝室の中からは何の話し声も聞えなかった。その沈黙がまた陳にとっては、一層堪え難い呵責であった。彼は目の前の暗闇の底に、停車場からここへ来る途中の、思いがけない出来事が、もう一度はっきり見えるような気がした。

……枝を交した松の下には、しっとり砂に露の下りた、細い路が続いている。大空に澄んだ無数の星も、その松の枝の重なったここへは、滅多に光を落して来ない。が、海の近い事は、疎な芒に流れて来る潮風が明かに語っている。陳はさっきからたった一人、夜と共に強くなった松脂の匂を嗅ぎながら、こう云う寂しい闇の中に、注意深い歩みを運んでいた。

その内に彼はふと足を止めると、不審そうに行く手を透かして見た。それは彼の家の煉瓦塀(れんがべい)が、何歩か先に黒々と、現われて来たからばかりではない、その常春藤(きづた)に蔽(おお)われた、古風な塀の見えるあたりに、忍びやかな靴の音が、突然聞え出したからである。

が、いくら透して見ても、松や芒の闇が深いせいか、肝腎(かんじん)の姿は見る事が出来ない。ただ、咄嗟に感づいたのは、その足音がこちらへ来ずに、向うへ行くらしいと云う事である。

「莫迦(ばか)な、この路を歩く資格は、おればかりにある訳じゃあるまいし。」

陳はこう心の中に、早くも疑惑を抱き出した彼自身を叱(しか)ろうとした。が、この路は彼の家の裏門の前へ出るほかには、どこへも通じていない筈(はず)である。して見れば、――と思う刹那(せつな)に陳の耳には、その裏門の戸の開く音が、折から流れて来た潮風と一しょに、かすかながらも伝わって来た。

「可笑(おか)しいぞ。あの裏門には今朝見た時も、錠がかかっていた筈だが。」

そう思うと共に陳彩は、獲物を見つけた猟犬のように、油断なくあたりへ気を配りながら、そっとその裏門の前へ歩み寄った。が、裏門の戸はしまっている。力一ぱい押して見ても、動きそうな気色も見えないのは、いつの間にか元の通り、錠が下りてしまったらしい。陳はその戸に倚りかかりながら、膝を埋(うず)めた芒の中に、しばらくは茫然と佇んでいた。

「門が明くような音がしたのは、おれの耳の迷(まよい)だったかしら。」

が、さっきの足音は、もうどこからも聞えて来ない。常春藤の簇った塀の上には、火の光もささない彼の家が、ひっそりと星空に聳えている。すると陳の心には、急に悲しさがこみ上げて来た。何がそんなに悲しかったか、それは彼自身にもはっきりしない。ただそこに佇んだまま、乏しい虫の音に聞き入っていると、自然と涙が彼の頬へ、冷やかに流れ始めたのである。

「房子。」

陳はほとんど呻くように、なつかしい妻の名前を呼んだ。

するとその途端である。高い二階の室の一つには、意外にも眩しい電燈がともった。

「あの窓は、――あれは、――」

陳は際どい息を呑んで、手近の松の幹を捉えながら、延び上るように二階の窓を見上げた。窓は、――二階の寝室の窓は、硝子戸をすっかり明け放った向うに、明るい室内を覗かせている。そうしてそこから流れる光が、塀の内に茂った松の梢を、ぼんやり暗い空に漂わせている。

しかし不思議はそればかりではない。やがてその二階の窓際には、こちらへ向いたらしい人影が一つ、朧げな輪廓を浮き上らせた。生憎電燈の光が後にあるから、顔かたちは誰だか判然しない。が、ともかくもその姿が、女でない事だけは確かである。陳は思わず塀の常春藤を掴んで、倒れかかる体を支えながら、苦しそうに切れ切れな声を洩らした。

「あの手紙は、――まさか、――房子だけは――」

一瞬間の後陳彩は、安々塀を乗り越えると、庭の松の間をくぐりくぐり、首尾よく二階の真下にある、客間の窓際へ忍び寄った。そこには花も葉も露に濡れた、水々しい夾竹桃の一むらが、……

陳はまっ暗な外の廊下に、乾いた唇を噛みながら、一層嫉妬深い聞き耳を立てた。それはこの時戸の向うに、さっき彼が聞いたような、用心深い靴の音が、二三度床に響いたからであった。

足響はすぐに消えてしまった。が、興奮した陳の神経には、ほどなく窓をしめる音が、鼓膜を刺すように聞えて来た。その後には、――また長い沈黙があった。

その沈黙はたちまち絞め木のように、色を失った陳の額へ、冷たい脂汗を絞り出した。彼はわなわな震える手に、戸のノッブを探り当てた。が、戸に錠の下りている事は、すぐにそのノッブが教えてくれた。

すると今度は櫛かピンかが、突然ばたりと落ちる音が聞えた。しかしそれを拾い上げる音は、いくら耳を澄ましていても、なぜか陳には聞えなかった。

こう云う物音は一つ一つ、文字通り陳の心臓を打った。陳はその度に身を震わせながら、それでも耳だけは剛情にも、じっと寝室の戸へ押しつけていた。しかし彼の興奮が極度に達している事は、時々彼があたりへ投げる、気違いじみた視線にも明かであった。

苦しい何秒かが過ぎた後、戸の向うからはかすかながら、ため息をつく声が聞えて来た。と思うとすぐに寝台の上へも、誰かが静に上ったようであった。

もしこんな状態が、もう一分続いたなら、陳は戸の前に立ちすくんだまま、失心してしまったかも知れなかった。が、この時戸から洩れる、蜘蛛の糸ほどの朧げな光が、天啓のように彼の眼を捉えた。陳は咄嗟に床へ這うと、ノッブの下にある鍵穴から、食い入るような視線を室内へ送った。

その刹那に陳の眼の前には、永久に呪わしい光景が開けた。…………


横浜。

書記の今西は内隠しへ、房子の写真を還してしまうと、静に長椅子から立ち上った。そうして例の通り音もなく、まっ暗な次の間へはいって行った。

スウィッチを捻る音と共に、次の間はすぐに明くなった。その部屋の卓上電燈の光は、いつの間にそこへ坐ったか、タイプライタアに向っている今西の姿を照し出した。

今西の指はたちまちの内に、目まぐるしい運動を続け出した。と同時にタイプライタアは、休みない響を刻みながら、何行かの文字が断続した一枚の紙を吐き始めた。

「拝啓、貴下の夫人が貞操を守られざるは、この上なおも申上ぐべき必要無き事と存じ候。されど貴下は溺愛の余り……」

今西の顔はこの瞬間、憎悪そのもののマスクであった。


鎌倉。

陳の寝室の戸は破れていた。が、その外は寝台も、西洋幗も、洗面台も、それから明るい電燈の光も、ことごとく一瞬間以前と同じであった。

陳彩は部屋の隅に佇んだまま、寝台の前に伏し重なった、二人の姿を眺めていた。その一人は房子であった。――と云うよりもむしろさっきまでは、房子だった「物」であった。この顔中紫に腫れ上った「物」は、半ば舌を吐いたまま、薄眼に天井を見つめていた。もう一人は陳彩であった。部屋の隅にいる陳彩と、寸分も変らない陳彩であった。これは房子だった「物」に重なりながら、爪も見えないほど相手の喉に、両手の指を埋めていた。そうしてその露わな乳房の上に、生死もわからない頭を凭せていた。

何分かの沈黙が過ぎた後、床の上の陳彩は、まだ苦しそうに喘ぎながら、徐に肥った体を起した。が、やっと体を起したと思うと、すぐまた側にある椅子の上へ、倒れるように腰を下してしまった。

その時部屋の隅にいる陳彩は、静に壁際を離れながら、房子だった「物」の側に歩み寄った。そうしてその紫に腫上った顔へ、限りなく悲しそうな眼を落した。

椅子の上の陳彩は、彼以外の存在に気がつくが早いか、気違いのように椅子から立ち上った。彼の顔には、――血走った眼の中には、凄(すさ)まじい殺意が閃(ひらめ)いていた。が、相手の姿を一目見るとその殺意は見る見る内に、云いようのない恐怖に変って行った。

「誰だ、お前は？」

彼は椅子の前に立ちすくんだまま、息のつまりそうな声を出した。

「さっき松林の中を歩いていたのも、――裏門からそっと忍びこんだのも、――この窓際に立って外を見ていたのも、――おれの妻を、――房子を――」

彼の言葉は一度途絶えてから、また荒々しい嗄(しわが)れ声になった。

「お前だろう。誰だ、お前は？」

もう一人の陳彩は、しかし何とも答えなかった。その代りに眼を挙げて、悲しそうに相手の陳彩を眺めた。すると椅子の前の陳彩は、この視線に射すくまされたように、無気味なほど大きな眼をしながら、だんだん壁際の方へすさり始めた。が、その間も彼の唇は、「誰だ、お前は？」を繰返すように、時々声もなく動いていた。

その内にもう一人の陳彩は、房子だった「物」の側に跪(ひざまず)くと、そっとその細い頸(くび)へ手を廻した。それから頸に残っている、無残な指の痕(あと)に唇を当てた。

明い電燈の光に満ちた、墓窖(はかあな)よりも静な寝室の中には、やがてかすかな泣き声が、途切れ途切れに聞え出した。見るとここにいる二人の陳彩は、壁際に立った陳彩も、床に跪いた陳彩のように、両手に顔を埋めながら………

東京。

突然『影』の映画が消えた時、私は一人の女と一しょに、ある活動写真館のボックスの椅子に坐っていた。

「今の写真はもうすんだのかしら。」

女は憂鬱な眼を私に向けた。それが私には『影』の中の房子の眼を思い出させた。

「どの写真？」

「今のさ。『影』と云ぅのだろう。」

女は無言のまま、膝の上のプログラムを私に渡してくれた。が、それにはどこを探しても、『影』と云ぅ標題は見当らなかった。

「するとおれは夢を見ていたのかな。それにしても眠った覚えのないのは妙じゃないか。おまけにその『影』と云うのが妙な写真でね。――」

私は手短かに『影』の梗概（こうがい）を話した。

「その写真なら、私も見た事があるわ。」

私が話し終った時、女は寂しい眼の底に微笑の色を動かしながら、ほとんど聞えないようにこう返事をした。

「お互に『影』なんぞは、気にしないようにしましょうね。」

それはまるで、
大きな黄色の芋虫であった

江戸川乱歩

芋虫

江戸川乱歩　Edogawa Ranpo　1894-1965

三重生れ。日本における本格推理、ホラー小説の草分け。1923（大正12）年雑誌「新青年」に『二銭銅貨』を発表して作家に。主な小説に『陰獣』『押絵と旅する男』、評論に『幻影城』などがある。

　時子は、母屋にいとまを告げて、もう薄暗くなった、雑草のしげるにまかせ、荒れはてた広い庭を、彼女たち夫婦の住まいである離れ座敷の方へ歩きながら、いましがたも、母屋の主人の予備少将から言われた、いつものきまりきった褒め言葉を、まことに変てこな気持で、彼女のいちばん嫌いな茄子の鴫焼を、ぐにゃりと噛んだあとの味で、思い出していた。

「須永中尉（予備少将は、今でも、あの人間だかなんだかわからないような廃兵を、滑稽にも、昔のいかめしい肩書で呼ぶのである）の忠烈は、いうまでもなくわが陸軍の誇りじゃが、それはもう、世に知れ渡っておることだ。だが、お前さんの貞節、あの廃人を三年の年月、少しだって厭な顔を見せるではなく、自分の欲をすっかり捨ててしまって、親切に世話をしている。女房として当たり前のことだと言ってしまえば、それまでじゃが、できないことだ。わしは、まったく感心していますよ。今の世の美談だと思っていますよ。だが、まだまだ先の長い話じゃ。どうか気を変えないで面倒を見て上げてください」

鷲尾老少将は、顔を合わせるたびごとに、それをちょっとでも言わないでは気がすまぬというように、きまりきって、彼の昔の部下であった、そして今では彼の厄介者であるところの、須永廃中尉とその妻を褒めちぎるのであった。時子は、それを聞くのが、今言った茄子の鴫焼の味だものだから、なるべく主人の老少将に会わぬよう、留守をうかがっては、それでも終日物も言わぬ不具者と差向かいでばかりいることもできぬので、奥さんや娘さんの所へ、話し込みに行き行きするのであった。

もっとも、この褒め言葉も、最初のあいだは、彼女の犠牲的精神、彼女の稀なる貞節にふさわしく、いうにいわれぬ誇らしい快感をもって、時子の心臓をくすぐったのであるが、このごろでは、それを以前のように素直には受け容れかねた。というよりは、この褒め言葉が恐ろしくさえなっていた。それをいわれるたびに、彼女は「お前は貞節の美名に隠れて、世にも恐ろしい罪悪を犯しているのだ」と、真向から人差指を突きつけて、責められてでもいるように、ゾッと恐ろしくなるのであった。

考えてみると、われながらこうも人間の気持が変わるものかと思うほど、ひどい変わりかたであった。はじめのほどは、世間知らずで、内気者で、文字どおり貞節な妻でしかなかった彼女が、今では、外見はともあれ、心のうちには、身の毛もよだつ情欲の鬼が巣を食って、哀れな片輪者(片輪者という言葉では不充分なほどの無残な片輪者であった）の亭主を――かつては忠勇なる国家の干城であった人物を、何か彼女の情欲を満たすだけのために、飼ってあるけだものででもあるように、或いは一種の道具ででもあるように、思いなすほどに変わり果てているのだ。

このみだらがましい鬼めは、全体どこから来たものであろう。あの黄色い肉のかたまりの、不可思議な魅力がさせるわざか（事実彼女の夫の須永中尉は、ひとかたまりの黄色い肉塊でしかなかった。そして、それは畸形なコマのように、彼女の情欲をそそるものでしかなかった）、それとも、三十歳の彼女の肉体に満ちあふれた、えたいの知れぬ力のさせるわざであったか。おそらくその両方であったのかもしれないのだが。

鷲尾老人から何かいわれるたびに、時子はこのごろめっきり脂ぎってきた彼女の肉体なり、他人にもおそらく感じられるであろう彼女の体臭なりを、はなはだうしろめたく思わないではいられなかった。

「私はまあ、どうしてこうも、まるでばかかなんぞのようにデブデブ肥え太るのだろう」

その癖、顔色なんかいやに青ざめているのだけれど。老少将は、彼の例の褒め言葉を並べながら、いつも、ややいぶかしげに彼女のデブデブと脂ぎったからだつきを眺めるのを常としたが、もしかすると、時子が老少将をいとう最大の原因は、この点にあったのかもしれないのである。

片田舎のことで、母屋と離れ座敷のあいだは、ほとんど半丁も隔たっていた。そのあいだは、道もないひどい草原で、ともすればガサガサと音を立てて青大将が這い出してきたり、少し足を踏み違えると、草に覆われた古井戸が危なかったりした。広い屋敷のまわりには、形ばかりの不揃いな生垣がめぐらしてあって、そのそとは田や畑が打ちつづき、遠くの八幡神社の森を背景にして、彼女らの住まいである二階建ての離れ家が、そこに、黒く、ぽつんと立っていた。

空には一つ二つ星がまたたきはじめていた。もう部屋の中は、まっ暗になっていることであろう。彼女がつけてやらねば、彼女の夫にはランプをつける力もないのだから、かの肉塊は、闇の中で、坐椅子にもたれて、或いは椅子からずっこけて、畳の上にころがりながら、眼ばかりパチパチ瞬いていることであろう。可哀そうに、それを考えると、いまわしさ、みじめさ、悲しさが、しかし、どこかに幾分センシュアルな感情をまじえて、ゾッと彼女の背筋を襲うのであった。

近づくにしたがって、二階の窓の障子が、何かを象徴しているふうで、ポッカリとまっ黒な口をあいているのが見え、そこから、トントントンと、例の畳を叩く鈍い音が聞こえてきた。「ああ、またやっている」と思うと、彼女は瞼が熱くなるほど、可哀そうな気がした。それは不自由な彼女の夫が、仰向きに寝ころがって、普通の人間が手を叩いて人を呼ぶ仕草の代りに、頭でトントントンと畳を叩いて、彼の唯一の伴侶である時子を、せっかちに呼び立てていたのである。

「いま行きますよ。おなかがすいたのでしょう」

時子は、相手に聞こえぬことはわかっていても、いつもの癖で、そんなことを言いながら、あわてて台所口に駈け込み、すぐそこの梯子段を上がって行った。

六畳ひと間の二階に、形ばかりの床の間がついていて、そこの隅に台ランプとマッチが置いてある。彼女はちょうど母親が乳呑み児に言う調子で、絶えず「待ち遠だったでしょうね。すまなかったわね」だとか「今よ、今よ、そんなにいっても、まっ暗でどうすることもできやしないわ。今ランプをつけますからね。もう少しよ。もう少しよ」だとか、いろんな独り言を言いながら（というのは、彼女の夫は少しも耳が聞こえなかったので）、ランプをともして、それを部屋の一方の机のそばへ運ぶのであった。

その机の前には、メリンス友禅の蒲団をくりつけた、新案特許なんとか式坐椅子というものが置いてあったが、その上は空っぽで、そこからずっと離れた畳の上に、一種異様の物体がころがっていた。その物は、古びた大島銘仙の着物を着ているにはちがいないのだが、それは、着ているというよりも、包まれているといった方が、或いはそこに大島銘仙の大きな風呂敷包みがほうり出してあるといった方が当たっているような、まことに変てこな感じのものであった。そして、その風呂敷包みの隅から、にゅっと人間の首が突き出ていて、それが、米搗きばったみたいに、或いは奇妙な自動器械のように、トントン、トントントンと畳を叩いているのだ。叩くにしたがって、大きな風呂敷包みが、反動で、少しずつ位置を変えているのだ。

「そんなに癇癪起こすもんじゃないわ、なんですのよ？　これ？」

　時子は、そう言って、手でご飯をたべるまねをして見せた。

「そうでもないの。じゃあ、これ？」

　彼女はもうひとつの或る恰好をして見せた。しかし、口の利けない彼女の夫は、一々首を横に振って、またしても、やけにトントン、トントンと畳に頭をぶっつけている。

　砲弾の破片のために、顔全体が見る影もなくそこなわれていた。左の耳たぶはまるでとれてしまって、小さな黒い穴が、わずかにその痕跡を残しているにすぎず、同じく左の口辺から頰の上を斜めに眼の下のところまで、縫い合わせたような大きなひっつりができている。右のこめかみから頭部にかけて、醜い傷痕が這い上がっている。喉のところがグイと抉ったように窪んで、鼻も口も元の形をとどめてはいない。そのまるでお化けみたいな顔面のうちで、わずかに完全なのは、周囲の醜さに引きかえて、こればかりは無心の子供のそれのように、涼しくつぶらな両眼であったが、それが今、パチパチといらだたしく瞬いているのであった。

「じゃあ、話があるのね。待ってらっしゃいね」

　彼女は机の引出しから雑記帳と鉛筆を取り出し、鉛筆を片輪者のゆがんだ口にくわえさせ、そのそばへひらいた雑記帳を持って行った。彼女の夫は口を利くこともできなければ、筆を持つ手足もなかったからである。

「オレガイヤニナッタカ」

廃人は、ちょうど大道の因果者がするように、女房の差し出す雑記帳の上に、口で文字を書いた。長いあいだかかって、非常に判(わか)りにくい片仮名を並べた。

「ホホホホホ、またやいているのね。そうじゃない。そうじゃない」

彼女は笑いながら強く首を振って見せた。

だが廃人は、またせっかちに頭を畳にぶっつけはじめたので、時子は彼の意を察して、もう一度雑記帳を相手の口の所へ持って行った。すると、鉛筆がおぼつかなく動いて、

「ドコニイタ」

としるされた。それを見るやいなや、時子は邪慳(じゃけん)に廃人の口から鉛筆を引ったくって、帳面の余白へ「鷲尾サンノトコロ」と書いて、相手の眼の先へ、押しつけるようにした。

「わかっているじゃないの。ほかに行くところがあるもんですか」

廃人はさらに雑記帳を要求して、

「三ジカン」

と書いた。

「三時間も独りぼっちで待っていたというの。わるかったわね」彼女はそこですまぬよ

うな表情になってお辞儀をして見せ、「もう行かない。もう行かない」と言いながら手を振って見せた。

風呂敷包みのような須永廃中尉は、むろんまだ言い足りぬ様子であったが、口書きの芸当が面倒くさくなったとみえて、ぐったりと頭を動かさなくなった。そのかわりに、大きな両眼に、あらゆる意味をこめて、まじまじと時子の顔を見つめているのだ。

時子は、こういう場合、夫の機嫌をなおす唯一の方法をわきまえていた。言葉が通じないのだから、細かい言いわけをすることはできなかったし、言葉のほかではもっとも雄弁に心中を語っているはずの、微妙な眼の色などは、いくらか頭の鈍くなった夫には通用しなかった。そこで、いつもこうした奇妙な痴話喧嘩の末には、お互にもどかしくなってしまって、もっとも手っ取り早い和解の手段をとることになっていた。

彼女はいきなり夫の上にかがみ込んで、ゆがんだ口の、ぬめぬめと光沢のある大きなひっつりの上に、接吻の雨をそそぐのであった。すると、廃人の眼にやっと安堵の色が現われ、ゆがんだ口辺に、泣いているかと思われる醜い笑いが浮かんだ。時子は、いつもの癖で、それを見ても、彼女の物狂わしい接吻をやめなかった。それは、ひとつには相手の醜さを忘れて、彼女自身を無理から甘い興奮に誘うためでもあったけれど、またひとつには、このまったく起ち居の自由を失った哀れな片輪者を、勝手気ままにいじめつけてやりたいという、不思議な気持も手伝っていた。

だが、廃人の方では、彼女の過分の好意に面くらって、息もつけぬ苦しさに、身をもだえ、醜い顔を不思議にゆがめて、苦悶（くもん）している。それを見ると、時子は、いつもの通り、ある感情がウズウズと、身内に湧（わ）き起こってくるのを感じるのだった。

彼女は、狂気のようになって、廃人にいどみかかって行き、大島銘仙の風呂敷包みを、引きちぎるように剝（は）ぎとってしまった。すると、その中から、なんともえたいの知れぬ肉塊がころがり出してきた。

このような姿になって、どうして命をとり止めることができたかと、当時医学界を騒がせ、新聞が未曾有（みぞう）の奇談として書き立てたとおり、須永廃中尉のからだは、まるで手足のもげた人形みたいに、これ以上毀（こわ）れようがないほど、無残に、無気味に傷つけられていた。両手両足は、ほとんど根もとから切断され、わずかにふくれ上がった肉塊となって、その痕跡を留（とど）めているにすぎないし、その胴体ばかりの化物のような全身にも、顔面をはじめとして大小無数の傷あとが光っているのだ。

まことに無残なことであったが、彼のからだはそんなになっても、不思議と栄養がよく、かたわなりに健康を保っていた（鷲尾老少将は、それを時子の親身の介抱の功に帰して、例の褒め言葉のうちにも、そのことを加えるのを忘れなかった）。ほかに楽しみとてはなく、食欲の烈（はげ）しいせいか、腹部が艶々（つやつや）とはち切れそうにふくれ上がって、胴体ばかりの全身のうちでも殊（こと）にその部分が目立っていた。

それはまるで、大きな黄色の芋虫であった。或いは時子がいつも心の中で形容していたように、いとも奇怪な、畸形な肉ゴマであった。それは、ある場合には、手足の名残の四つの肉のかたまりを（それらの尖端には、ちょうど手提袋のように、四方から表皮が引き締められて、深い皺を作り、その中心にぽっつりと、無気味な小さい窪みができているのだが）その肉の突起物を、まるで芋虫の足のように、異様に震わせて、臀部を中心にして、頭と肩とで、ほんとうにコマと同じに、畳の上をクルクルと廻るのであったから。

今、時子のためにはだかにむかれた廃人は、それには別段抵抗するのではなく、何事かを予期しているもののように、じっと上眼使いに、彼の頭のところにうずくまっている時子の、餌物を狙うけだもののような、異様に細められた眼と、やや堅くなった、きめのこまかい二重顎を、眺めていた。

時子は、片輪者の、その眼つきの意味を読むことができた。それは今のような場合には、彼女がもう一歩進めば、なくなってしまうものであったが、たとえば彼女が彼のそばで針仕事をしていると、片輪者が所在なさに、じっとひとつ空間を見つめているような時、この眼色はいっそう深みを加えて、あの苦悶を現わすのであった。

視覚と触覚のほかの五官をことごとく失ってしまった廃人は、生来読書欲など持ち合わせなかった猪武者であったが、それが衝撃のために頭が鈍くなってからは、いっそう文字と絶縁してしまって、今はただ、動物と同様に物質的な欲望のほかにはなんの慰さむるところもない身の上であった。だが、そのまるで暗黒地獄のようなドロドロの生活のうちにも、ふと、常人であったころ教え込まれた軍隊式な倫理観が、彼の鈍い頭をもかすめ通ることがあって、それと、片輪者であるがゆえにいっそう敏感になった情欲とが、彼の心中でたたかい、彼の眼に不思議な苦悶の影をやどすものに違いない。時子はそんなふうに解釈していた。

時子は、無力な者の眼に浮かぶ、おどおどした苦悶の表情を見ることは、そんなに嫌いではなかった。彼女は一方ではひどい泣き虫の癖に、妙に弱い者いじめの嗜好を持っていたのだ。それに、この哀れな片輪者の苦悶は、彼女の飽くことのない刺戟物でさえあった。今も彼女は相手の心持をいたわるどころではなく、反対に、のしかかるように、異常に敏感になっている不具者の情欲に迫まって行くのであった。

えたいのしれぬ悪夢にうなされて、ひどい叫び声を立てたかと思うと、時子はびっしより寝汗をかいて眼をさました。

枕元のランプのホヤに妙な形の油煙がたまって、細めた芯がジジジジジと鳴いていた。部屋の中が、天井も壁も変に橙色に霞んで見え、隣に寝ている夫の顔が、ひっつりのところが灯影に反射して、やっぱり橙色にテラテラと光っている。今の唸り声が聞こえたはずもないのだけれど、彼の両眼はパッチリとひらいて、じっと天井を見つめていた。机の上の枕時計を見ると、一時を少し過ぎていた。

おそらくそれが悪夢の原因をなしたのであろうけれど、時子は眼がさめるとすぐ、からだに或る不快をおぼえたが、やや寝ぼけた形で、その不快をはっきり感じる前に、なんだか変だとは思いながら、ふと、別の事を、さいぜんの異様な遊戯の有様を幻のように眼に浮かべていた。そこには、キリキリと廻る、生きたコマのような肉塊があった。そして、肥え太って、脂ぎった三十女のぶざまなからだがあった。それがまるで地獄絵みたいに、もつれ合っているのだ。なんというまわしさ、醜さであろう。だが、そのいまわしさ、醜さが、どんなほかの対象よりも、麻薬のように彼女の情欲をそそり、彼女の神経をしびれさせる力をもっていようとは、三十年の半生を通じて、彼女のかつて想像だもしなかったところである。

「アーア、アーア」

時子はじっと彼女の胸を抱きしめながら、詠嘆ともうめきともつかぬ声を立てて、毀れかかった人形のような、夫の寝姿を眺めるのであった。

この時、彼女ははじめて、眼ざめてからの肉体的な不快の原因を悟った。そして「いつもとは少し早過ぎるようだ」と思いながら、床を出て、梯子段を降りて行った。

再び床にはいって、夫の顔を眺めると、彼は依然として、彼女の方をふり向きもしないで、天井を見入っているのだ。

「また考えているのだわ」

眼のほかには、なんの意志を発表する器官をも持たない一人の人間が、じっとひとつ所を見据えている様子は、こんな真夜中などには、ふと彼女に無気味な感じを与えた。どうせ鈍くなった頭だとは思いながらも、このような極端な不具者の頭の中には、彼女たちとは違った、もっと別の世界がひらけてきているのかもしれない。彼は、今その別世界を、ああしてさまよっているのかもしれない、などと考えると、ぞっとした。

彼女は眼がさえて眠れなかった。頭の芯に、ドドドドドと音を立てて、焰(ほのお)が渦まいているような感じがしていた。そして、無闇(むやみ)と、いろいろな妄想が浮かんでは消えた。その中には、彼女の生活をこのように一変させてしまったところの、三年以前の出来事が織り混ぜられていた。

夫が負傷して内地に送り帰されるという報知を受け取った時には、先(ま)ず戦死でなくてよかったと思った。その頃はまだつき合っていた同僚の奥様たちから、あなたはお仕合わせだとうらやまれさえした。間もなく新聞に夫の華々しい戦功が書き立てられた。同時に、彼の負傷の程度が可なり甚だしいものであることを知ったけれど、むろんこれほどのことは想像もしていなかった。

彼女は衛戍(えいじゅ)病院へ夫に会いに行った時のことを、おそらく一生涯忘れないであろう。

まっ白なシーツの中から、無残に傷ついた夫の顔が、ボンヤリと彼女の方を眺めていた。医員に、むずかしい術語のまじった言葉で、負傷のために耳が聞こえなくなり、発声機能に妙な故障を生じて、口さえきけなくなっていると聞かされた時、すでに彼女は眼をまっ赤にして、しきりに鼻をかんでいた。そのあとに、どんな恐ろしいものが待ち構えているかも知らないで。

いかめしい医員であったが、さすがに気の毒そうな顔をして「驚いてはいけませんよ」と言いながら、そっと白いシーツをまくって見せてくれた。そこには、悪夢の中のお化けみたいに、手のあるべき所に手が、足のあるべき所に足が、まったく見えないで、包帯のために丸くなった胴体ばかりが無気味に横たわっていた。それはまるで生命(いのち)のない石膏(せっこう)細工の胸像をベッドに横たえた感じであった。

彼女はクラクラッと目まいのようなものを感じて、ベッドの脚のところへうずくまってしまった。

ほんとうに悲しくなって、人目もかまわず、声を上げて泣き出したのは、医員や看護婦に別室へ連れてこられてからであった。彼女はそこの薄よごれたテーブルの上に、長いあいだ泣き伏していた。

「ほんとうに奇蹟(きせき)ですよ。両手両足を失った負傷者は須永中尉ばかりではありませんが、みな生命を取りとめることはできなかったのです。実に奇蹟です。これはまったく軍医正殿と北村博士の驚くべき技術の結果なのですよ、おそらくどの国の衛戍病院にも、こんな実例はありますまいよ」

医員は、泣き伏した時子の耳元で、慰さめるように、そんなことを言っていた。「奇蹟」という喜んでいいのか悲しんでいいのかわからない言葉が、幾度も幾度も繰り返された。

新聞紙が須永鬼中尉の赫々たる武勲はもちろん、この外科医術上の奇蹟的事実について書き立てたことは言うまでもなかった。

夢のまに半年ばかり過ぎ去ってしまった。上官や同僚の軍人たちがつき添って、須永の生きたむくろが家に運ばれると、ほとんど同時ぐらいに、彼の四肢の代償として、功五級の金鵄勲章が授けられた。時子が不具者の介抱に涙を流している時、世の中は凱旋祝いで大騒ぎをやっていた。彼女のところへも、親戚や知人や町内の人々から、名誉、名誉という言葉が、雨のように降り込んできた。

間もなく、わずかの年金では暮らしのおぼつかなかった彼女たちは、戦地での上長官であった鷲尾少将の好意にあまえて、その邸内の離れ座敷を無賃で貸してもらって住むことになった。田舎にひっこんだせいもあったけれど、その頃から、彼女たちの生活はガラリと淋しいものになってしまった。凱旋騒ぎの熱がさめて、世間も淋しくなっていた。もう誰も以前のようには彼女たちを見舞わなくなった。月日がたつにつれて、戦捷の興奮もしずまり、それにつれて、戦争の功労者たちへの感謝の情もうすらいで行った。須永中尉のことなど、もう誰も口にするものはなかった。

夫の親戚たちも、不具者を気味わるがってか、物質的な援助を恐れてか、ほとんど、彼女の家に足踏みしなくなった。彼女のがわにも、両親はなく、兄妹(きょうだい)たちは皆薄情者であった。哀れな不具者とその貞節な妻は、世間から切り離されたように、田舎の一軒家でポッツリと生存していた。そこの二階の六畳は、二人にとって唯一の世界であった。しかも、その一人は耳も聞こえず、口もきけず、起ち居もまったく不自由な土人形のような人間であったのだ。

廃人は、別世界の人類が突然この世にほうり出されたように、まるで違ってしまった生活様式に面くらっているらしく、健康を回復してからでも、しばらくのあいだは、ボンヤリしたまま身動きもせず仰臥(ぎょうが)していた。そして時をかまわず、ウトウトと睡(ねむ)っていた。

時子の思いつきで、鉛筆の口書きによる会話を取りかわすようになった時、先ず第一に、廃人がそこに書いた言葉は「シンブン」「クンショウ」の二つであった。「シンブン」というのは、彼の武勲を大きく書き立てた戦争当時の新聞記事の切抜きのことで、「クンショウ」というのは言うまでもなく例の金鵄勲章のことであった。彼が意識を取り戻した時、鷲尾少将が第一番に彼の眼の先につきつけたものは、その二品であったが、廃人はそれをよく覚えていたのだ。

　廃人はたびたび同じ言葉を書いて、その二た品を要求し、時子がそれを彼の前で持っていてやると、いつまでもいつまでも、眺めつくしていた。彼が新聞記事を繰り返し読む時などは、時子は手のしびれてくるのを我慢しながら、なんだかばかばかしいような気持で、夫のさも満足そうな眼つきを眺めていた。

　だが、彼女が「名誉」を軽蔑しはじめたよりはずいぶん遅れてではあったけれど、廃人もまた「名誉」に飽き飽きしてしまったように見えた。彼はもう以前みたいに、かの二た品を要求しなくなった。そして、あとに残ったものは、不具者なるが故に病的に烈しい、肉体上の欲望ばかりであった。彼は回復期の胃腸病患者みたいに、ガツガツと食物を要求し、時を選ばず彼女の肉体を要求した。時子がそれに応じない時には、彼は偉大なる肉ゴマとなって気ちがいのように畳の上を這いまわった。

　時子は最初のあいだ、それがなんだか空恐ろしく、いとわしかったが、やがて、月日がたつにしたがって、彼女もまた、徐々に肉欲の餓鬼となりはてて行った。野中の一軒家にとじこめられ、行末になんの望みも失った、ほとんど無智と言ってもよかった二人の男女にとっては、それが生活のすべてであった。動物園の檻の中で一生を暮らす二匹のけだもののように。

　そんなふうであったから、時子が彼女の夫を、思うがままに自由自在にもてあそぶことのできる、一個の大きな玩具と見なすに至ったのは、まことに当然であった。また、不具者の恥知らずな行為に感化された彼女が、常人に比べてさえ丈夫々々していた彼女が、今では不具者を困らせるほども、飽くなきものとなり果てたのも、至極当たり前のことであった。

　彼女は時々気ちがいになるのではないかと思った。自分のどこに、こんないまわしい感情がひそんでいたのかと、あきれ果てて身ぶるいすることがあった。

　物もいえないし、こちらの言葉も聞こえない、自分では自由に動くことさえできない、この奇しく哀れな一個の道具が、決して木や土でできたものではなく、喜怒哀楽を持った生きものであるという点が、限りなき魅力となった。その上、たったひとつの表情器官であるつぶらな両眼が、彼女の飽くなき要求に対して、或る時はさも悲しげに、或る時はさも腹立たしげに物をいう。しかも、いくら悲しくとも、涙を流すほかには、なんのすべもなく、いくら腹立たしくとも、彼女を威嚇する腕力もなく、ついには彼女の圧倒的な誘惑に耐えかねて、彼もまた異常な病的興奮におちいってしまうのだが、このまったく無力な生きものを、相手の意にさからって責めさいなむことが、彼女にとっては、もうこの上もない愉悦とさえなっていたのである。

　時子のふさいだまぶたの中には、それらの三年間の出来事が、激情的な場面だけが、切れぎれに、次から次と二重にも三重にもなって、現われては消えて行くのだった。この切れぎれの記憶が、非常な鮮やかさで、まぶたの内がわに映画のように現われたり消えたりするのは、彼女のからだに異状があるごとに、必ず起こる現象であった。そして、この現象が起こる時には、きっと、彼女の野性がいっそうあらあらしくなり、気の毒な不具者を責めさいなむことがいっそう烈しくなるのを常とした。彼女自身それを意識さえしているのだけれど、身内に湧き上がる兇暴な力は、彼女の意志をもってしては、どうすることもできないのであった。

ふと気がつくと、部屋の中が、ちょうど彼女の幻と同じに、もやに包まれたように暗くなって行く感じがした。幻のそとに、もうひとつ幻があって、そのそとの方の幻が、今消えて行こうとしているような気持であった。それが神経のたかぶった彼女を怖がらせ、ハッと胸の鼓動が烈しくなった。だが、よく考えてみると、なんでもないことだった。彼女は蒲団から乗り出して、枕もとのランプの芯をひねった。さっき細めておいた芯が尽きて、ともし火が消えかかっていたのである。

部屋の中がパッと明かるくなった。だが、それがやっぱり橙色にかすんでいるのが、少しばかり変な感じであった。時子はその光線で、思い出したように夫の寝顔を覗いて見た。彼は依然として、少しも形を変えないで、天井の同じ所を見つめている。

「まあ、いつまで考えごとをしているのだろう」

彼女はいくらか、無気味でもあったが、それよりも、見る影もない片輪者のくせに、ひとりで仔細らしく物思いに耽っている様子が、ひどく憎々しく思われた。そして、またしても、むず痒く、例の残虐性が彼女の身内に湧き起こってくるのだった。

彼女は、非常に突然、夫の蒲団の上に飛びかかって行った。そしていきなり、相手の肩を抱いて、烈しくゆすぶりはじめた。

あまりにそれが唐突であったものだから、廃人はからだ全体で、ピクンと驚いた。そして、その次には、強い叱責のまなざしで、彼女を睨みつけるのであった。

「怒ったの？　なんだい、その眼」

時子はそんなことをどなりながら、夫にいどみかかって行った。わざと相手の眼を見ないようにして、いつもの遊戯を求めて行った。

「怒ったってだめよ。あんたは、私の思うままなんだもの」

だが、彼女がどんな手段をつくしても、その時に限って、廃人はいつものように彼の方から妥協してくる様子はなかった。さっきから、じっと天井を見つめて考えていたことがそれであったのか、または単に女房のえて勝手な振舞いが癇にさわったのか、いつまでもいつまでも、大きな眼を飛び出すばかりにいからして、刺すように時子の顔を見据えていた。

「なんだい、こんな眼」

彼女は叫びながら、両手を、相手の眼に当てがった。そして、「なんだい」「なんだい」と気ちがいみたいに叫びつづけた。病的な興奮が、彼女を無感覚にした。両手の指にどれほどの力が加わったかさえ、ほとんど意識していなかった。

ハッと夢からさめたように、気がつくと、彼女の下で、廃人が躍り狂っていた。胴体だけとはいえ、非常な力で、死にもの狂いに躍るものだから、重い彼女がはね飛ばされたほどであった。不思議なことには、廃人の両眼からまっ赤な血が吹き出して、ひっつりの顔全体が、ゆでだこみたいに上気していた。

時子はその時、すべてをハッキリ意識した。彼女は無残にも、彼女の夫のたったひとつ残っていた、外界への窓を、夢中に傷つけてしまったのである。

だが、それは決して夢中の過失とは言いきれなかった。彼女自身それを知っていた。いちばんハッキリしているのは、彼女は夫の物言う両眼を、彼らが安易なけだものになりきるのに、はなはだしく邪魔っけだと感じていたことだ。時たまそこに浮かび上がってくる正義の観念ともいうべきものを、憎々しく感じていたことだ。のみならず、その眼のうちには、憎々しく邪魔っけであるばかりでなく、もっと別なもの、もっと無気味で恐ろしい何物かさえ感じられたのである。

しかし、それは嘘だ。彼女の心の奥の奥には、もっと違った、もっと恐ろしい考えが存在していなかったであろうか。彼女は、彼女の夫をほんとうの生きた屍にしてしまいたかったのではないか。完全な肉ゴマに化してしまいたかったのではないか。胴体だけの触覚のほかには、五官をまったく失った一個の生きものにしてしまいたかったのではないか。そして、彼女の飽くなき残虐性を、真底（しんそこ）から満足させたかったのではないか。不具者の全身のうちで、眼だけがわずかに人間のおもかげをとどめていた。それが残っていては、何かしら完全でないような気がしたのだ。ほんとうの彼女の肉ゴマではないような気がしたのだ。

　このような考えが、一秒間に、時子の頭の中を通り過ぎた。「ギャッ」というような叫び声を立てたかと思うと、躍り狂っている肉塊をそのままにして、ころがるように階段を駈けおり、はだしのまま暗やみのそとへ走り出した。彼女は悪夢の中で恐ろしいものに追っ駈けられてでもいる感じで、夢中に走りつづけた。裏門を出て、村道を右手へ、でも、行く先が三丁ほど隔たった医者の家であることは意識していた。

　頼みに頼んでやっと医者をひっぱって来た時にも、肉塊はさっきと同じ烈しさで躍り狂っていた。村の医者は、噂（うわさ）には聞いたけれど、まだ実物を見たことがなかったので、片輪者の無気味さに胆（きも）をつぶしてしまって、時子が物のはずみでこんな椿事（ちんじ）を惹（ひ）き起こした旨（むね）を、くどくど弁解するのも、よくは耳にはいらぬ様子であった。彼は痛み止めの注射と、傷の手当てをしてしまうと、大急ぎで帰って行った。

負傷者がやっと藻掻きやんだ頃、しらじらと、夜があけた。

時子は負傷者の胸をさすってやりながら、ボロボロと涙をこぼし、「すみません」「すみません」と言いつづけていた。肉塊は負傷のために発熱したらしく、顔が赤くはれ上がって、胸は烈しく鼓動していた。

時子は終日病人のそばを離れなかった。食事さえしなかった。そして、病人の頭と胸に当てた濡れタオルを、ひっきりなしに絞り換えたり、気ちがいめいた長たらしい詫び言をつぶやいてみたり、病人の胸に指先で「ユルシテ」と幾度も幾度も書いてみたり、悲しさと罪の意識に、時間のたつのを忘れてしまっていた。

夕方になって、病人はいくらか熱もひき、息づかいも楽になった。時子は、病人の意識がもう常態に復したに違いないと思ったので、あらためて、彼の胸の皮膚の上に、一字々々ハッキリと「ユルシテ」と書いて、反応を見た。だが、肉塊は、なんの返事もしなかった。眼を失ったとはいえ、首を振るとか、笑顔を作るとか、何かの方法で彼女の文字に答えられぬはずはなかったのに、肉塊は身動きもせず、表情も変えないのだ。息づかいの様子では眠っているとも考えられなかった。皮膚に書いた文字を理解する力さえ失ったのか、それとも、憤怒のあまり、沈黙をつづけているのか、まるでわからない。それは今や、一個のフワフワした、暖かい物質でしかなかったのだ。

時子はそのなんとも形容のできぬ静止の肉塊を見つめているうちに、生れてからかつて経験したことのない、真底からの恐ろしさに、ワナワナと震え出さないではいられなかった。

　そこに横たわっているものは一個の生きものに違いなかった。彼は肺臓も胃袋も持っているのだ。それだのに、彼は物を見ることができない。音を聞くことができない。一ことも口がきけない。何かを摑むべき手もなく、立ち上がるべき足もない。彼にとってはこの世界は永遠の静止であり、不断の沈黙であり、果てしなき暗やみである。かつてなにびとがかかる恐怖の世界を想像し得たであろう。そこに住む者の心持は何に比べることができるであろう。彼は定めし「助けてくれえ」と声を限りに呼ばわりたいであろう。どんな薄明かりでもかまわぬ、物の姿を見たいであろう。どんなかすかな音でもかまわぬ、物の響きを聞きたいであろう。何物かにすがり、何物かを、ひしと摑みたいであろう。だが、彼にはそのどれもが、まったく不可能なのである。

　時子は、いきなりワッと声を立てて泣き出した。そして、取り返しのつかぬ罪業と、救われぬ悲愁に、子供のようにすすり上げながら、ただ人が見たくて、世の常の姿を備えた人間が見たくて、哀れな夫を置き去りに、母屋の鷲尾家へ駆けつけたのであった。

　烈しい嗚咽のために聞き取りにくい、長々しい彼女の懺悔を、だまって聞き終った鷲尾老少将は、あまりのことにしばらくは言葉も出なかったが、

「ともかく、須永中尉をお見舞いしよう」

やがて彼は憮然として言った。

もう夜にはいっていたので、老人のために提灯が用意された。二人は、暗やみの草原を、おのおのの物思いに沈みながら、だまり返って離れ座敷へたどった。

「誰もいないよ。どうしたのじゃ」

先になってそこの二階に上がって行った老人が、びっくりして言った。

「いいえ、その床の中でございますの」

時子は、老人を追い越して、さっきまで夫の横たわっていた蒲団のところへ行ってみた。だが、実に変てこなことが起こったのだ。そこはもぬけの殻になっていた。

「まあ……」

と言ったきり、彼女は茫然と立ちつくしていた。

「あの不自由なからだで、まさかこの家を出ることはできまい。家の中を探してみなくては」

やっとしてから、老少将が促がすように言った。二人は階上階下を隈なく探しまわった。だが、不具者の影はどこにも見えなかったばかりか、かえってそのかわりに、ある恐ろしいものが発見されたのだ。

「まあ、これ、なんでございましょう?」

時子は、さっきまで不具者の寝ていた枕もとの柱を見つめていた。

そこには鉛筆で、よほど考えないでは読めぬような、子供のいたずら書きみたいなものが、おぼつかなげにしるされていたのだ。

「ユルス」

時子はそれを「許す」と読み得た時、ハッとすべての事情がわかってしまったように思った。不具者は、動かぬからだを引きずって、机の上の鉛筆を口で探して、彼にしてはそれがどれほどの苦心であったか、わずか片仮名三字の書置きを残すことができたのである。

「自殺をしたのかもしれませんわ」

彼女はオドオドと老人の顔を眺めて、色を失った唇を震わせながら言った。

鷲尾家に急が報ぜられ、召使いたちが手に手に提灯を持って、母屋と離れ座敷のあいだの雑草の庭に集まった。

そして、手分けをして庭内のあちこちと、闇夜の捜索がはじめられた。

時子は、鷲尾老人のあとについて、彼の振りかざす提灯の淡い光をたよりに、ひどい胸騒ぎを感じながら歩いていた。あの柱には「許す」と書いてあった。あれは彼女が先に不具者の胸に「ユルシテ」と書いた言葉の返事に違いない。彼は「私は死ぬ。けれど、お前の行為に立腹してではないのだよ。安心おし」と言っているのだ。

この寛大さがいっそう彼女の胸を痛くした。彼女は、あの手足のない不具者が、まともに降りることはできないで、全身で梯子段を一段々々ころがり落ちなければならなかったことを思うと、悲しさと怖ろしさに、総毛立つようであった。

しばらく歩いているうちに、彼女はふと或ることに思い当たった。そして、ソッと老人にささやいた。

「この少し先に、古井戸がございましたわね」

「ウン」

老将軍はただ肯いたばかりで、その方へ進んで行った。

提灯の光は、空漠たる闇の中の、方一間ほどを薄ぼんやりと明かるくするにすぎなかった。

「古井戸はこの辺にあったが」

鷲尾老人は独り言を言いながら、提灯を振りかざし、できるだけ遠くの方を見きわめようとした。

その時、時子はふと何かの予感に襲われて、立ち止まった。耳をすますと、どこやらで、蛇が草を分けて走っているような、かすかな音がしていた。

彼女も老人も、ほとんど同時にそれを見た。そして、彼女はもちろん、老将軍さえもが、あまりの恐ろしさに、釘（くぎ）づけにされたように、そこに立ちすくんでしまった。

提灯の火がやっと届くか届かぬかの、薄くらがりに、生い茂る雑草のあいだを、まっ黒な一物が、のろのろとうごめいていた。その物は、無気味な爬虫類の恰好で、かま首をもたげて、じっと前方をうかがい、押しだまって、胴体を波のようにうねらせ、胴体の四隅についた瘤みたいな突起物で、もがくように地面を掻きながら、極度にあせっているのだけれど、気持ばかりでからだがいうことを聞かぬといった感じで、ジリリジリリと前進していた。

やがて、もたげていた鎌首が、突然ガクンと下がって、眼界から消えた。今までよりは、やや烈しい葉擦れの音がしたかと思うと、からだ全体が、さかとんぼを打って、ズルズルと地面の中へ、引き入れられるように、見えなくなってしまった。そして、遥かの地の底から、トボンと、鈍い水音が聞こえてきた。

そこに、草に隠れて、古井戸の口がひらいていたのである。

二人はそれを見届けても、急にはそこへ駈け寄る元気もなく、放心したように、いつまでも立ちつくしていた。

まことに変なことだけれど、そのあわただしい刹那に、時子は、闇夜に一匹の芋虫が、何かの木の枯枝を這っていて、枝の先端のところへくると、不自由なわが身の重みで、ポトリと、下のまっくろな空間へ、底知れず落ちて行く光景を、ふと幻に描いていた。

あの、顔の色、瞳の艶、

——恋に死ぬ身は美しや

泉鏡花

浮舟

泉鏡花　Izumi Kyoka　1873-1939

金沢生れ。1890（明治23）年上京、翌年より尾崎紅葉に師事。1895年発表の『夜行巡査』『外科室』が“観念小説”の呼称を得て新進作家としての地歩を確立。明治・大正・昭和を通じて独自の境地を開いた。

一

「浪花江(なにわえ)の片葉(かたは)の蘆(あし)の結ぼれかかり——よいやさ。」

と蹌踉(よろり)として、

「これわいな。……いや、どっこいしょ。」

脱いで提げたる道中笠(どうちゅうがさ)、一寸(ちょっと)左手に持換えて、紺の風呂敷(ふろしき)、桐油包(とうゆづつみ)、振分けの荷を両方、蝙蝠(こうもり)の憑物(つきもの)めかいて、振落しそうに掛けた肩を、自棄(やけ)に前に突いて最一(もひと)つ蹌踉(よろ)ける。

「……解けてほぐれて逢(あ)う事もか。何を言(い)やがる。……此方(こっち)あ可(い)い加減に溶(とろ)けそうだ。……まつにかいあるヤンレ夏の雨、かい……とおいでなすったかい。」

さっと沈めた浪(なみ)の音。磯馴松(そなれまつ)は一樹(ひとき)、一本(ひともと)、薄い枝に、濃い梢(こずえ)に、一ツずつ、翠(みどり)、淡(と)紅色(きいろ)、絵のような、旅館、別荘の窓灯を掛連ね、松露(しょうろ)が恋に身を焦(こが)す、紅提灯(べにぢょうちん)ちらほらと、家と家との間を透く、白砂に影を落して、日暮の打水(うちみず)のまだ乾かぬ茶屋の葭簀(よしず)も青(あお)薄(すすき)、婦(おんな)の姿もほのめいて、穂に出て招く風情(ふぜい)あり。此処(ここ)は二見(ふたみ)の浦づたい。

真夏の夜の暗闇(やみ)である。此(こ)の四五日、引続く暑さと云(い)うは、日中(ひなか)は硝子(ビイドロ)を焼くが如(ごと)く、嚇(かっ)と晴れて照着(てりつ)ける、が、夕凪(ゆうなぎ)とともに曇(どん)よりと、水も空も疲れたように、ぐったりと雲がだらけて、煤色(すすいろ)の飴(あめ)の如(ごと)く粘々(ねばねば)と掻曇(かきくも)って、日が暮れると墨を流し、海の波は漆を畝(うね)らす。此(これ)で居て今夜も降るまい。癖に成(な)って、一雫(ひとしずく)の風を誘(いざな)う潮の香(か)もないのであった。

男は草鞋穿(わらじばき)、脚絆(きゃはん)の両脚(もろずね)、しゃんとして、恰(あたか)も一本の杭(くい)の如く、松を仰いで、立停(たちどま)って、……眦(まなじり)を返して波を視(み)た。

「ああ、唄(うた)じゃねえが、一雨(ひとあめ)欲しいぜ……」

俄然(がぜん)として額を叩(たた)いて、

「慌(あわ)てまい。六ちゃん、いや、ちゃんと云う柄じゃねえ。六公(ろくこう)、六(ろく)でなし、六印(ろくじるし)、月六(つきろく)斎(さい)で居やあがら。はははは。」

肩を刻んで苦笑いして、またふらふらと砂を踏み、

「野宿に雨は禁物でえ。」

其(そ)の時躓(つまず)く。……

「これわいな！　慌てまいとは此の事だ。はあ、松の根ッ子か。此の、何でもせい。」

岸辺の茶屋の、それならぬ、渚(なぎさ)の松の舫船(もやいぶね)。——六蔵は投遣(なげや)りに振った笠を手許(てもと)に引いて、屈腰(かがみごし)に前を透かすと、つい目の前に船首(みよし)が見える。

船は、櫂(かい)もなく艪(ろ)もなしに、浜松の幹に繋(つな)いで、一棟、三階立は淡路屋と云う宏壮(こうそう)な

大旅館、一軒は当国松坂の富豪、池川の別荘、清洒なる二階造、二見の浦の海に面した裏木戸の両の間、表通りへ抜路の浜口に、波打際に引上げてあった。

夫女巌へ行くものの、通りがかりの街道から、此の模様を視めたら、其も名所の数には洩れまい。舷に鯔は飛ばないでも、舳に蒼い潮の鱗。船は波に、海に浮べたかと思われる。……が藍を流した池のような浦の波は、風の時も、渚に近い此の船底を洗いはせぬ。戯にともづなの舫を解いて、木馬のかわりにぐらぐらと動かしても、縦横に揺れこそすれ、洲走りに砂を辷って、水に攫われるような憂はない。

気の軽い、のん気な船は、件の別荘の、世に隔てを置かぬ、ただ夕顔の杖ばかり、四ツ目に結った竹垣の一重を隔てた。濡縁越の座敷から聞え来る三味線の節の小唄の、二葉三葉、松の葉に軽く支えられて、流れもあえず、絹のような砂の上に漂って居るのである。

二

「此の何でもせい。……住吉の岸辺の茶屋に、よいやさ。」

と風体、恰好、役雑なものに名まで似た、因果小僧とも言いそうな這奴六蔵は、其の舷に腰を掛けた、が、舌打して、

「ちょッ面倒だ。宿銭は鐚でお定り、それ、」

と笠を、すぽりと落し、次手に振分の荷を取って、笠の中へ投げ込んで、

「いや、お泊りならばァ泊らんせ、お風呂もどんどん湧いて居る、障子も此頃はりかえて、畳も此頃かえてある。――嘘を吐きゃあがれ。」

空手を組んで、四辺を見たが、がッくりと首を振って、

「待てよ……青天井が黒光りだ。電は些と気が無えがね、二見ヶ浦は千畳敷、浜の砂は金銀……だろう、そうだろそうだろ然うであろ。成程どんどん湧いて居ら、伊良子ヶ崎までたっぷりだ。ああ、しかし暑いぜ。」

腕まくりを肩までして、

「よく皆、瓦の下の、壁の裡へ入ってやがる。」

瓦の下、壁の裡、別荘でも旅館でも、階下も二階も恁の温気に、夕凪の潮を避け、南うけに座を移して、伊勢三郎が物見松に、月もあらば盗むべく、神路山、朝熊嶽、五十鈴川、宮川の風にこがれて居るらしい。ものの気勢も人声も、街道向は賑かに、裏手には湯殿の電燈の小暗きさえ、燈は海に遠かった。

六蔵ニヤニヤと独笑して、

「お寝間のお伽もまけにしてと――姉さん、真個かい、洒落だぜ洒落だぜ洒落じゃねえ。入らっしゃい、お一方、お泊でございますよ。へい、お早いお着様で、難有う存じます。

これ、御濯足の水を早くよ。あいあい、とおいでなさる。白地の手拭、紅い襷よ……柔な指で水と来りゃ、俺あ盥で金魚に化けるぜ。金魚うや、金魚う。」

と可い気な売声。

「はてな、紺がすりに、紺の脚絆、おかしな色の金魚だぜ。畜生め、鯰じゃねえか。刎ねる処は鮒だ奴さ。鮒だ、鮒だ、鮒侍だ。」

と胸を揺って、ぐっと反ったが、忽ち肩ぐるみ頭をすくめて、

「何を言やあがる。」

で、揚あしを左の股、遣違いに又右て。燈は遠し、手探りを、何の気もなく草鞋を解いて、ぴたりと揃えて、トンと船底へ突込むと、殊勝な事には、手拭の畳んで持ったをスイと解き、足の埃をはたはたと払って、臀で楫を取って、ぐるりと船の胴の間にのめり込む。

「御案内引あいあい……」

と自分で喚き、

「奥の離座敷だよ、……船の間——とおいでなすった。ああ、佳い見晴、と言いてえが、暗くッて薩張分らねえ。」

勝手な事を吐くうちに、船の中で胡坐に成った。が兎が櫂を押さないばかり、狸が乗った形である。

「何、お風呂だえ、風呂は留めだ。恁う見えても余り水心のある方じゃねえ。ははは、湯に水心も可笑いが、どんどん湧いてるは海だろう。――すぐに御膳だ。膳の上で一銚子よ。分ったか。脱落もあるめえが、何ぞ一品、別の肴を見繕ってよ、と仰せられる。」

と仰せられ、

「ああ、いい酒だぜ、忠兵衛のおふくろかい、古い所で……妙燗妙燗。」

と二つばかり額を叩く。……暢気さも傍若無人で、いずれ野宿の、ここに寝て了うつもりで居よう。舫船を旅籠とより、名所を座敷にしたようなことを吐す。が。僅か一時ばかり前、此の町通り、両側の旅籠の前を、うろついて歩行いた折は、早や日も落ちて、脚にも背にも、放浪の陰の漾った、見るからみじめな様子であった。

三

黄昏に、御泊を待つ宿引女の、廂はずれの床几に掛けて、島田、円髷、銀杏返、撫つけ髪の夕化粧、姿を斜に腰を掛けて、浅葱に、白に、紅に、ちらちら手絡の色に通う、団扇の絵を動かす状、もの言う声も媚かしく傾城町の風情がある。

浦づたいなる掃いたような白い道は、両側に軒を並べた、家居の中を、あの注連を張った岩に続く……、松の蒔絵の貝の一筋道。

氷店(こおりみせ)、休茶屋(やすみぢやや)、赤福売る店、一膳めし、就中(なかんずく)、鵯(ひよどり)の鳴くように、けたたましく往来(ゆきき)を呼ぶ、貝細工、寄木細工の小女どもも、昼から夜へ日脚(ひあし)の淀(よど)みに商売(あきない)の逢魔(おうま)ヶ時(どき)、一時鳴(ひとしきりなり)を鎮(しず)めると、出女(でおんな)の髪が黒く、白粉(おしろい)が白く成る。

優い声で、

「もし、お泊りかな。」

「お泊りやすえ。」

彼方(あっち)でも、お泊りやす、此方(こっち)でも、お泊りやす、と愛嬌(あいきょう)声の口許は、松葉牡丹(ぼたん)の紅(べに)である。

「泊るよ。」

其処(そこ)へ、突掛(つっか)けに紺がすりの汗ばんだ道中を持って行(ゆ)くと、

「はい、お旅籠は上中下と三段にございますがな、最下等にいたしましても……」

何(ど)うして、こんな旅籠へ一宿出来よう、服装(みなり)を見ての口上に違いないから。

「何だ。無価(ただ)泊めようと云うのじゃねえのか。」

「外(ほか)を聞いておくんなはれ。」

「指揮(さしず)は受けねえ。」と肩を揺って、のっさり通る。

「お泊りやす。」

「俺(おら)か。」と又ずっと寄る。

「否(いいえ)、違いまんの。」

「状(ざま)あ見ろ、へへん。」

と、半分白い目で天を仰いで、拗(す)ねたように其のまま素通(すどおり)。

此の辺(あたり)とて、道者宿、木賃泊りが無いではない。要するに、容子(ようす)の好(よ)い婦人(たぼ)が居て、夕(ゆうべ)をほの白く道中を招く旅籠では、風体の恪(かく)の如き、君を客にはしないのである。荷も石瓦(いしがわら)、古新聞、乃至(ないし)、懐中(ふところ)は空(から)っぽでも、一度目指した軒を潜(くぐ)って、座敷に足さえ踏掛(ふんが)くれば、銚子を倒し、椀(わん)を替え、比目魚(ひらめ)だ、鯛(たい)だ、と贅(ぜい)を言って、按摩(あんま)まで取って、ぐっすり寝て、いざ出発の勘定に、五銭の白銅一個(ひとつ)持たないでも、彼はびくとも為(す)るのではなかった。

針が一本――魔法でない。

此の六(ろく)でなしの六蔵は、元来腕利(うでき)きの仕立屋で、女房と世帯(しょたい)を持ち、弟子小僧も使った奴。酒で崩して、賭博(ばくち)を積み、いかさまの目ばかり装(も)った、己(おの)の名の旅双六(たびすごろく)、花の東都(あずま)を夜遁(よに)げして、神奈川宿のはずれから、早や旅銭なしの食いつめもの、旅から旅をうろつくこと既にして三年越(ごし)。

右様(みぎよう)の勘定書に対すれば、洗った面(つら)で、けろりとして、

「おう、仕立ものの用はねえか。羽織でも、袴(はかま)でも。何にもなきゃ経帷子(きょうかたびら)を縫って遣(や)ら。勘定は差引だ。」

女郎屋の朝の居残りに遊女どもの顔を剃って、虎口を遁れた床屋がある。——それから見れば、旅籠屋や、温泉宿で、上手な仕立は重宝で、六の名は七同然、融通は利き過ぎる。

尤も仕事を稼ぎためて、小遣のたしにするほどなら、女房を棄てて流浪なんかしない筈。

からっけつの尻端折、笠一蓋の着たッ切雀と云うも恥かしい阿房鳥の黒扮装で、二見ケ浦に塒を捜して、

「お泊りだ、お一人さん——旅籠は鐚でお定り、そりゃ。」と指二本、出女の目前へぬいと出す。

誰が対手に成るものか、黙って動かす団扇の手は、浦風を軒に誘って、背後から……塩花塩花。

四

六は門並六七軒。

風体と面構で、其の指二本突出して、二両を二百に値切っても、怒って喧嘩はしないけれど、誰も取合うものはなし。

いざ、と成れば、法もかく、手心は心得たが、さて指当って、腹は空く、汗は流れる、咽喉は乾く、氷屋へ入る仕覚も無かった。

すねた顔色、ふてた図体、而して、身軽な旅人の笠捌きで、出女の中を伸歩行く、白徒の不敵らしさ。梁山泊の割符でも襟に縫込んで居そうだったが、晩の旅籠にさしかかった飢と疲労は、……六よ、怒るなよ……実際余所目には、ひょろついて、途方に暮れたらしく可哀に見えた。

此の後を、道の小半町、嬉しそうに、おかしそうに、視め視め、片頬笑みをしながら跟いて歩行いたのは、糊のきいた白地の浴衣に、絞りの兵児帯無雑作にぐるりと捲いた、耳許の青澄んで見えるまで、頭髪の艶のいい、鼻筋の通った、色の浅黒い、三十四五の、すっきりとした男で。何処にも白粉の影は見えず、下宿屋の二階から放出した書生らしいが、京阪地にも東京にも人の知った、巽辰吉と云う名題の俳優。

で、六が砂まぶれの脚絆をすじりもじって、別荘の門を通ったのと、一足違いに、彼は庭下駄で、小石を綺麗に敷詰めた、間々に、濃いと薄いと、すぐって緋色なのが、やや曇って咲く、松葉牡丹の花を拾って、其の別荘の表の木戸を街道へぶらりと出た。

巽は時に、酔ざましの薬を買いに出たのであった。

客筋と云うのではない、松坂の富豪池川とは、近い血筋ほどに別懇な親類交際。東に西に興行の都度、日取の都合が付きさえすれば、伊勢路に廻って遊ぶのが習いで、別けて夏は、三日なり二日なり此処に来ない事はないのであった。

今度も、別荘の主人が一所(いつしよ)で、新道(しんみち)の芸妓(げいしゃ)お美津(みつ)、踊りの上手なかるたなど、取巻(とりまき)大勢と、他に土地の友だちが二三人で、昨日から夜昼なし。

向う側の官営煙草(たばこ)、兼ねたり薬屋へ、ずっと入って巽が、

「御免よ。」

「はい、お出(い)でなさいまし。」

唯(と)、側対(かわむか)いの淡路屋の軒前(のきさき)に、客待(きやくまち)うけの円髷に突掛(つッかか)って、六でなしの六蔵が、（おい、泊るぜえ）を遣らかす処。——考えても——上り端(あがりばな)には萌黄(もえぎ)と赤と上草履をずらりと揃えて、廊下の奥の大広間には洋琴(ピアノ)を備えつけた館(やかた)と思え——彼奴(きやつ)が風体。

傍見(わきみ)をしながら、

「宝丹(ほうたん)はありますかい。」

「一寸(ちやと)、ござりまへんで。」

「無い。」

「左様(さい)で、ござりません。仁丹が可(よ)うござりますやろ。」と夕間暮(ゆうまぐれ)の薬簞笥(くすりだんす)に手を掛ける、とカチカチと鳴る環(かん)とともに、額の抜上った首を振りつつ大(おおき)な眼鏡越にじろりと見(や)る。

「宝丹が欲しいんだがね。」

「強(えら)い、お生憎様(あいにくさま)で。」

「お邪魔を。」

「何(ど)うだ、姉(あんね)え、此だけじゃ。」

六は再(また)指二本。

此の、笠ぐるみ振分けを捲(まく)り手(で)の一方へ、褌(ふどし)も見える高端折(たかばしより)、脚絆ばかりの切草鞋(きれわらじ)で、片腕を揮(ふ)ったり、挙げたり、鼻の下(の)を擦(こす)ったり、べかこと赤い目を剝(む)いたり、勝手に軒をひやかして、ふらふらと街道を伸して行くのが、如何(いか)にも舞台馴(な)れた演種(しぐさ)に見えて、巽はうかうか独笑(ひとりえみ)して其の後に続いたのである。

五

やがて一町(ひとまち)出はずれて、小松原に、紫陽花(あじさい)の海の見える処であった。

「君、君。」

何と思ったが、巽が其の六でなしを呼んだのである。

「ええ、手前で、へい。」と云うと、ぎっくり腰を折って、膝(ひざ)の処へ一文字(いちもんじ)に、つん、と伏せた笠の上、額を着けそうにして一ッおじぎをした工合(ぐあい)が、丁寧と言えば丁寧だが、何とも人を食った形に見える。

辰吉は片頬笑して、

「突然で失礼ですがね、何処此処(どこここ)と云ってるよりか、私の許(とこ)へ泊っちゃ何(ど)うです。」

「へい、貴方(あなた)へ。」と、俯向(うつむ)けて居た地薄な角刈の頭を擡(もた)げて、はぐらかす気か、汗ばんだか、手の甲で目を擦って、ぎろりと巽の顔を見た。

「何うです、泊りませんか……ッたってね、私も実は、余所(よそ)の別荘に食客(いそうろう)と云うわけだが、大腹(たいふく)な主人でね、戸締りもしない内(うち)なんだから、一晩、君一人ぐらい、私が引受けて何うにもしますよ。」

「へえ、御串戯(ごじょうだん)を。」と道の前後を眗(みまわ)して、苦笑いをしつつ、一寸(ちよつと)頭を掻いたは、扨(さて)は、我が挙動(ふるまい)を、と思ったろう。

「串戯なもんですか。」

其処が水菓子屋の店前(みせさき)で――巽は、別に他(た)に見当らなかったので、――居合す小僧に振向いて、最(も)う一軒薬屋はないか、と聞いて、心得て出て、更(あらた)めて言った。

「真個(ほんとう)だよ、君。」

と笑いながら、……もう向うむいて行きかける六蔵を再(また)呼んで、

「……今君が通って来た、あの、旭館(あさひかん)と淡路屋と云う大(おおき)な旅館の間にある、別荘に居るんだからね。」

「何とも難有(ありがて)え思召(おぼしめし)で、へい。」

と、も一度笠を出して面(つら)を伏せて、

「いずれ又……」

「では然(さ)ようなら。」

「御機嫌よろしゅう。」

二見ヶ浦を西、東。

思いも掛けない親船に、六はゆすぶった身体(からだ)を鎮めて、足腰をしゃんと行(ゆ)く。

「兄(にい)さん、兄さん。」

「親方。」

と若い女が諸声(もろごえ)で、やや色染めた紅提灯、松原の茶店から、夕顔別当、白い顔、絞(しぼり)の浴衣が、飄然(ひらり)と出て、六でなしを左右から。

「親方。」

「兄さん。」

「ええ、俺(おら)が事か。兄さん、とけつかったな。聞馴(ききな)れねえ口を利きやあがる。幾干(いくら)で泊める。恁(こ)う、旅籠は幾干だ。」

「否(いいえ)、宿屋じゃありません。まあ、お掛けなさいな。」

「よう一寸(ちょっと)。」

「何(な)にも持たねえ、茶代が無(ね)えぜ。」

「何んですよ、そんな事は。」

「はてな、聞馴れねえ口を利きやあがる。」

「其の代りね、今、親方、其処で口を利いたでしょう。」

「一寸、あの方は何と云って。矢張り普通の人間とおんなじ口の利き方をなさる事？

一寸さあ……」

と衣紋を抜く。

六蔵解めぬ面の眉を顰め、

「何だ、人間の口の利方だ？……ほい、じゃ、ありゃ此処等の稲荷様か。」

「まあ！」

「何だい？」

「あら、名題の方じゃありませんか、巽さんと云う俳優だわよ。」

「畜生め、此奴等、道理で騒ぐぜ。むむ、素顔にゃはじめてだ。」

と、遠くを行く辰吉のすらりとした、後姿に伸上る。

「可いわねえ。」と、可厭な目色。

「黙ってろ。俺も恁う見えて江戸児だ。巽の仮声がうめえんだ。……」

「あら、嬉しい。ひい！」と泣声を放ったり。

「馳走をしねえ、聞かして遣ら。二見中の鮑と鯛を背負って来や。熱燗熱燗。」と大手をふった。

これじゃ頓て、鼻唄も出そうである。

六

「もしもし、貴方。」

と媚かしい声。

溝端の片陰に、封袋を切って晃乎とする、薬の錫を捻くって、伏目に辰吉の彳んだ容子は、片頬に微笑さえ見える。四辺に人の居ない時、恁うした形は、子供が鉄砲玉でも買って来たように、邪気無いものである。

水菓子屋で聞いた薬屋へ行くには、彼は、引返して別荘の前を又通らねば成らなかった。それから路を折曲って、草生の空地を抜けて、まばら垣について廻って、停車場方角の、新開と云った場末らしい、青田も見えて藁屋のある。其の中に、廂に唐辛子、軒に橙の皮を干した、……百姓家の片商売。白髪の婆が目を光らして、見るなよ、見るなよ、と言いそうな古納戸めいた裡に、字も絵も解らぬ大衝立を置いた。

宝丹は其処にあったが、不思議に故郷に遠い、旅にある心地がして、巽はふと薄い疲労さえ覚えた。道もやがて別荘の門から十町ばかり離れたろう。

右から左に弁ずる筈を、恁うして手に入れた宝丹は、心嬉しく、珍らしい。

「あの、お薬をめしあがりますなら、お湯か何ぞ差上げますわ。」

唯、片側の一軒立、平屋の白い格子の裡に、薄彩色の裾をぼかした、艶なのが、絵のように覗いて立つ。

黒髪は水が垂りそう、櫛巻の房りとした、瓜核顔の鼻筋が通って、眉の恍惚した、優しいのが、中形の浴衣に黒繻子の帯をして、片手、其の格子に掛けた、二の腕透いて雪を欺く、下緊の浅葱に挟んで、――玉の葱の茶室を起った。――緋の袱紗、と見えたのは鹿子絞の撥袋。

片手に象牙の撥を持ったままで、巽に声を掛けたのである。

薬の錫を持ったなり、浴衣の胸に掌を当てて、其の姿を見たが、通りがかりの旅人に、一夜を貸そうと云った矢先、巽は怪む気もしないで、

「恐入りますな。」

「さあ何うぞ。」

と云って莞爾した。が、撥を挙げて靨を隠すと、向うむきに格子を離れ、細りした襟の白さ、撫肩の媚かしさ。浴衣の千鳥が宙に浮いて、ふっと消える、とカチリと鳴る
……何処かに撥を置いた音。

すぐに、上框へすっと出て、柱がくれの半身で、爪尖がほんのりと、常夏淡く人を誘

う。
　巽は猶関（なおかま）わず格子を開けた。
「じゃあ御免なさいよ。」
　と、土間に釣った未（ま）だ灯を入れない御神燈（ごしんとう）に蔦（つた）の紋、鶴沢宮歳（つるさわみやとし）とあるのを読んで、あ
あ、お師匠さん、と思う時、名の主は……早や次の室（ま）の葭戸（よしど）越（ごし）、背姿（うしろすがた）に、薄（うっす）りと鉄瓶の
湯気をかけて、一処（ひとところ）浦の波が月に霞（かす）んだようであった。
「恐入ります。」
　婦（おんな）は声を受けて、何となく、なよやかな袖（そで）を揺（ゆる）がしながら、黙って白湯（さゆ）を注（つ）いで居る。
「拝借します。」
　と巽は其処の上框へ。
　二つ三つ、すらすらと畳触り。で、遠慮したか、葭戸の開いた敷居越に、撓（しな）うような
膝を支（つ）いて、框の隅の柱を楯（たて）に、少し前屈みに身を寄せる、と繻子（しゅす）の帯がキクと鳴る、
心の通う音である。
「温湯（ぬるまゆ）にいたしましたよ、水が悪うございますから。」
「……御深切（ごしんせつ）に。」
　取った湯呑（ゆのみ）は定紋着（じょうもんつき）、蔦を染めたが、黄昏に、薄（うっす）りと蒼ずむと、宮歳の白魚（しらお）の指に、
撥袋の緋が残る。

「ああ、私。」と、ばらりと落すと、下褄の端にちらめいて、瞼に颯と色を染めた、二十三四が艶なる哉。

七

「私、何うしたら可いでしょう。極りが悪うござんすわ。」

と婦は軽く呼吸を継いで、三味線の糸を弾くが如く、指を柱に刻みながら、

「私、お知己でもないお方をお呼び申して、極りが悪いものですから、何ですか、ひとりで慌て了って、御茶台にも気が付きません。……そんな自分の湯呑でなんか。……失礼な、……まあ、何うしたら可うございましょうね。」

と襟を圧えて俯向いて、撥袋を取って背後に投げたが、留南奇の薫が颯として、夕暮の奇しき花、散らすに惜しき風情あり。辰吉は湯呑を片手に、

「何うしまして、結構です。難有う。そしてお師匠さん。貴女の芸にあやかりましょう。」

「存じません。」

と、又一刷毛瞼を染めつつ、

「人様御迷惑。蚊柱のように唸るんでございますもの、そんな湯呑には孑孑が居ると不

可(け)ません。お打棄(うっちゃ)りなさいましよ。唯今(ただいま)、別のを汲替(とりか)えて差上げますから。」と片手をついて立構(たちがまえ)す。

辰吉は圧えるように、

「ああ、しばらく。貴女がそんな事をお言いなすっちゃ私は薬が服(の)めなく成ります。此の図体で、第一、宝丹を舐(な)めようと云う柄じゃないんですもの。鯱(しゃち)や鯨と摑合(つかみあ)って、一角丸(ウニコオル)を棒で噛(かじ)ろうと云うまどろすじゃありませんか。」

婦(おんな)が清(すず)しい目で、口許に嬉しそうな笑(えみ)を浮べ、流眄(ながしめ)に一寸(ちょっと)見て、

「まあ、そうしてお商売は、貴方。」

「船頭でさあね。」

「一寸！　池川さんのお遊び道具の、あの釣船ばかりお漕(こ)ぎ遊ばす……」

お師匠さんは御存じだ。

「雑(ざっ)と、人違いですよ。」と眦(まなじり)を伏せてぐっと呑んで、

「申兼(もうしか)ねましたが、もう一杯。丁(ちょう)ど咽喉が渇いて困って居た、と云う処です。」

艶(えん)なお師匠さんは、いそいそして、

「お出ばなにいたしましょうね。」

「薬を服みました後ですから、お湯の方が結構です——何ですか、お稽古(けいこ)は日が暮れてからですか。ああ、いや、其(それ)で結構。」

辰吉は錆(さび)のある粋(いき)な笑(わらい)で、

「ははは、些(ち)と厚かましいようですな。」

「沢山(たんと)おっしゃいまし。——否(いいえ)、最(も)う片手間の、あの、些少(ほん)の真似事(まねごと)でございます。」

「お呼び申せば座敷へも……？」

「可厭(いや)でございますねえ、貴方。」

と片手おがみの指が撓(しな)って、

「そんな御義理を遊ばしちゃ、それじゃ私申訳(もうしわけ)がありません。それで無くってさえ、お通りがかりをお呼び申して、真個(ほんとう)に不躾(ぶしつけ)だ、と極りが悪うございましてね、赫々逆上(かっかっのぼせ)ますほどなんですもの。」

身を恥じるように言訳がましく、

「実は、あの、小婢(こども)を買ものに出しまして、自分でお温習(さらい)でもしましょうか、と存じました処が、窓の貴方、荵(しのぶ)の露の、大きな雫が落ちますように、蛍が一つ、飛ぶのが見えたんでございますよ……」

「蛍。」

と巽は、声に応じて言返した。

「はあ、時節は過ぎましたのを、つい、珍しい。それとも一ツ星の光るお姿か知(し)ら、と然(そ)う思って立ったんですが、うっかり私、撥なんか持って、蛍だったら、それで叩きますつもりだったんでしょうかねえ。そんな了簡で、蛍なんて、蜻蛉か蝙蝠で沢山でございます。」

蜻蛉は寝たから御存じあるまい、軒前を飛ぶ蝙蝠が、べかこ、と赤い舌を出して、

「此は御挨拶だ。」

と翩然と行る。

八

「それですから、ふっと、其の格子を覗きました時は、貴方の御手の御薬の錫をば、あの、蛍をおつかまえなすった、と見ましたんですよ。」

器は巽の手に光る。

彼は掌に据えて熟と視た。

「まあ、お塩梅が沢山悪いんじゃありませんか、何しろお上りなすって、お休みなさいましたら何うでしょう。貴方、御気分は如何です。」と、摺寄って案じ顔。

巽は眉の凜とした顔を上げて、

「否、気分は初めから然したる事も無いのです。宝丹は道楽に買った、と云って可いくらいなんですが。」

爾時、袂へ突込んで、

「今の、蛍には、何だか少し今度は係合がありそうですよ——然うですか、蛍を慕ってお師匠さん、貴女格子際へ出なすったんだ。」

「貴方のお口から、そんな事、お人の悪い、慕って、と云う柄じゃありません。」

「まあまあ……ですがね、私が宝丹を買いに出たはじまりが、矢張り蛍ゆえに、と云ったような訳なんですよ。ふっと、今思出したんです……」

「へええ。」と沈んだような声で言う、宮歳は襟を合せた。

「今度、当地へ来ます時に、然うです。興津……東海道の興津に、夏場遊んでる友だちが居て、其処へ一日寄ったもんです。夜汽車が涼しいから、十一時過ぎでした、あの駅から上りに乗ったんですよ、右の船頭が。」

「……はあ、可うございます。ほほほ。」と笑が散らぬまで、そよそよ、と浅葱の団扇の風を送る。指環の真珠が且つ涼しい。

「頂戴しますよ。」

と出してあった薄お納戸の麻の座蒲団をここで敷いて、

「小さな革鞄一つぶら下げて、プラットホオムから汽車の踏段を踏んで、客室の扉を開けようとすると、ほたりと。」

巽は口許の片頬を圧えて言ったのである。

「虫が来て此処へ留ったんです、すっと消え際の弱い稲妻か、と思いました。目前に光ったんですから吃驚して、邪険に引払うと、最う汽車が動出す。

妙にあとが冷つくのです、濡れてるようにね、擦って見ても何ともないので。

忘れて居ると、時々冷い。何か、かぶれでもしやしないか知ら、蛍だと思ったものの、それとも出合頭に、別の他の毒虫ででもありはしないかと、一度洗面台へ行って洗いましたよ。彼処で顔を映して見ても別に何事もないのです、そのうちに紛れて了う。それでも汽車で、うとうとと寝た時には、清水だの、川だの、大な湖だの、何でも水の夢ばかり切々に見ましてね、繋ぎに目が覚める、と丁ど天龍川の上だったり、何処かの野原で、水が流れるように虫の鳴いてた事もありましたがね。最う別に思出しもしないで、つい先刻までそれ切りで済んで居ました。

今しがたです……

池川さんの、二階で、」

と顔を見合せた時、両方で思わず頷く様な瞳を通わす、ト圧えた手を膝にして巽は又笑を含んで、

「……釣舟にして置きましょう、其の舟のね、表二階の方へ餉台を繋いで、大勢で飲酒ながら遊んで居たんですが、景色は何とも言えないけれど、暑いでしょう。此の暑さと云ったら暑さが重石に成って、人間を、ずんと上から圧付けるようです。窓から見る

松原の葭簀（よしず）茶屋と酸漿提灯（ほおずきぢょうちん）と、其の影がちらちら砂に溢（こぼ）れるような緋色の松葉牡丹ばかりが、却（かえ）って目に涼しい。海が焼原に成って、仕方がない、それじゃ生命（いのち）も続くまいから、陸（おか）の方の青い草木を水にして置け、と天道（てんとう）の御情けで、融通をつけて下さる、と云った陽気ですからね。」

「まあ、随分、ほほほ、もう自棄（やけ）でございますわね、こんなに暑くっちゃ。」

其の癖、見る目も涼しい黒髪。

九

「些（ちっ）とでも涼しい心持に成りたくッて、其処等（そこいら）の木の葉の青いのを熟（じっ）と視（み）て居て、其の目で海を見ると、漸（やっ）と何（ど）うやら水らしい色に成ります。でないと真赤ですぜ。日盛（ひざかり）なんざ火が波を打って居るようでしょう。――さあ、然（そ）うなると不思議なもので今も言った通りです。潮煮（うしお）の鯛の目、鮑の蒸したのが涼しそうで、熱燗の酒がヒヤリと舌に冷いくらい――貴女が云った自棄ですか――

夕方、今しがた一時（ひとしきり）は、凪の絶頂で口も利けない。餉台（ちゃぶだい）を囲んだ人の話声（はなしごえ）を、じりじりと響くように思って、傍目（わきめ）も触らないで松原の松を見て居て、其の目をやがて海の上に恁（こ）う返すと、」

巽は目を離して指したが、宮歳の顔を見て、鏽びた声して低く笑った。

「はははは、べッかっこをするんじゃありませんよ——。然うすると、海の色が朝からはじめて、颯と一面に青く澄んで、それが裏座敷の廻縁の総欄干へ、ひたひたと簾を流すように見えましてね、縁側へ雪のような波の裾が、すっと柔かに、月もないのに光を誘って、遥かの沖から、一よせ、寄せるような景色でした。

悚と涼しく成ると、例の頬辺が冷りとしました、蛍の留った処です。——裏を透して、口の裡へ、真珠でも含んだかと思う、光るように胸へ映りました。」

敷居に凭れかかり、団扇を落して聞いて居た婦は、膝の手を胸へ引いて、肩を細く袖を合せた。

「可厭な心持じゃなかったんです——それが、しかし確に、氷を一片、何処かへ抱いたように急に身を冷して、つるつると融けるらしく、脊筋から冷い汗が流れました。香がします、水のような、あの、蛍の。」

月の柳の雫でも夜露となれば身に染みる。

「私は何かに打たれたように、フイと席を立って戸外へ出ました。まだ明い。内の二階で、波ばかり、青く欄干にかかったようには、暮れては居ません。

名所図絵にありそうな人通りを見て居ると、最う何もかも忘れました。が、宝丹は用心のために、柄にもない船頭が買ったんですが。

今の蛍のお話で、無遠慮に御厄介に成りました。申訳にもと、思いますから、――私も、無理に附着けたらしいかも知れませんが、蛍の留ったお話をしたんです。」

と半ば湯呑のあとを飲むと、俯目に紋を見て下に置いた。彼は帰りがけの片膝を浮かしたのである。

唯、呼吸を詰めて、

「貴方。」

「え。」

余り更まった婦の気に引入れられて驚いた体に沈んで云った。

婦は肩を絞るように、身をしめた手を胸に、片手を肱に掛けながら、

「蛍じゃありませんわ。蛍じゃありませんわ。」

「何がですえ。」

「そりゃ、あの……何ですよ、屹と……そして、其の別荘のお二階へ、沖の方から来ましたって、……蒼い、蒼い、蒼い波は。」

柱の姿も蒼白く、顔の色も俤立って、

「お話を伺いますうちにも、私は目に見えますようで。そして、跡を、貴方の跡を追って浪打際が、其処へ門まで参って居るようですよ。」

と、黒繻子の帯の色艶やかに、夜を招いて伸上る。

白い犬が門を駈けた。

辰吉は腰を掛けつつ、思わず足を爪立てた。

十

「貴方、其の欄干にかかりました真蒼な波の中に、あの撫子の花が一束流れますような、薄い紅色の影の映ったのを、もしか、御覧なさりはしませんか。」

……と云う、瞳の色の美しさ、露を誘って明いまで。其の色に誘われて、婦が棄てた撥袋の鏡台の端に掛ったのを見た。

我にもあらず茫と成って、

「彼処に見える……あれですか。」

「否、あんなものじゃありません。」とやや気組んで言う。

「それでは？……」

「否、絽の色なんです。――那時あの妓――は緋の長襦袢を着て居ました。月夜のような群青に、秋草を銀で刺繍して、ちらちらと黄金の露を置いた、薄いお太鼓をがっくりとゆるくして、羅の裾を敷いて、乱次なさったら無い風で、美しい足袋跣足で、其のままスッと、あの別荘の縁を下りて、真直に小石の裏庭を突切ると、葉のまばらな、花の大きなのが薄化粧して咲きました、」と言う……

大輪の雪は、其の褄を載せる翼であった。

「あの、夕顔の竹の木戸に、長い袂も触れないで、細りと出たでしょう。……松の樹の下を通る時は、遠い路を行くようでした。舟の縁を伝わると、あれ、船首に紅い扱帯が懸る、ふらふらと蹌踉たんです……酷く酔って居ましたわね。

立直った時、すっきりした横顔に、縺れながら、島田髷も姿も据りました。

私は爾時、隣家の淡路館の裏にあります、ぶらんこを掛けました、柱の処で見て居たんですよ、一昨年ですわね、――巽さん。」

と、然も震を帯びた声で、更めて名を呼んで、

「貴方に焦れて亡く成りました、あの、――小雪さん――の事ですよ。」

実に、それは、小雪は伊勢の名妓であった。

辰吉は、ハッと気を打って胸を退いた。片膝揚げつつ框を背後へ、それが一浪乗って揺れた風情である。

褄に曳いたも水浅葱、団扇の名の深草ならず、宮蔵の姿も波に乗ってぞ語りける。

「不思議ですわね、那時、海が迎いに来て、渚が、小雪さんに近く成ると、もう白足袋が隠れました。蹴出しの褄に、藍がかかって、見渡す限り渚が白く、海も空も、薄い萌黄でござんした。

其処に唯一人、あの妓(ひと)が立ったんです。笄(こうがい)がキラキラすると、脊(せ)の嫋娜(すらり)とした、裾の色の紅(くれない)を、潮が見る見る消して青くします。浪におされて、羅(うすもの)は、その、あの蹴出しにしっとり離れて、取乱したようですが、ああした品の可(い)い人ですから、須磨の浦、明石の浜に、緋の袴で居るようでした。」

――驚破(すわ)泳ぐ、と其の時、池川の縁側では大勢が喝采(かっさい)した。――

「あれあれ渚を離れる、と浪の力に裾を取られて、羅の其のまんま、一度肩まで浸(つか)りましたね。衝(つ)と立つ時、遠浅の青畳、真中(まんなか)とも思うのに、錦(にしき)の帯の結目(むすびめ)が颯(さっ)と落ちて、夢のような秋草に、濡れた銀の、蒼い露が、雫のように散ったんです。

まあ、顔が真蒼(まっさお)、と思うと、小雪さんは熟(じっ)と沖を凝視(みつ)めました、――其処に――貴方のお頭(つむり)と、真白な肩のあたりが視(み)えましたよ。

近所を漕いだ屋根舟の揺れた事！

貴方は泳いで在(い)らしったんです。

真裸(まっぱだか)の男まじりに、三四人、私の知った芸者たちも五六人、ばらばらと浜へ駈けて出る。中には舫(もや)った船に乗って、両手を挙げて、呼んだ方もござんした、が、最(も)う其の時は波の下で、小雪さんの髪が乱れる、と思う。海の空に、珠(たま)の簪(かんざし)の影か知(し)ら、晃々(きらきら)一ッ星が見えました。」

十一

「其の裸体なのは別荘の爺やさんでございましたってね。」

「然よう治平と云う風呂番です。」と言いながら、巽の面は面の如く瞳が据った。

灯なき御神燈は、暮迫る土間の上に、無紋の白張に髣髴する。

「爺さんが海へ飛込んで、鉛の水を掻くように、足掻いて、波を分けて追掛けましたわね。

丁ど沖から一波立てて、貴方が泳返しておいでなさいます――

あとで、貴方がお話しなすッたって……あの、承りましたには、仰向けに成って、浪の下の小雪さんが、……嘸ぞ苦しかったでしょう、乳を透して絽の紅い、其処の水が桃色に薄りと搦んで居る、胸を細く、両手で軽く襟を取って、披けそうにして居たのが、貴方が其の傍にお寄りなさいました煽りに、すっと立って、髷に水をかぶって居て、貴方の胸へ前髪をぐっちょり、着けました時、あの、うつくしい白足袋が、――丁ど咽喉の処へ潮を受けてお起ちなすった、――貴方の爪先へ、ぴたりと揃った、と申すじゃありませんか。」

巽は框をすっくと立った！

「……吃驚なすって、貴方は、小雪さんの胸を敷いて、前へお流れなさいましたってね。」

「そして驚いて水を飲んだ、今も一斉に飲むような気がします。」と云う顔も白澄むのである。

「其処を爺さんが抜切って、小雪さんを抱きました。ですけれども、最う其の時、あの妓の呼吸は絶えて居たのです——あの日は、小雪さんは、大変にお酒を飲んで居たんですってね、茶碗で飲んで、杯洗まであけたんだそうですね。深酒の上に、急に海へ入ったもんですから、血が留って了ったんでしょう。

　そして、死体に成ってから、貴方のお胸に縋着いたんじゃありませんか、海の中で、」と膝を寄せる、褄が流れて、婦は巽の手を取った。

　指が触ると、掌に、婦の姿は頸の白い、翼の青い、怪しく美しい鳥が留ったような気がして、巽の腕は萎えたる如く、往来に端近な処に居ながら、振払うことが出来なかった。……四辺を見ると、次の間の長火鉢の傍なる腰窓の竹を透いて、其処が空地らしく幻の草が見えた。

「巽さん。」

「…………」

「あの、風呂番の爺さんは、其のまま小雪さんを負い返して、何しろ、水浸しなんですから、すぐにお座敷へは、と然(そ)う思ったんでしょう。一度、あの松に舫(もや)った、別荘の船の中へ抱下(だきおろ)しましたわね。雫に浜も美しい……小雪さんの裾を長く曳いた姿が、頭髪(かみ)から濡れてしおしおと舷(ふなべり)に腰を掛けました。あの、白いとも、蒼いとも玉のように澄んだ顔。紅も散らない唇から、すぐに、吻(ほっ)と息が出ようと、誰も皆思ったのが、一呼吸(ひといき)の間もなしにバッタリと胴の間へ、島田を崩して倒れたんです。

お浴衣じゃありましたけれど、其処にお帯(みおび)と一所(いっしょ)に。」

と婦(おんな)は情に堪えないらしく、いま、巽の帯に、片頬(かたほ)を熟(じっ)と。……一息して、

「貴方のお召ものが脱いで置いてありました。婦(おんな)の一念……最(も)うそれですもの。……蛍はお迎いに行ったんですよ。欄干にかかりました二見ケ浦の青い波は、沖から、逢いに来たんです。

不便(ふびん)とお思いなさいまし。小雪さんは一言も何にも口へは出さないで、こがれ死(じに)をしたんです。

素振(そぶり)、気振(けぶり)が精一杯、心は通わしたでしょうのに、普通(なみ)の人より、色も、恋も、百層倍、御存じの貴方で居て、些(ちっ)とも汲んでお遣(や)んなさらない！——否(いいえ)、小雪さんの心は、よく私が存じて居ります。——

俺は知らない、迷惑だ、と屹(きっ)と貴方は、然うおっしゃいましょうけれど、芸妓(つとめ)したって、女(ひと)ですもの、分けて、あんな、おとなしい、内気な小雪さんなんですもの、打ちつ

けに言出せますか。

察しておいで遊ばしながら、——いつも御贔屓を受けて居ましたものですから、池川さんの、内証の御寵妓ででもあるようにお思いなすって、其の義理で、……あれだけに焦れたものを、かなえてお遣んなさらない。……

堅気は然うじゃあござんすまい、慿うした稼業の果敢い事は、金子の力のある人には、屹と身を任せて居る、と思われます。

御酒の上のまま事には、団扇と枕を寝かして置いて、釣手を一ッ貴方にまかして、二人で蚊帳も釣りましたものを。」……と言う。

其の蚊帳のような、海のような、青いものが、さらさらと肩にかかる、と思うと、いつか我身は又框に掛けつつ、女の顔が弗と浮いて、空から熟と覗いたのである。

十二

「此が俳優なの。」

「まあ。」

しょろしょろ、浪が嬲るような、ひそひそと耳に囁く声。

松原の茶店の婦の、振舞酒に酔い痴れて、別荘裏なる舫船に鼻唄で踏反って一寝入りぐッと遣った。が、こんな者に松の露は掛るまい、夜気にこそぐられたように、むずむずと目覚めた六蔵。胴の間に仰向けで、身うちが冷える。唯、野宿には心得あり。道中笠を取って下腹へ当がって、案山子が打倒れた形で居たのが。——はじめは別荘の客、巽辰吉が、一夜の宿をしようと云った、情ある言を忘れず、心に留めて、六が此処に寝たのを知って、（船に苫を葺いてくれるのじゃないか。）と思った。

舷へ、かたかたと何やら嵌込む……

其の嵌めるものは、漆塗の艶やかな欄干のようである、……はてな、ひそめく声は女である。——

うまれながらにして大好物。寝た振で居て目を働かすと、舷に立かかって綺麗な貝の形が見える、大きな蛤。

それが、其の貝の口を細く開いた奥に、白銀の朧なる、たとえば真珠の光があって、其の影が、幽に暗夜に、ものの形を映出す。

「芸妓が化けたんだ、そんな姿で踊でも踊って居たろう。」

時に、そんなのが一個ではない。左舷の処にも立って居る。此も同じように、舷へ一方から欄干らしいものを嵌めた、かたり、と響く。

外にもまだ居る……三四人、皆おなじ蛤の姿である。

「祭礼の揃かな、蛤提灯——こんなのに河豚も栄螺もある、畑のものじゃ瓜もあら。

……茄子(なすび)もあら。」

　但(ただ)し其の提灯を持って居るものの形は分らぬ。が、蛤の姿である……と云うのが、衣服(きもの)、其の袖、其の帯と思う処がいずれも同じ蛤で、顔と見るのが蛤で、目鼻と思い、口と思うのが蛤で、そして灯(ともしび)が蛤である。

　襟か袖かであるらしく、且つ暗(やみ)の綾(あや)の、薄紫の影が籠(こ)む。

　時にかたかたと響いて、二三人で捧(ささ)げ持った気勢(けはい)がして、婦(おんな)の袖の香(か)立蔽(たちおお)い、船に柱の用意があって、空を包んで、トンと据えたは、屋根船の屋根めいて、それも漆の塗の艶(つや)、星の如き唐草の蒔絵が散った。左舷右舷も青貝摺(あおがいずり)。

　六蔵は雛壇(ひなだん)で見て覚えのある車のようだ、と偶(ふ)と思う。

　時に、蛤が口を開いた。否(いや)、提灯が、真珠の灯(ともしび)を向けたのである、六の顔へ――そして女の声で言った。

「此が俳優(やくしゃ)なの？」

「まあ。」

「醜(きたな)い俳優(やくしゃ)だわね。」

　――ままにしろ、此奴等(こいつら)――と心の裡で、六蔵は苦り切る。

「まだ、来て居やしまいと思ったのに、」

「そして、寝て居るんだもの、情(じょう)のない。」

「心中（しんじゅう）の対手（あいて）の方が、さきへ来て寝て居るなんて。」

「ねえ、」

と応じて、呆（あき）れたように云った、と思うと、ざっと浪が鳴って、潮が退いたらしく寂寞（ひっそり）する。

欄干も、屋根も、はっと消えて、蒔絵も星も真の暗闇（やみ）。

直ぐに、ひたひた、と跫音（あしおと）して、誰か舷（ふなばた）へ来たらしい。

透通るような声が、露に濡れて、もの優しい湿（うるみ）を帯びつつ、

「……巽さん。」

途端に、はっと衣（きぬ）の香（か）と、冷い黒髪の薫（かおり）がした。

「ああれ、違って……違って居るよう。」

十三

蛤の灯（ひ）がほんのりと、再来（また）て……

「お退（ど）きよ、退いておくれよ。」

「よう、お前。」

と言う。……人をつけ、蛤なんぞに、お前呼ばわりをされる兄哥（あにい）でないぞよ。

「此処は、今夜用がある。」

「大事の処なんだから。」

「よう。」

「仕ようがない。ね、酔っぱらって。」

「臭い事。」

「憎らしい、松葉で突ついて遣りましょう。」

敏捷い、お転婆なのが、すっと幹をかけて枝に登った。呀、松の中に蛤が、明く真珠を振向ける、と一時、一時、雨の如く松葉が灌ぐ。

「お、痛。」

「何うしたの。」と下から云う。

松の上なが、興がった声をして、

「松葉が私を擽るわよ、おほほ、おほほ。」

「わはは。」と浜の松が、枝を揺って哄と笑う。

「きゃッ。」と我ながら猿のような声して笑って、六蔵はむっくと起きて、

「姉等、仕立ものの用はねえか。」と、きょとんとして四辺を視た。

浅葱を飜す白浪や。

燃ゆるが如き緋の裳、浪にすっくと小雪の姿。あの、顔の色、瞳の艶、——恋に死ぬ

身は美しや、島田のままの星である。

蛤が六つ七つ、むらむらと渚を泳いで、左右を照らす、真珠の光。

凄じいほど気高い顔が、一目、怨めしそうに六蔵の面を視て、さしうつむいて、頸白く、羅の両袖を胸に犇と搔合す、と見ると浪が打ち、打ち重って、裳を包み、帯を消し、胸をかくし、島田髷の浮んだ上に、白い潮がさらり、と立つ。と磯際の高波は、何とて其のまま沖に退くべき。

颯と寄る浪がしら、雪なす獅子の毛の如く、別荘の二階を包んで、真蒼に光る、と見る、と此の小舟は揺上って、松の梢に、ゆらりと乗るや、尾張を越して富士山が向うに見えて、六蔵素天辺に仰天した。

這奴横紙を破っても、縦に舟を漕ぐ事能わず、剰え櫓櫂もない。

「わあ、助けてくれ、助船。」

「何うしました、何うした。」

人目を忍んで、暗夜を宮蔵と二人で来た、巽は船のへりに立つと、突然跳起きて大手を拡げて、且つ船から転がり出した六蔵のために驚かされた。

菩提所の――巽は既に詣ではしたが――其処ではない。別荘の釣舟は、海に溺れた小雪が魂をのせた墓である。

「小雪さんを私と思って。」……

あの、船で手を取って、あわれ、生命掛けた恋人の、口ずから、切めて、最愛い、と云って欲い、可哀相とだけも聞かし給え。

御神燈は未だ白かったのに、夜の暗さ、別荘の門、街道も寝静まる、夢地を辿る心地して、宮蔵のかよわい手に、辰吉は袖を引かれて来たのであった。

「へい、仕立ものの御用はねえかね。」

きょろん、とした六蔵より、巽が却って茫然とした。

宮蔵の姿は、潮の香の漾う如く消えたのである。

別荘の主人池川の云うのには、其の宮蔵は、小雪と姉妹のように仲のよかった芸妓である。

内証ながら、山田の御師、何某にひかされて、成程、現に師匠をして居る、が、それは、山田の廓、新道の、俗に蛍小路と云う処に媚かしく、意気である。

言語道断、昨夜急に二見ヶ浦へ引越して来る筈はない！

扨て翌朝の事であった。

電話で、新道の一茶屋へ、宮蔵の消息を聞合せると、ぶらぶら病で寝て居たが、昨日急に、変が変って世を去った。

――写真を抱いて居ましたよ、死際に薄化粧して……巽さんによろしく……――

爾時、別荘の座敷の色は、二見ヶ浦の、海の蒼いよりも藍であった。

簾に寄る白浪は、雪の降るより尚(な)お冷い。

其の朝、六蔵も別荘の客の一人であった。が、お先ばしりで、衆(ひと)と一所(いっしょ)に、草の径(こみち)を、幻の跡を尋ねた——確に此処ぞ、と云う処に、常夏がはらはら咲いて、草の根の露に濡れつつ、白檀の蒔絵の、あわれに潮(うしお)にすさんだ折櫛(おれぐし)が——其の絵の蛍が幽(かすか)に照った。松に舫(もや)った釣舟は、主人(あるじ)の情(なさけ)で、別荘の庭に草を植え、薄(すすき)、刈萱(かるかや)、女郎花(おみなえし)、桔梗(ききょう)の露に燈籠(とうろう)を点して、一つ、二見の名所である。

彼は花の上にくずれ伏して、
大きい声をあげて泣いた

折口信夫

身毒丸

折口信夫　Orikuchi Shinobu 1887-1953

大阪生れ。民俗学者、国文学者。詩人・歌人としても活躍。柳田国男の弟子として民俗学の基礎を築く。1928（昭和3）年、雑誌「民俗芸術」を創刊。小説に『死者の書』、ほかに『口訳万葉集』などの作品がある。

身毒丸の父親は、住吉から出た田楽師であった。けれども、今は居ない。身毒はおりおりその父親に訣れた時の容子を思い浮べて見る。身毒はその時九つであった。住吉の御田植神事の外は旅まわりで一年中の生計を立てて行く田楽法師の子どもは、よたよたと一人あるきの出来出す頃から、もう二里三里の遠出をさせられて、九つの年には、父親らの一行と大和を越えて、伊賀伊勢かけて、田植能の興行に伴われた。信吉法師という彼の父は、配下に十五六人の田楽法師を使うていた。朝間、馬などに乗らない時は、疲れると屢若い能芸人の背に寝入った。そうして交る番に皆の背から背へ移って行った。時おり、うす目をあけて処々の山や川の景色を眺めていた。ある処では青草山を点綴して、躑躅の花が燃えていた。ある処は、広い河原に幾筋となく水が分れて、名も知らぬ鳥が無数に飛んでいたりした。そういう景色と一つに、模糊とした羅衣をかずいた記憶のうちに、父の姿の見えなくなった、夜の有様も交っていた。その晩は、更けて月が上った。身毒は夜中にふと目を醒ました。見ると、信吉法師が彼の肩を持って、揺ぶっていたのである。

――おまえにはまだ分るまいがね」という言葉を前提に、彼れこれ小半時も、頑是のない耳を相手に、滞り勝ちな涙声で話していたが、大抵は覚えていない。此頃になって、それは、遠い昔の夢の断れ片の様にも思われ出した。唯この前提が、その時、少しばかり目醒めかけていた反抗心を唆ったので、はっきりと頭に印せられたのである。

その時五十を少し出ていた父親の顔には、二月ほど前から気味わるいむくみが来ていた。父親が姿を匿す前の晩に着いた、奈良はずれの宿院の風呂の上り場で見た、父の背を今でも覚えている。蝦蟇の肌のような、斑点が、膨れた皮膚に隙間なく現れていた。

――とうちゃんこれは何うしたの」と咎めた彼の顔を見て、返事もしないで面を曇らしたまま、急に着物をひっ被った。記憶を手繰って行くと、悲しいその夜に、父の語ったことばがまた胸に浮ぶ。

父及び身毒の身には、先祖から持ち伝えた病気がある。その為に父は得度して、浄い生活をしようとしたのが、ある女の為に堕ちて田舎聖の田楽法師の仲間に投じた。父の居った寺は、どうやら書写山であったような気がする。それだから、身毒も法師になって、浄い生活を送れというたように、稍世間の見え出した此頃の頭には、綜合して考え出した。唯、からだを浄く保つことが、父の罪滅しだという意味であったか、血縁の間にしゅうねく根を張ったこの病いを、一代きりにたやす所以だというたのか、どちらへでも朧気（おぼろげ）な記憶は心のままに傾いた。

身毒は、住吉の神宮寺に附属している田楽法師の瓜生野（うりゅうの）という座に養われた子方で、遠里小野（おりおの）の部領（ことり）の家に寝起きした。

この仲間では、十一二になると、用捨なくごしごしと髪を剃（そ）って、白い衣に腰衣を着けさせられた。ところが身毒ひとりは、此年十七になるまで、剃らずにいた。身毒は、細面に、女のような柔らかな眉（まゆ）で、口は少し大きいが、赤い脣（くちびる）から漏れる歯は、貝殻のように美しかった。額ぎわからもみ上げへかけての具合、剃り毀（こぼ）つには堪えられない程の愛着が、師匠源内法師の胸にあった。今年は、今年はと思いながら、一年延しにしていた。そして、毎年行く国々の人々から唯一人なる、この美しい若衆（わかしゅ）はもて囃（はや）されていた。牛若というたのは、こんな人だったろうなどいう評判が山家片在所の女達の口に上った。今年五月の中頃、例年行く伊勢の関の宿で、田植え踊りのあった時、身毒は傘踊りという危い芸を試みた。これは高足駄を穿（は）いて足を挙げ、その間を幾度も幾度も長柄の傘を潜（くぐ）らす芸である。

苗代は一面に青み渡っていた。野天に張った幄帳（あくちょう）の白い布に反射した緑色の光りが、大口袴（おおくちばかま）を穿いた足を挙げる度に、雪のような太股（ふともも）のあたりまでも射（さ）し込んだ。関から鈴鹿（すずか）を踰（こ）えて、近江路（おうみじ）を踊り廻って、水口（みなくち）の宿まで来た時、一行の後を追うて来た二人の女があった。それは、関の長者の妹娘が、はした女（め）一人を供に、親の家を抜け出して来たのであった。

耳朶まで真赤にして逃げるように師匠の居間へ来た身毒は長者の娘のことを話した。師匠は慳貪な声を上げて、二人を追い返した。

何も知らぬ身毒は、其夜一番鶏が鳴くまで、師匠の折檻に会うた。

夜があけて、弟子どもが床を出たときに、青々と剃り毀たれた頭を垂れて、庭の藤の棚の下に茫然と佇んでいる身毒を見出した。源内法師の居間には、髪の毛を焼いたらしい不気味な臭いが漂うていた。師匠は晴れやかな顔をして、廂に射し込む朝の光りを浴びていた。然しそれは間もなく、制吒迦童子と渾名せられている弟子の一人に肩を扼せられて出て来た、身毒の変った姿を目にした咄嗟に、曇って了った。

　何も驚くことはない。あれはわしが剃ったのだ。たった一人、若衆で交っているのも、目障りだからのう。

身毒を居間に下らした後、事あり顔に師匠の周りをとり捲いた弟子どもに、こだわりのない声でからからと笑った。

瓜生野の田楽能の一座は逢坂山を越える時に初めて時鳥を聞いた。住吉へ帰ると間もなく、盆の聖霊会が来た。源内法師はこれまで走り使いにやり慣れた神宮寺法印の処へさえも、身毒を出すことを躊躇した。そして、その起ち居につけて、暫くも看視の目を放さなかった。

どうも、うわうわしている、と師匠の首を傾けることが度々になった。田楽師はまた村々の念仏踊りにも迎えられる。ちょうど、七月に這入って、泉州石津の郷で盆踊りがとり行われるので、源内法師は身毒と、制吒迦童子とを連れて、一時あまりかかって百舌鳥の耳原を横切って、石津の道場に着いた。其夜は終夜、月が明々と照っていた。念仏踊りの済んだのは、かれこれ子の上刻である。呆れて立っている二人を急き立てて、そそくさと家路に就いた。道は薄の中を踏みわけたり、泥濘を飛び越えたりした。三人の胸には、各別様の不安と不平とがあった。踊り疲れた制吒迦は、おりおり聞えよがしに欠をする。源内法師は鑢ででも磨って除けたいばかりに、いらいらした心持ちで、先頭に立ってぼくぼくと歩く。久かたぶりの今日の外出は、鬱し切っていた身毒の心持ちをのうのうさせた。けれどもそれは、ほんの暫しで、踊りの初まる前から、軽い不安が始中終彼の頭を掠めていた。彼は、一丈もある長柄の花傘を手に支えて、音頭をとった。月の下で気狂いの様に踊る男女の耳にも、その迦陵頻迦のような声が澄み徹った。おりおり見上げる現ない目にも、地蔵菩薩さながらの姿が映った。若い女は、みな現身仏の足もとに、跪きたい様に思うた。けれども身毒は、うつけた目を瞠って、遥かな大空から落ちかかって来るかと思われる、自分の声にほれぼれとしていた。ある回想が彼の心をふと躓かせた。彼の耳には、ありありと火の様なことばが聞える。彼の目には、まざまざと焔と燃えたつ女の奏が陽炎うた。

踊り手は、一様に手を止めて、音頭の絶えたのを訝しがって立っていた。と切れた歌は、直ちに続けられた。然しながら、以前の様な昂奮がもはや誰の上にも来なかった。身毒は、歌いながら不機嫌な師匠の顔を予想して慄え上っていた。……あちらこちらの塚山では寝鳥が時々鳴いて三人を驚かした。思い出したように、疲れただの、かいだるいだのと制吒迦が独語をいう外には、対話はおろか、一つのことばも反響を起さなかった。家へ帰ると、三人ながらくずおれる様に、土間の莚の上へ、べたべたと坐り込んだ。源内法師は、身毒の襟がみを把って、自身の部屋へ引き摺って行った。身毒は、一語も上って来ないひき緊った師匠の脣から出る、恐しいことばを予想するのも堪えられない。柱一間を隔いて無言で向いあってる師弟の上に、時間は移って行く。短い夜は、ほのぼのあけて、朝の光りは二人の膝の上に落ちた。

芸道のため、第一は御仏の為じゃ。心を断つ斧だと思え。

こういって、龍女成仏品という一巻を手渡した。

さあ、これを血書するのじゃぞ。一毫も汚れた心を起すではないぞ。冥罰を忘れなよ。

身毒はこれまでに覚えのない程、憤りに胸を焦した。然しそれは師匠の語気におびき出されたものに過ぎない。心の裡では、師匠のことばを否定することは出来なかった。経文を血書している筆の先にも、どうかすると、長者の妹娘の姿がちらめいた。あるときは、その心から妹娘を攘い除けたような、すがすがしい心持ちになることもある。然しながら、其空虚には朧気な女の、誰とも知らぬ姿が入り込んで来た。最初の写経は、師の手に渡ると、ずたずたに引き裂かれて、火桶に投げ込まれた。身毒は、再度血書した。それが却けられたときに、三度目の血書にかかった。その経文も穢らわしいという一語の下に前栽へ投げ棄てられた。

連夜の不眠に、何うかすると、筆を持って机に向ったまま、目を開いて睡った。そうした僅かの間にも、妹娘や見も知らぬ処女の姿がわり込んで来る。

四度目の血書を恐る恐るさし出したときに、師匠の目はやはり血走っていたが、心持ち柔いだ表情が見えて、

　人を恨むじゃないぞ。危い傘飛びの場合を考えて見ろ。若し女の姿が、ちょっとでもそちの目に浮んだが最後、真倒様だ。否でも片羽にならねばならぬ。神宮寺の道心達の修業も、こちとらの修業も理は一つだ。

写経のことには一言も言い及ばなかった。そして部屋へ下って、一眠りせいと命じた。経文は膝の上にとりあげられた。執着に堪えぬらしい目は、燃えたち相な血のあとを辿った。

自身の部屋に帰って来た身毒は、板間の上へ俯伏しに倒れた。蟬が鳴くかと思うたのは、自身の耳鳴りである。心づくと黒光りのする板間に、鼻血がべっとりと零れていた。そうしているうちに、放散していた意識が明らかに集中して来ると、師匠の心持ちが我心

に流れ込む様に感ぜられて来る。あれだけの心労をさせるのも、自分の科だと考えられた。身毒は起き上った。そして、机に向うて、五度目の写経にとりかかるのである。夢心地に、半時ばかりも筆を動かした。然し、もう夢さえも見ることの出来ない程、衰えきっている。疲れ果てた心の隅に、何処か薄明りの射す処があって、其処から未見ぬ世界が見えて来相に思われ出した。身毒は息を集め、心を凝して、その明るみを探ろうと試みる。

源内法師は、この時、まだ写経を見つめていた。そうしているうちに、涙が頬を伝うて流れた。俄かに大きな不安が、彼の頭に蔽いかかって来た。九年前のあじきない記憶が頭を擡げて来たのである。四巻の経文をとり出して、紙も徹るばかりに見入った。どれにも思いなしか、鮮かな紅の色が、幾分澱んで見えた。

部屋には、大きな櫛形の窓がある。それから見越す庭には、竹藪のほの暗い光りの中に、百合の花が、くっきりと白く咲いている。

師匠が亡くなってから、丹波氷上の田楽能の一座の部領に迎えられて、十年あまりをそこで過して居ったが、兄弟子の信吉法師が行方不明になった頃呼び戻されて、久しぶりで住吉に帰った。氷上で娶った妻も早く死んで、固より子もなかった。兄弟子に対する好意、妻や子に対する愛情を集めて、身毒一人を可愛がった。二年三年たつうちに、信吉法師が何処かの隅から、今にも戻って来て、身毒を奪うて行き相な心持ちがした。思いなげな目を挙げて、覗き込む身毒の顔を見ると、いよいよ愛着の心が深くなって行く。信吉法師が韜晦してから、十年たった。彼はある日、ふと指を繰って見て、十年ということばの響きに、心の落ちつくのを感じた。信吉の馳落ちの噂を耳にしたとき、業病の苦しみに堪えきれなくなって、海か川かへ身を投げたものと信じていた。遠い昔のことである。ある時信吉法師は寂寥と、やるせなさを、この親身な相弟子に打ちあけて聞かしたのであった。源内法師は足音を盗んで、身毒の部屋の方へ歩いて行った。

身毒は板敷きに薄縁一枚敷いて、経机に凭りかかって、一心不乱に筆を操っている。捲り上げた二の腕の雪のような膨らみの上を、血が二すじ三すじ流れていた。

源内法師は居間に戻った。その美しい二の腕が胸に烙印した様に残った。その腕や、美しい顔が、紫色にうだ腫れた様を思い浮べるだけでも心が痛むのである。そのどろどろと蕩けた毒血を吸う、自身の姿があさましく目にちらついた。彼は持仏堂に走り込んで、泣くばかり大きな声で、この邪念を払わせたまえと祈った。

五度目の写経を見た彼は、もう叱る心もなくなっていた。

程近い榎津や粉浜の浦で、漁る魚にも時々の移り変りはあった。秋の末から冬へかけて、遠く見渡す岸の姫松の梢が、海風に揉まれて白い砂地の上に波のように漂うている。庭の松にも鶉の棲む日が来た。住吉の師走祓えに次いで生駒や信貴の山々が連日霞み暮す春の日になった。弟子たちは畑も畝(うね)うた。猟にも出かけた。瓜生野の座の庭には、桜や、辛夷(こぶし)は咲き乱れた。人々は皆旅を思うた。源内法師は忘れっぽい弟子達の踊りの手振りや、早業の復習の監督に暇もない。住吉の神の御田に、五月処女(さおとめ)の笠(かさ)の動く、五月の青空の下を、二十人あまりの菅笠(すげがさ)に黒い腰衣を着けた姿が、ゆらゆらと陽炎うて、一行は旅に上った。横山のかげが、青麦のうえになびく野を越えて、奈良から長谷寺(はせでら)に出た一行は、更に、寂しい伊賀越えにかかった。草山の間を白い道がうねって行く。荒廃した海道は、処々叢(くさむら)になっていて、まい立つ土ぼこりのなかに、野樝(のじとみ)が血を零したように咲いていたりした。小汗のにじむ日である。小さな者らは、時々立ち止って、山の腰から泌(し)み出ている水を、手に受けためては飲んだ。そうして隔った人々に追いすがる為に、顔をまっかにしては、はしりはしりした。

国見山をまえにして、大きな盆地が、東西に長く拡(ひろが)っていた。可なりな激湍(げきたん)を徒渉(かちわた)りして、山懐(やまふところ)に這入ると、瀼田(ふけた)に代掻(しろか)く男の唄(うた)や、牛の声が、よそよりは、のんびりと聞えて来た。其処は、非御家人の隠れ里といった富裕な郷であった。

瓜生野の一座は、その郷士の家で手あついもてなしを受けた。源内法師は、すぐ明日の踊りの用意にかかる。力強い制吒迦は、屋敷の隅の納屋(なや)から榑(くれ)材などをかつぎ出すその家の下部(しもべ)らに立ちまじって、はたらいている。

身毒は、広々とした屋敷うちを、あちらこちらと歩いて見た。

それは、低い田居を四方に見おろす高台の上を占めて、まんなかにちょんぼりと、百坪あまりの建て物がたっているのであった。

広くつき出した縁の上には、狐色に焦れて、田舎びた男の子や、女の子が十五六人も居て、身毒らの着いた時分から、きょときょと、一行の容子を見瞻っていた。彼らの目色には、都人の羨しさを跳ねかえす妬み憎み、其から異郷人に対する害心と侮蔑とに輝いている。若い身毒は、何処へ行っても、こうした瞳に出会うた。そうして、こうした度毎に、身の窄まる思いがした。

子どもたちは、やがて、外から見え透く広い梯子を伝うてつしの上にあがって行った。

一行の為に、南開きの、崖に臨んだ部屋が宛てがわれた。

源内が、家のあるじに挨拶に行った間を、ひろびろと臥ていた人たちの中で、ぽっつりと一人坐っていた、彼を見とがめた一人が、どうしたのだと問うた。

どうもしない、と応えるほかには、いうべき語がわからない心地に漂うていたのである。がらんとした家の中は、遠くから聞えて来る人声がさわがしく聞えた。子どもらは、いろんな聞きも知らぬ唄を、あどけない声で謡うている。身毒は、瓜生野の家を思うた。しかし女気のない家の中に、若い男や中年の男が、仮に宿っているというだけで、こうした旅の泊りとちごうた処がないのだ、という心持ちが、胸をたぐるように迫って来る。

くたびれたくたびれた。おや、身毒。おまえも居たのか。おまえはいつも、わるい癖じゃよ。遠路をあるくと、きっと其だ。なんてい不機嫌な顔をする。

身毒は、黙っていることが出来なかった。

わしは、今度こそ帰ったら、お師匠さんに願うて、神宮寺か、家原寺(えばらじ)へ入れて貰おうと思うてる。

おい、又変なこと、言い出したぜ。おまえ、此ごろ、大仙陵の法師狐がついてるんかも知れんぞ。

今迄(いままで)鼾(いびき)を立てていた制吒迦が寝がえりをうって顔を此方(こちら)へ向けた。年がさの威厳を持ったらしいおっかぶせる様な声である。

そうだともそうだとも。師匠のお話では、氷上で育てた弟子のうちにも、そういう風に、房主になりたいなりたい言いづめで、とどのつまりが、蓮池(はすいけ)へはまって死んだ男があったというぜ。死神は、えてそういう時に魅(つ)きたがるんだというよ。気をつけなよ。

又、一人の中年男が、つけ添えた。

おまえらは、なんともないのかい、住吉へ還(かえ)らんでも、こうしていても、おんなじ旅だもの。せめて、寺方に落ちつけば、しんみりした心持ちになれそうに思うのじゃけれど。

あほうなことを、ちんぴらが言うよ。瓜生野が気に入らぬ。そんなこと、おまえが言い出したら、こちとらは、どうすればよい。よう、胸に手置いて考えて見い、師匠には、子のように可愛がられるし、第一ものごころもつかん時分から居馴れてるじゃないか。何を不足で、そんなことを言い出すのだ。

と分別くさい声が応じた。

けれどなあ、こういう風に、長道を来て、落ちついて、心がゆったりすると一処に、何やらこうたまらんような、もっと幾日も幾日もじっとしていたいという気がする。

熱し易い制吒迦は、もう向っぱらを立てて、一撃を圧しつける息ごみでどなった。

何だ。利いた風はよせ。田楽法師は、高足や刀玉見事に出来さいすりゃ、仏さまへの御奉公は十分に出来てるんじゃ、と師匠が言わしったぞ。田楽が嫌いになって、主、猿楽の座方んでも逃げ込むつもりじゃろ。

煮え立つような心は、鋭い語になって、沸き上った。身毒は、其勢にけおされて、おろおろとしている。あいての当惑した表情は、愈疑惑の心を燃え立たせた。

揺拍子。それを、円満井では、えら執心じゃというぞ。此ばかりや瓜生野座の命じゃろうて、坂下や氷上の座から、幾度土べたに出額をすりつけて、頼んで来ても伝授さっしゃらなんだ師匠が、われだけにゃ伝えられた揺拍子を持ち込みゃ、春日あたりでは大喜びで、一返に脇役者ぐらいにゃ、とり立ててくれるじゃろ。根がそのぬっぺりした顔じゃもんな。……けんど、けんど、仏神に誓言立てて授った拍子を、ぬけぬけと繁昌の猿楽の方へ伝えて、寝返りうって見ろ。冥罰で、血い吐くだ。……二十年鞨鼓や簓ばかりうってるこちとらとって、うっちゃっては置かんぞよ。

制吒迦はとうとう泣き出した。自身の荒ら語は、胸をかき乱し、煽り立てた。

分別男は、長い縁を廻りまわって、師匠のいる前まで、身毒を引き出した。

源内法師は、目を瞑って、じっと聞いて居た。分別男の誇張して両方をとりもった話ぶりに連れて、からだ中の神経が強ばって行くように思われた。自身がまだ氷上座に迎えられて行かなかった頃、瓜生野家の縁の日あたりで、若かった信吉法師の口から聞かされた一途な語を、目のあたりに復、聞かされているように感じた。彼の頭には、卅年前と目の今の事とが、一つに渦を捲いた。そうして時々、冷やかな反省が、ひやりひやりと脊筋に水を注いだ。彼は強いて、心を鎮めた。そうして、顔もえあげないでいる身毒の、著しくねび整うた脊から腰へかけての骨ぐみに目を落していた。分別男や身毒の予期した語は、その脣からは洩れないで、劬る様な語が、身毒のささくれ立った心持ちを和げた。

おまえも、やっぱり、父の子じゃったのう。信吉房の血が、まだ一代きりの捨身では、おさまらなかったものと見える。

こういう語が、分別男や身毒には、無意味ながら悲しい語らしく響いて語り終えられた。深いと息が、師匠の腹の底から出た。

分別男は、疳癖づよい師匠にも似あわぬことと思うて、拍子抜けのした顔でいた。師匠ももうとる年で、よっぽど箝が弛んだようだと笑い話のようにして制吒迦を慰めた。

あけの日は、東が白みかけると、あちらでもこちらでも蟬が鳴き立てた。昨日の暑さで、一晩のうちに生れたのだろう、と話しおうた。草の上に、露のある頃から、金襴の前垂を輝かす源内法師を先に、白帷子に赤い頰かぶりをして、綾藺笠を其上にかずいた一行が、仄暗い郷士の家から、照り充ちた朝日の中に出た。そうして、だらだら坂を静かに練っておりた。制吒迦は、二丈あまりの花竿を竪てながら、師匠のすぐ後に従うた。

一行が遠い窪田に着いた頃、ぽっちりと目をあいた身毒は、すまぬ事をしたと思うて床から這い出した。衣装をつけて鞨鼓を腰に纏うていた時、急にふらふらと仰様にのめったのである。鼻血に汚れた頰を拭うてやりながら、師匠は、も暫らく寝て居れと言うた。

身毒は、一夜睡ることが出来なかったのである。今の間に見た夢は、昨夜の続きであった。高い山の間を上っていた。道が尽きてふりかえると、来た方は密生した林が塞いでいる。更に高い峯が崩れかかり相に、彼の前と両側に聳えている。時間は朝とも思われる。又日中の様にも考えられぬでもない。笹藪が深く茂っていて、近い処を見渡すことが出来ない。流れる水はないが、あたり一体にしとっている。歩みを止めると、急に恐しい静けさが身に薄って来る。彼は耳もと迄来ている凄い沈黙から脱け出ようと唯むやみに音立てて笹の中をあるく。

一つの森に出た。確かに見覚えのある森である。この山口にかかった時に、おっかなびっくりであるいていたのは、此道であった。けれども山だけが、依然として囲んでいる。後戻りをするのだと思いながら行くと、一つの土居に行きあたった。其について廻ると、柴折門(しおりもん)があった。人懐(ひとなつか)しさに、無上に這入りたくなって中に入り込んだ。庭には白い花が一ぱいに咲いている。小菊とも思われ、茨(いばら)なんかの花のようにも見えた。つい目の前に見える櫛形の窓の処まで、いくら歩いても歩きつかない。半時もあるいたけれど、窓への距離は、もと通りで、後も前も、白い花で埋れて了うた様に見えた。彼は花の上にくずれ伏して、大きい声をあげて泣いた。すると、け近い物音がしたので、ふつと仰(あお)むくと、窓は頭の上にあった。そうして、其中から、くっきりと一つの顔が浮き出ていた。

身毒の再寝(またね)は、肱枕(ひじまくら)が崩れたので、ふっつりと覚めた。

床を出て、縁の柱にもたれて、幾度も其顔を浮べて見た。どうも見覚えのある顔である。唯、何時(いつ)か逢うたことのある顔である。身毒があれかこれかと考えているうちに、其顔は、段々霞が消えたように薄れて行った。彼の聯想(れんそう)が、ふと一つの考えに行き当った時に、跳ね起された石の下から、水が涌(わ)き出したように、懐しいが、しかし、せつない心地が漲(みなぎ)って出た。そうして深く深くその心地の中に沈んで行った。

山の下からさっさらさらさと篩の音が揃(そろ)うて響いて来た。鞨鼓の音が続いて聞え出した。身毒は、延び上って見た。併(しか)し其辺は、山陰になっていると見えて、其らしい姿は見えない。鞨鼓の音が急になって来た。

身毒は立ち上った。こうしてはいられないという気が胸をついて来たのである。

（附言）

この話は、高安長者伝説から、宗教倫理の方便風な分子をとり去って、最原始的な物語にかえして書いたものなのです。

世間では、謡曲の弱法師(よろぼし)から筋をひいた話が、江戸時代に入って、説教師の題目に採り入れられた処から、古浄瑠璃(こじょうるり)にも浄瑠璃にも使われ、又芝居にもうつされたと考えている様です。尤(もっと)も、今の摂州合邦辻(がっぽうがつじ)から、じりじりと原始的の空象につめ寄ろうとすると、説教節迄はわりあいに楽に行くことが出来やすいけれど、弱法師と説教節との間には、ひどい懸隔があるように思われます。或(あるい)は一つの流れから岐(わか)れた二つの枝川かとも考えます。

わたしどもには、歴史と伝説との間に、そう鮮やかなくぎりをつけて考えることは出来ません。殊(こと)に現今の史家の史論の可能性と表現法とを疑うて居ます。史論の効果は当然具体的に現れて来なければならぬもので、小説か或は更に進んで劇の形を採らねばならぬと考えます。わたしは、其で、伝説の研究の表現形式として、小説の形を使うて見たのです。この話を読んで頂く方に願いたいのは、わたしに、ある伝説の原始様式の語りてという立脚地を認めて頂くことです。伝説童話の進展の径路は、わりあいに、はっきりと、わたしどもには見ることが出来ます。拡充附加も、当然伴わるべきものだけは這入って来ても、決して生々しい作為を試みる様なことはありません。

わたしどもは、伝説をすなおに延して行く話し方を心得ています。俊徳丸というのは、後の宛て字で、わたしはやっぱりしんとくまるが正しかろうと思います。身毒丸の、毒の字は濁音でなく、清音に読んで頂きたいと思います。わたしは、正直、謡曲の流よりも、説教の流の方が、たとい方便や作為が沢山に含まれていても信じたいと思う要素を失わないでいると思うています。但し、謡曲の弱法師という表題は、此物語の出自を暗示しているもので、同時に日本の歌舞演劇史の上に、高安長者伝説が投げてくれる薄明りの尊さを見せていると考えます。

その五人の一族は、
それぞれに特異な宿命を背負っていた

小栗虫太郎

白蟻

小栗虫太郎　Oguri Mushitaro　1901-1946

東京生れ。1933（昭和８）年、『完全犯罪』を発表し、本格的に創作活動に入る。翌年発表の大作『黒死館殺人事件』が脚光を浴びる。主な著書に『人外魔境』『二十世紀鉄仮面』『悪霊』（絶筆）などがある。

序（はしがき）

かようなことを、作者として、口にすべきではないであろうが、自分が書いた幾つかのなかでも、やはり好きなものと、嫌いなものとの別が、あるのは否（いな）まれぬと思う。わけても、この「白蟻（しろあり）」は、巧拙はともかく、私としては、愛惜措（お）く能（あた）わざる一つなのである。私は、こうした形式の小説を、まず、何よりも先に書きたかったのである。私小説（イヒ・ローマン）――それを一人の女の、脳髄の中にもみ込んでしまったことは、ちょっと気取らせてもらうと、かねがね夢みていた、野心の一つだったとも云（い）えるだろう。

のみならず、この一篇で、私は独逸歌謡曲（ドイツ・リード）特有の、あの親しみ深い低音に触れ得たことと思う。それゆえ私が、どんなにか、探偵小説的な詭計（からくり）を作り、またどんなにか、怒号したにしても、あの音色だけは、けっして殺害されることはないと信じている。ただ惜しむらくは、音域が余りに高かったようにも思われるし、終末近くになって、結尾の反響が、呟（つぶや）くがごとく聴（きこ）えてくる――といったような見事な和声法は、作者自身動悸（どうき）を感じながら、ついになし得なかったのである。

私は、この一篇を、着想といい譜本に意識しながら、書き続けたものだが、前半は昨年の十二月十六日に完成し、後半には、それから十日余りも費やさねばならなかった。それゆえ読者諸君は、女主人公滝人(たきと)の絶望には、真黒な三十二音符を……、また、力と挑戦の吐露には、急流のような、三連音符を想像して頂きたいと思う。

なお、本篇の上梓(じょうし)について、江戸川・甲賀・水谷の三氏から、推薦文を頂いたことと、松野さんが、貧弱な内容を覆(おお)うべく、あまりに豪華な装幀(そうてい)をもってせられたことに、感謝しておきたいと思う。

一九三五年四月

世田ケ谷の寓居(ぐうきょ)にて

著者

序、騎西一家の流刑地

　秩父町から志賀坂峠を越えて、上州神ヶ原の宿に出ると、街を貫いて、埃っぽい赤土道が流れている。それが、二子山麓の、万場を発している十石街道であって、その道は、しばの間をくねりくねり蜿々と高原を這いのぼってゆく。そして、やがては十石峠を分水嶺に、上信の国境を越えてゆくのだ。ところが、その峠をくだり切ったところは、右手の緩斜から前方にかけ、広大な地峡をなしていて、そこは見渡すかぎりの荒蕪地だったが、その辺をよく注意してみると、峠の裾寄りのところに、わずかそれと見える一条の小径が岐れていた。

　その小径は、毛莨や釣鐘草や簪草などのひ弱い夏花や、鋭い棘のある淫羊藿、空木などの丈低い草木で覆われていて、その入口でさえも、密生している叢のような暗さだった。したがって、どこをどう透し見ても、土の表面は容易に発見されず、たとい見えても、そこは濃い黝んだ緑色をしていて、その湿った土が、熱気と地いきれとでもって湧き立ち、ドロリとした、液のような感じを眼に流し入れてくる。けれども、そのように見える土の流れは、ものの三尺と行かぬまに、はや波のような下生えのなかに没し去ってしまう。が、その前方――半里四方にも及ぶなだらかな緩斜は、それはまたとない、草木だけの世界だった。そこからは、熟れいきれ切った、まったく堪らない生気が発散していて、その瘴気のようなものが、草原の上層一帯を覆いつくし、そこを匂いの幕のように鎖していた。しかし、ここになによりまして奇異なのは、そこ一帯の風物から、なんとも云えぬ異様な色彩が眼を打ってくることとだった。それが、あの真夏の飽和――燃えさかるような緑でないことは明らかであるが、さりとてまた、雑色でも混淆でもなく、一種病的な色彩と云うのほかになかった。かえって、それは、心を冷たく打ち挫ぎ、まるで枯れ尽した菅か、荒壁を思わす朽樹の肌でも見るかのような、妙にうら淋れた――まったく見ていると、その暗い情感が、ひしと心にのしかかってくるのだった。

云うまでもなく、それには原因があって、この地峡も、過去においてはなんべんか興亡を繰返し、いくつかの血腥い記録を持っていたからであり、また一つには、そこを弾左谿と呼ぶ地名の出所でもあった。天文六年八月に、対岸の小法師岳に砦を築いていた淵上武士の頭領西東蔵人尚海が、かねてより人質酬いが因で反目しあっていた、日貴弾左衛門珍政のために攻め滅ぼされ、そのとき家中の老若婦女子をはじめに、町家の者どもまで加えた千人にもおよぶ人数が、この緩斜に引きだされて斬首にされてしまった。そして弾左衛門は、その屍を数段に積みかさね、地下ふかく埋めたのだった。ところが、その後明暦三年になると、この地峡に地辷りが起って、とうにそのときは土化してしまっている屍の層が露き出しにされた。そうすると、腐朽しきった屍のなかに根を張りはじめたせいか、そこに生える草木には、異常な生長が現われてきて、やがてはその烈しい生気が、旧い地峡の死気を貪りつくしてしまったのである。そうして、いまでも、その巨人化と密生とは昔日に異らなかった。相変らず、その薄気味悪い肥土を啜りとっていて、たかく懸け垂れている一本の幹があれば、それには、別の茎がなん本となく纏わり抱きあい、その空隙をまた、葉や巻髭が、隙間なく層をなして重なりあっているのだが、そうしているうちには、吸盤が触れあい茎棘が刺しかわされてしまうので、その形相すさまじい噛みあいの歯音は、やがて音のない夢幻となって、いつか知らず色のなかに滲み出てくるのだった。

　わけても、鬼猪殃々のような武装の固い兇暴な植物は、ひ弱い他の草木の滴までも吸りとってしまうので、自然茎の節々が、しだいに瘤か腫物のように張り膨らんできて、妙に寄生的にも見える、薄気味悪い変容をところどころ見せたりして、すくすくと巨人のような生長をしているのだった。したがって、鬼猪殃々は妙に中毒的な、ドス黒く灰ばんだ、まるで病んだような色をしていた。しかも、長くひょろひょろした頸を空高くに差し伸べていて、それがまた、上層で絡みあい撚りあっているので、自然柵とも格檣ともつかぬ、櫓のようなものが出来てしまい、それがこの広大な地域を、砦のように固めているのだった。その小暗い下蔭（したかげ）には、ひ弱い草木どもが、数知れずいぎたなく打ち倒されている。おまけに、澱（よど）みきった新鮮でない熱気に蒸したてられるので、花粉は腐り、葉や幹は朽ち液化していって、当然そこから発酵してくるものには、小動物や昆虫などの、糞汁（ふんじゅう）の臭（にお）いも入り混って、一種堪えがたい毒気となって襲ってくるのだった。それは、ちょっと臭素に似た匂いであって、それには人間でさえも、咽喉（いんこう）を害し睡眠を妨げられるばかりでなく、しだいに視力さえも薄れてくるのだから、自然そうした瘴気に抵抗力の強い、大形な黄金虫（こがねむし）や、やすでや、むかで、あるいは、好んで不健康な湿地ばかりを好む猛悪な爬虫（はちゅう）以外のものは、いっさいおしなべてその区域では生存を拒まれているのだった。

　まことに、そこ一帯の高原は、原野というものの精気と荒廃の気とが、一つの鬼形（ききょう）を凝（こ）りなしていて、世にもまさしく奇異（ふしぎ）な一つに相違なかった。しかし、その情景をかくも執拗（しつよう）に記し続ける作者の意図というのは、けっして、いつもながらの饒舌（じょうぜつ）癖からばかり発しているのではない。作者はこの一篇の主題にたいして、本文に入らぬまえ、一つの転換変容（メタモルフォーズ）をかかげておきたいのである。と云うのは、もし人間と物質との同一化がおこなわれるものとして、人間がまず草木に、その欲望と情熱とを托（たく）したとしよう。そうすれば、当然草木の呻吟（しんぎん）と揺動とは、その人のものとなって、ついに、人は草木である――という結論に達してしまうのではないだろうか。さらに、その原野の標章と云えば、すぐさま、糧にしている刑屍体の腐肉が想いだされるけれども、そのために草木の髄のなかでは、なにか細胞を異にしている、異様な個体が成長しているのではないかとも考えられてくる。そして、一度憶えた甘味の舌触りが、おそらくあの烈しい生気と化していて、その靡くところは、たといどのような生物でも圧し竦められねばならないとすると、現在緩斜の底に棲む騎西一家の悲運と敗惨とは、たしかに、人と植物の立場が転倒しているからであろう。いや、ただ単に、その人達を喚起するばかりではなかった。わけても、その原野の正確な擬人化というのが、鬼猪殃々の奇態をきわめた生活のなかにあったのである。

あの鬼草は、逞しい意欲に充ち満ちていて、それはさすがに、草原の王者と云うに適わしいばかりでなく、その力もまた衰えを知らず、いっかな飽くことのない、兇暴一途なものであった。が、ここに不思議なことと云うのは、それに意志の力が高まり欲求が漲ってくると、かえって、貌のうえでは、変容が現われてゆくのである。そして不断に物懶いガサガサした音を発していて、その皮には、幾条かの思案げな皺が刻まれてゆき、しだいに呻き悩みながら、あの鬼草は奇形化されてしまうのであった。

明らかに、それは一種の病的変化であろう。また、そのような植物妖異の世界が、この世のどこにあり得ようと思われるだろうが、しかし、騎西滝人の心理に影像をつくってみれば、その二つがピタリと頂鏡像のように符合してしまうのである。まったく、その照応の神秘には、頭脳が分析する余裕などはとうていなく、ただただ怖れとも駭きともつかぬ異様な情緒を覚えるばかりであった。けれども、それがこの一篇では、けっして白蟻の歯音を形象化しているのではない。たしかに、一つの特異な色彩とは云えるけれども、しかし土台の底深くに潜んでいて蜂窩のように蝕み歩き、やがては思いもつかぬ、自壊作用を起させようとするあの悪虫の力は、おそらく真昼よりも黄昏——色彩よりも、色合いの怖ろしさではないだろうか。

しかし、作者はここで筆を換えて、騎西一家とこの地峡に関する概述的な記述を急ぎ、この序篇を終りたいと思うのである。事実、晩春から仲秋にかけては、その原野の奥が孤島に等しかった。その期間中には、一つしかない小径が隙間なく塞がれてしまうので、交通などは真実思いもよらず、ただただ見渡すかぎりを、陰々たる焔が包んでしまうのだ。しかし、もう一段眺望を高めると、その沈んだ色彩の周縁が、コロナのような輝きを帯びていて、そこから視野のあらんかぎりを、明るい緑が涯もなく押し拡がってゆく。地峡は、草原の前方あたりで、小法師岳の裾を馬蹄形に迂廻してゆき、やがては南佐久の高原中に消えてしまうのであるが、その小法師岳は数段の樹相をなしていて、中腹近くには鬱蒼と生い繁った樅林があり、また樹立のあいだには小沼があって、キラキラ光る面が絶れ切れに点綴されているのだ。そして、そこから一段下がったまったくの底には、黒い扁平い、積木をいくつも重ねたように見える建物があった。

それは、一山支配当時の遺物で、郷土館であったが、中央に高い望楼のある母屋を置いて、小さな五つあまりの棟がそれを取りかこみ、さらにその一画を白壁の土塀が繞っていた。だがもし、その情景を、烈々たる陽盛りのもとに眺めたとすれば、水面から揺らぎあがってくる眩いばかりの晃耀が、その一団の建物を陽炎のように包んでしまい、まったくそこには、遠近高低の測度が失われて、土も草も静かな水のように見える。また建物はその上で揺るぎ動いている、美しい船体としか思われなくなってしまうのだった。そうして、現在そこには、騎西一家が棲んでいる――と云うよりも、代々馬霊教をもって鳴るこの南信の名族にとれば、むしろ悲惨をきわめた流刑地と云うのほかにはなかったのである。

ところで、騎西一家を説明するためには、ぜひにも馬霊教の縁起を記さなければならない。その発端を、文政十一年十月に発していて、当時は騎西家の二十七代――それまで代を重ねての、一族婚が災したのであろうか、その怖ろしい果実が、当主熊次郎に至り始めて結ばれた。それが、今日の神経病学で云う、いわゆる幻覚性偏執症だったが、偶然にもその月、彼の幻覚が現実と符合してしまった。そして、夢中云うところの場所を掘ってみると、はたしてそこには、馬の屍体が埋められてあった。と云うのが、一種の透視的な驚異を帯びてきて、それから村里から村里の間を伝わり、やがて江戸までも席捲してしまったというのが、そもそもの始まりである。その事は「馬死霊祓柱之珂玲霊祝詞」の首文とまでなっていて、『淵上村神野毛馬埋有上爾雨之夜々陰火之立昇依而文政十一年十一月十四日騎西熊次郎依願祭之』という以上の一文によっても明らかであるが、さらにその祝詞は、馬の死霊に神格までもつけて、五瀬霊神と呼ぶ、異様な顕神に化してしまったのである。

しかし、その布教の本体はと云えば、いつもながら、淫祠邪教にはつきものの催眠宗教であって、わけても、当局の指弾をうけた点というのが、一つあった。それは、信者の催眠中、癩に似た感覚を暗示する事で、それがために、白羽の矢を立てられた信者は、身も世もあらぬ恐怖に駆られるが、そこが、教主くらの悪狡いつけ目だった。彼女は得たりとばかりに、不可解しごくな因果論を説き出して、なおそれに附け加え、霊神より離れぬ限りは永劫発病の懼れなし――と宣言するのである。けれども、もともと根も葉もない病いのこととて、どう間違っても発病の憂いはないのであるから、当然そういった統計が信者の狂信を煽り立てて、馬霊教の声望はいやが上にも高められていった。ところが、その矢先、当局の弾圧が下ったのである。そして、ついに二年前の昭和×年六月九日に、当時復活した所払いを、いの一番に適用されたので、やむなく騎西一家は東京を捨て、生地の弾左谿に帰還しなければならなくなってしまった。

その夜、板橋を始めにして、とりとめがたい物の響が、中仙道の宿々を駭かしながら伝わっていった。その響は雷鳴のようでもあり、行進の足踏みのようにも思えたけれど、この真黒な一団が眼前に現われたとき、不意に狂わしげな旋律をもった神楽歌が唱い出され、それがもの恐ろしくも鳴り渡っていった。老い皺ばった教主のくらを先頭にして、長男の十四郎、その側に、妙な籠のようなものを背負った妻の滝人、次男である白痴の喜惣、妹娘の時江——と以上の五人を中心に取り囲み、さらにその周囲を、真黒な密集が蠢いていたのである。その千にも余る跣足の信者どもは、口を真黒に開いていて、互いの頸に腕をかけ、肩と肩とを組み、熱意に燃えて変貌したような顔をしていたが、その不思議な行進には佩剣の響も伴っていて、一角が崩されると、その人達はなおいっそう激昂して蒼白くなるが、やがてそうしているうちに、最初は一つだった集団が、幾つにも、水銀の玉のように分れてゆくのだった。しかし、信者の群は、なおも闇の中から、むくむく湧き出してくるのだったけれども、それが深谷あたりになると、大半が切り崩されてしまい、すでに神ヶ原では、五人の周囲に人影もなかった。

かくして、一種の悲壮美が、怪教馬霊教の終焉を飾ったのだったが、その五人の一族は、それぞれに特異な宿命を背負っていた。そればかりでなく、とうに四年前——滝人が稚市を生み落して以来というものは、一族の誰もかもが、己れの血に怖ろしい疑惑を抱くようになってきて、やがては肉も骨も溶け去ってしまうだろうと——まったく聴いてさえも慄然とするような、ある悪疫の懼れを抱くようになってしまった。そうして、そのしぶとい相克が、地峡のいいしれぬ荒廃と寂寥の気に触れたとすれば、当然いつかは、狂気とも衝動ともなりそうな、妙に底からひたぶりに揺り上げるようなものが溜ってきた。事実騎西一家は、最初滝人が背負ってきた、籠の中の生物のために打ち挫がれ、続いてその残骸を、最後の一滴までも弾左谿が呑み尽してしまったのである。

さて、騎西家の人達は、そのようにして文明から截ち切られ、それから二年余りも、今日まで隠遁を破ろうとはしなかった。が、そうしているうちに、この地峡の中も、しだいにいわゆる別世界と化していって、いつとなく、奇怪な生活が営まれるようになった。ところが、その異常さというのがまた、眼に見えて、こうと指摘できるようなところにはなかったのである。現に、この谿間に移ってからというものは、騎西家の人達は見違えるほど野性的になってしまって、体軀のいろいろな角が、ずんぐりと節くれ立ってきて、皮膚の色にも、すでに払い了せぬ土の香りが滲み込んでいた。わけても、男達の逞しさには、その頸筋を見ただけで、もう侵しがたい山の気に触れた心持がしてくる。それほど、その二人の男には密林の形容が具わってきて、朴訥な信心深い杣人のような偉観が、すでに動かしがたいものとなってしまった。

したがって、異常とか病的傾向とかいうような――それらしいものは、そこに何ひとつ見出されないのが当然である。が、そうかと云って、その人達の異様な鈍さを見るにつけても、またそこには、何か不思議な干渉が、行われているのではないかとも考えられてくるのだ。事実、人間の精神生活を朽ちさせたり、官能の世界までも、蝕み喰い尽そうとする力の怖ろしさは、けっして悪臭を慕ったり、自分自ら植つけた、病根に酔いしれるといった――あの伊達姿にはないのである。いやむしろ、そのような反抗や感性などを、根こそぎ奪われてしまっている世界があるとすれば、かえってその力に、真実の闇があるのではないだろうか。それはまさに、人間退化の極みである。あるいは、孤島の中にもあろうし、極地に近い辺土にも――そこに棲む人達さえあれば、必ず捉まえてしまうであろう。けれども、そういった、いつ尽きるか判らない孤独でさえも、人間の身内の中で意欲の力が燃えさかり、生存の前途に、つねになんらかの、希望が残っているうちだけはさほどでないけれども、やがて、そういったものが薄らぎ消えてくると、そろそろ自然の触手が伸べられきて、しだいに人間と取って代ってしまう。そこで、自然は俳優となり、人間は背景にすぎなくなって、ついに、動かない荘厳そのものが人間になってしまうと、たとえば虹を見ても、その眼醒めるような生々した感情がかえって自然の中から微笑まれてくるのである。しかし、そのような世界は、事実あり得べくもないと思われるであろうが、また、この広大な地上を考えると、どこかに存在していないとも限らないのである。現に、騎西家の人達は、その奇異な掟の囚虜となって、いっかな涯しない、孤独と懶惰の中で朽ちゆこうとしていたのであった。

そこで、その人達の生活の中で、いかに自然の力が正確に刻まれているかを云えば……。前夜の睡眠中に捲かれておいた弾条が、毎朝一分も違わぬ時刻に――眼醒めると動き出して、何時には、貫木（たるき）の下から仏間の入口にかけて二回往復し、それから四分ほど過ぎると、土間の右から数えて五番目の踏板から下に降りて、そこの土の窪（くぼ）みだけを踏み、揚戸（あげど）を開きにゆくといった具合に……。日夜かっきりと、同じ時刻に同じ動作が反覆されてゆくのであるから、いつとなく頭の中の曲柄（クランク）や連動機（ギヤ）が仕事を止めてしまって、今では、大きな惰性で動いているとしか思えないのである。まったく、その人達の生理の中には、すでに動かしえない毒素の層が出来てしまって、最初のうちこそ、何かの驚きや拍子外れのものや、またそうなっても、自分だけはけっして驚かされまいとする――一種の韜晦味（とうかいみ）などを求めていたけれども、しだいにそういった期待が望み薄くなるにつれて、もう今日この頃では、まったく異様なものに変形されてしまった。

　しかし、そうなると、時折ふと眼が醒めたように、神経が鋭くなる時期が訪れてくる。そのときになると、あの荒涼とした物の輝き一つない倦怠（けだるさ）の中から、妙に音のような、なんとなく鎖が引摺（ひきず）られてゆくのに似た、響が聞えてきて、しかも、それが今にも、皮質をぐるぐる捲き付けて、動けなくでもしてしまいそうな、なにかしら一つの、怖ろしい節奏（リトムス）があるように思われるのだった。それが、彼らを戦（おのの）かせ、狂気に近い怖れを与えて、ひたすらその攻撃に、捉えられまいと努めるようになった。そこで、日常の談話の中でも、口にする文章の句切りを測ってみたり、同じ歩むにしても、それに花文字や傾斜体文字（イタリック）でも感じているのではないかと思われるような、一足一足、鶏卵の中を歩むような足取りをしたりなどして、ひたすら無慈悲な単調の中からあがき抜けようとしていた。そうして、それに縋（すが）りついて、無理にも一つの偏執を作らなかったならば、なんら考え事もない、仕事もなく眼も使わない日々の生活には、あの滅入（めい）ってくるような、音のない節奏（リトムス）の世界を、身辺から遠ざける工夫とてほかになかったのである。

　けれども、そうしているかたわら、彼らの情緒からも感情からも、しだいと固有の動きが失（う）せてきて、終（つ）いには気象の変化や風物の形容などに、規則正しく動かされるようになってしまった。わけても、そういう傾向が、妹娘の時江に著しかった。彼女は、自然を玩具（ジュウジュウ）の世界にして、その幻の中でのみ生きている女だった。それで、空気が暖かすぎても冷たすぎても、濃すぎても薄すぎても、病気になり……、たとえば黄昏時だが、始めのリラ色から紅に移ってゆく際に、夕陽のコロナに煽られている、周囲（ぐるり）の団子雲を見ていると、いつとなく（私は揺する、感じる、私は揺する）の、甘い詩の橙（オレンジ）が思い出されてきて、心に明るい燦爛（ブントハイト）が輝くのだ。けれども、やがて暗い黄に移り、雲が魚のような形で、南の方に棚引き出すと、時江はその方角から、ふと遣瀬（やるせ）ない郷愁を感じて、心が暗く沈んでしまうのだった。また朽樹の洞（ほら）の蛞蝓（なめくじ）を見ては、はっと顔を染めるような性欲感を覚えたり、時としては、一面にしばが生えた円い丘に陽の当る具合によっては、その複雑な陰影が、彼女の眼に幻影の市街を現わすことなどもあるが、わけても樹の葉の形には、むしろ病的と云えるほどに、鋭敏な感覚をもっていた。しかし、松風草の葉ようなものは、ちょうど心臓を逆さにして、またその二股になった所が、指みたいな形で左右に分れている。ところが、それを見ると、時江はハッと顔色を変えて、激しい呼吸を始め、その場に立ち竦んでしまうのであるが、それには、どんなに固く眼を瞑り、頭の中にもみ込んでしまおうとしても、結局その悪夢のような恐怖だけは、どうにも払いようがなくなってしまうのだった。と云うのは、それが稚市の形であって、それには歴然とした、奇形癩の瘢痕がとどめられていたからである。

　長男の十四郎と滝人との間に生れた稚市は、ちょうど数え年で五つになるが、その子は生れながらに眼を外けさせるような、醜悪なものを具えていた。しかも、分娩と同時に死に標本だけのものならともかく、現在生きているのだから、一目見ただけで、全身に粟粒のような鳥肌が立ってくる。しかし、顔は極めて美しく、とうてい現在の十四郎が、父であると思われぬほどだが、奇態な事は、大きな才槌頭が顔のほうにつれて盛上ってゆき、額にかけて、そこが庇髪のようなお凸になっていた。おまけに、金仏光りに禿上っていて、細長い虫のような皺が、二つ三つ這っているのだが、後頭部のわずかな部分だけには、嫋々とした、生毛みたいなものが残されている。事実まったく、その対照にはたまらぬ薄気味悪さがあって、ちょっと薄汚れた因果絵でも見るかのような、何か酷たらしい罪業でも、底の底に動いているのではないかという気がするのだった。なお、皮膚の色にも、遠眼だと、瘢痕か結節としか見えない鉛色の斑点が、無数に浮上っているのだけれども、稚市のもつ最大の妖気は、むしろ四肢の指先にあった。すでに、眼がそこに及んでしまうと、それまでの妖怪めいた夢幻的なものが、いっせいに搔き消えてしまって、まるで内臓の分泌を、その滓までも絞り抜いてでもしまいそうな、おそらく現実の醜さとして、それが極端であろうと思われるものが、そこにあった。稚市の両手は、ちょうど孫の手といった形で、左右ともに、二つ目の関節から上が欠け落ちていて、拇指などは、むしろ肉瘤といったほうが適わしいくらいである。それから下肢になると、右足は拇指だけを残して、他の四本ともペッタリ潰れたような形になっていて、そこは、肉色の繃帯をまんべんなく捲きつけたように見えるが、左足はより以上醜怪だった。と云うのは、これも拇指だけがズバ抜けて大きいのだが、わけても気味悪いことには、先へ行くにつれて、耳のような形に曲りはじめ、しかもその端が、外輪に反り返っているのだ。また、他の四本も、中指にはほとんど痕跡さえもなく、残りの三本も萎えしなびていて、そこには椎実が三つ――いやさらに、それを細長くしたようなものが、固まっているにすぎない。したがって、全体の形が、何かの冠か、片輪鰭みたいに思われるのである。そして、四肢のどこにも、その部分だけがいやに銅光りをしていて、妙に汚いながらも触りたくなるような、襞や段だらに覆われていた。のみならず、この奇怪な変形児は、まったくの唖であるばかりか、知能の点でも、母の識別がつかないというのだから、おそらくは生物としては、この上もなく下等な存在であろう。事実稚市には、わずかに見、喰うだけの、意識しか与えられていなかったのである。

　したがって稚市が、この世で始めの呼吸(いき)を吐くと、その息吹と同時に、一家の心臓が掴(つか)み上げられてしまったのだ。云うまでもなく、その原因は四肢(てあし)の変形にあって、しかも形は、疑うべくもない癩潰瘍(らいかいよう)だった。現に仏医ショアベーの名著『暖国の疾病』を繰ってみれば判るとおりで、それにある奇形癩の標本を、いちいち稚市と対照してゆけば、やがて幾つか、符合したものが見出されるに相違ない。おまけに、両脚がガニ股のまま強直していて、この変形児は、てっきり置燈籠(おきとうろう)とでも云えば、似つかわしげな形で這(は)い歩いているのだった。だが、そうなると稚市の誕生には、またちょっと、因果噺(ばなし)めいた臆測(おくそく)がされてきて、あるいは、根もない恐怖に虐(しいた)げられていた、信徒達の酬(むく)いではあるまいかとも考えられてくる。が、そうしているうちに、その迷信めいた考えを払うに足るものが、古い文書の中から発見された。それは、くらの夫——すなわち先代の近四郎が、草津在(ざい)の癩村に祈禱(きとう)のため赴いたという事実である。するとそれからは、たとえそれが、遺伝性であろうと伝染性であろうと、また胎中発病が、あり得ようがあり得まいが、もうそんな病理論などは、物の数ではなくなってしまって、はや騎西家の人達は、自分達の身体に腐爛(ふらん)の臭いを気にするようになってきた。そして明け暮れ、己れの手足ばかりを眺めながら、惨(いた)ましい絶望の中で生き続けていたのである。

　ところが、こうした中にも、恐怖にはいささかも染まらないばかりでなく、むしろそれを嘲り返している、不思議な一人があった。それが、十四郎の妻の滝人である。彼女は、一種奇蹟的な力強さでもって、あの悪病の兆にもめげず、絶えず去勢しようと狙ってくる、自然力とも壮烈に闘っていて、いぜん害われぬ理性の力を保ちつづけていた。それには、何か異常な原因がなくてはならぬであろう。事実滝人には、一つの大きな疑惑があって、それには、彼女が一生を賭してまでもと思い、片時も忘れ去ることのない、ひたむきな偏執が注がれていた。そして、絶えずその神秘の中に分けて入ってゆくような蠱惑を感じていて、その一片でも征服するごとに、いつも勝ち誇ったような、気持になるのが常であった。しかし、その疑惑の渦が、しだいと拡がるにつれて、やがては、悪病も孤独も——寂寥も何もかも、この地峡におけるいっさいのものが、妙に不安定な、一つの空気を作り上げてしまうのだった。

一、二つの変貌と人瘤

八月十六日——その日は、早朝からこの地峡の上層を、真白な薄雲が一面に覆うているので、空気は少しも微ごうとはせず、それは肢体に浸み渡らんばかりの蒸し暑さだった。それでも正午頃になると、八ヶ岳の裾の方から雲が割れてきて、弾左谿の上空にはところどころ碧空が覗かれたが、まもなく、そうして片方に寄り重なった雲には、しだいに薄気味悪い墨色が加わってきた。そして、その一団の密雲は、ちょうど渓谷の対岸辺りを縁にして、徐々と西北の方角に動きはじめたのであったが、そのうち、いやにぬくもりを含んだ風が、峰から吹き下りて来たかと思うと、やがて轟々たる反響が、広い地峡の中を揺ぶりはじめた。しかしその雲も、小法師岳寄りの側になると、よほど薄らいでいて、時折太い雨脚が一つ二つ見えるという程度だったけれども、葉末の中ははや黄昏ていて、その暗がりのなかで絶えず黄ばんだ光りが瞬いていた。その頃、騎西家の頭上にある沼の畔で、不安げに、雲の行脚を眺めている一人の女があった。それは、見ようによっては三十近くにも見えるだろうが、だいたいに塊量といった感じがなく、どこからどこまで妙にギスギス棘立っていて、そのくせなんとなく、熱情的な感じがする女だった。そして、薄汚い篠輪絣の単衣に、縞目も見えなくなった軽山袴をはいていて、服装だけは、いかにも地臭そのものであろうが、それに引きかえ顔立ちには、全然それとはそぐわない、透き徹った理智的な、むしろ冷酷ではないかと思われるような峻烈なものがあって、その二つが異様な対照をなしていた。十四郎の妻の滝人は、こうして一時間もまえから、沼の水際を放れなかったのである。

　けれども、その顔が漠然とした、仮面のように見えるのは、なぜであろうか。もちろんそれには、あの耐えられない憂鬱や、多産のせいもあるとは云え、たかが三十を二つ越えたばかりの肉体が、なぜにそう見る影もなく害われているのであろうか。顔からも四肢の艶からも、張りや脂肪の層がすでに薄らぎ消えていて、はや果敢ない、朽ち葉のような匂いが立ちのぼっているのだった。しかし、眼には眦が鋭く切れて、それには絶えず、同じことのみ眺め考えているからであろうか、瞳のなかが泉のように澄み切っていた。事実、彼女の心のなかには、あのふしだらな単調な生活にも破壊されず、けっして倦むこともなく、絶えず一つの思念を、凝視してゆく活力があった。それが、滝人の蒼ざめた顔のなかで、不断の欲望を燃えさからせ、絶えず閃いては、あの不思議な神経を動かしていった。そのためかしら、滝人の顔には、しだいと図抜けて、眼だけが大きくなっていった。そして肉体の衰えにつれて、鼻端がいよいよ尖り出し唇が薄らいでくると、その毛虫のような逞しい眉と俟って、ただでさえ険相な顔が、よりいっそう物凄く見えるのだった。そのように、滝人には一つの狂的な憑着があって、その一事は、すでに五年越しの疑惑になっていた。けれども、そのために、時折危険な感動を覚えるということが、かえって今となっては、滝人の生を肯定している唯一のものになってしまった。事実、彼女はそれによって、ただ一人かけ離れた不思議な生き方をしているのだった。そして、疑惑のどこかに、わずかな陰影でもあれば、絶えずそれを捉えようとあがいていたのであるが、そのうちいつとなく、気持の上に均衡が失われてきて、今では、もう動かしがたい、心理的な病的な性質が具わってしまった。さて、滝人の心中に渦巻き狂っているというその疑惑は、そもそも何事であろうか——それを述べるに先立って、一言、彼女と夫十四郎との関係を記しておきたいと思う。

その二人は、同じながら晩婚であって、滝人は二十六まで処女で過し、また十四郎は、土木工学の秀才として三十を五つも過ぎるまで洗馬隧道の掘鑿に追われていた。そして、滝人の実家が馬霊教の信者であることが、そもそもの最初だった。それから、繁い往来が始まって、そうしているうちにいつしか二人は、互いに相手の理智と聡明さに惹かれてしまったのである。しかし、初めのうちは隧道ぎわの官舎に住み、そのうちこそ、二人だけの世界を持っていたのだったが、ちょうど結婚後一年ばかり過ぎた頃に、思いがけない落盤の惨事が、二人を深淵に突き落してしまった。ところが十四郎は、運よく救い出された三人のうちの一人だったけれども、それを転機にして、運命の神は死にまさる苦悩で、彼女を弄びはじめた。と云うのは、落盤に鎖された真暗な隧道の中で、十四郎は恐怖のために変貌を来たしてしまい、あまつさえ、その六日にわたる暗黒生活によって、その後の彼には、性格の上にも不思議な転換が現われてきた。そうして滝人は、これが十四郎であると差し示されたにもかかわらず、どうして顔も性格も、以前とは似てもつかぬ、醜い男を夫と信じられたであろうか。

なるほど、持ち物はまさしくそうだし、かつまた身長から骨格までほとんど等しいのであったが、十四郎はまったく過去の記憶を喪っていて、あの明敏な青年技師は、一介の農夫にも劣る愚昧な存在になってしまった。その上、それまでは邪教と罵っていた、母の馬霊教に専心するようになったのだが、彼の変換した人格は、おもにその影響を滝人のほうにもたらせていた。と云うのは、だいいち十四郎の気性が、粗暴になってきて、血腥い狩猟などに耽り、燔祭の生き餌までも、手ずから屠ると云ったように、いちじるしい嗜血癖が現われてきた事だった。またもう一つは、ひどく淫事を嗜むようになったという事で、彼女は夜を重ねるごとに、自分の矜恃が凋んでゆくのを、眺めるよりほかになかった。あの動物的な、掠奪くるような要求には——それに慣れるまで、彼女は幾度か死を決したことだったろう。そして、その翌年、惨事常時妊もっていた稚市を生み落した以後は、毎年ごとに流産や死産が続いていて、彼女の肉体はやがて衰えの果てを知ることができないようになってしまった。しかし、滝人にとると、そうして魔法のような風に乗り、訪れてきた男が、第一自分の夫であるかどうかというよりも、まずそれを決める、尺準がないのに困惑してしまった。

変貌、人格の変換——そうした事は、仮説上まさしくあり得るだろうが、一方には、それをまた根底から否定してしまうような事実を、直後に知ってしまったのだった。そうして疑惑と苦悩の渦は、いぜん五年後の今日になっても、波紋を変えなかった。滝人もまた、それに狂的な偏執を持つようになって、おそらくこれが、永遠に解けぬ謎であろうとも、どうして脳裡から、離れ去る機があろうとは思われなかった。それから滝人の生活は、夢うつつなどというよりも、おそらく悪夢という地獄味の中で——ことに味の最も熾烈なものだったに相違ない。たぶん彼女には、現実も幻も、その差別がつかなかったであろう。そして五年にもわたって、夫とも他人ともつかぬ、異様な男と同棲を続けてきたことは、事実苦悩とも何ともつかない——それ世上、人間の世界には限度があるまいと思われるほど、痛ましい経験だったことであろう。しかし、より以上怖ろしさを覚えるのは、滝人のあくことのない執着だった。それが一方において、強烈な精神力を築き上げてしまい、彼女には自分の外界がどう変ってゆこうが、そんな事にはてんで頓着がなく、ひたすらその、執念一途にのみ生き続けていたのである。それゆえ、五年前の救護所における彼女と、今しも沼の面を、無心に眺めつづけている滝人との差を求めたとすれば、わずかに肉体の衰えをそうと云えるのみであろう。その間は、日ごと同じような循環論が繰り返されていって、あの痛々しげな喘ぎが、いかにかすれゆくとも、彼女の生が終るまでは、どうして断たれることがあろうと思われた。その時、雷の嫌いな滝人は、しばらく顔を上げて空を眺めていたが、ようやく雲の行脚に安堵したものか、やおら立ち上がって、畔近い槲の木立ちの中に入って行った。そこには、樹疫のためか、皮が剝がれて、瘤々した赤い肌が露われている老樹が立ち並んでいた。滝人は、それを一つ一つ数えながら、奥深く入って行ったが、やがて人間のように、四肢をはだけた古木の前に立つと、彼女は眼の光りを消し、それを微笑に変らせていった。そして、唇からは、夢幻的な恍とりとしたような韻が繰り出された。

「こんなふうに貴方の前に立っただけで、もう私は、なんとも云えぬ不思議な気持になってしまいます。貴方は、私が雷が嫌いなのをご承知でいらっしゃいましょう。いいえ、ご存知でなくても、私はそうに決めてしまいますわ。そして、いつもそんな時には、額から瞼の上にかけて、重い幕のようなものに包まれてしまって、膝は鉛のように気懶くなり、ホラこんな具合に、眼の中から脈搏の音が聴えてくるのです。そうしますと、眼に映っている事物の線がなんだかビクビク引っつれだしてきたような気持がしてきて、貴方のお顔にどうやら似ていると思われるこの瘤の模様が、時には微笑だしたように思ったりなどして、私も、ともどもそれにつれて笑い出そうといたしますのですが、またそのような時は、急に恥かしくなってきて、こんなふうに真っ赤になってしまうのでございますよ。ああ貴方は、けっして遠い処に、お暮しになっているのではございません。私が永い間流し続けてきた涙は、いつか知らず、このような奇体な修練を覚えさせてくれたのです。貴方の本当のお顔を、この幹の中ではじめて見た時には、今度はまるで性質のちがった涙が、私の心をうまく掻き雑ぜてくれました。私はどうしても、そうせずにはいられなかったのです。この三重の奇態な生活が、結局無駄とは知りながらも、そう知れば知るほど、その夢幻が何にも換えられなくなってまいります。ねえ貴方、あの男は、いったい本当の貴方なのでしょうか。それとも、私がそれではないかと疑ぐっている、鵜飼邦太郎なのでしょうか。もし、その差別をクッキリとつけることが出来れば、もう木の瘤の貴方のところへは、私、二度とはまいりますまいが……」

　その槲の木は、片側の根際まで剝ぎ取られていて、露出した肌が、なんとなく不気味な生々しい赤色で、それが腐り爛れた四肢の肉のように見えた。そして、その中央辺に、奇妙な瘤が五つ六つあって、その一帯が、てっきり人の顔でも連想させるような、異様な起伏を現わしていた。けれども、その樹の前に立ち塞がって、人瘤に優しく呼びかけている女というのが、もしも花の冠でもつけた、オフィリヤでもあるのなら、この情景はさしずめ銅版画の夢でもあろう。しかし、滝人の眼は、吐いてゆく言葉の優しさとは異り、異様な鋭さをみせていて、その中には一つの貫かずには措かない、はげしい意欲の力が燃えていた。彼女は、額の後毛を無雑作にはね上げて、幹に突っ張った、片手の肩口から覗き込むようにして、なおも話しかけるのを止めようとはしなかった。

「あの時、同じ救い出された三人のうちで、たしか弓削とかいう、工手の方がおりましたわね。その方が、私にこういう事実を教えてくれました。なんでも、最後の七日目の日だったとかいうそうですが、その時まで生き残っていたのが、貴方はじめ技手の鵜飼、それから二人の工手だったそうでございましたわね。そして、最初の落盤が、水脈を塞いでしまったために水がなく、もうその時は水筒の水も尽きていて、あの暗黒の中では、何より烈しい渇きが、貴方がたを苦しめていたのでした。それに、あの辺は温泉地帯なので、その地熱の猛烈なことと云ったら、一方凍死を助けてくれたとは云い条、そのために、一刻も水がなくては過せなかったのではございませんでしたか。それで、貴方はもう矢も盾もたまらなくなって、洞の壁に滴水のある所を捜しに出かけたのでしたわね。そして、とうとうその場所を見付けたのでしたが、その滴水というのが、間歇泉の枝脈なのですから、一時は吹き出しても、それは間もなくやんでしまって、再び地熱のためからからに干上がってしまうのです。ところが、その水の出口に唇を当てているうちに、あの湿った柔かい土の中に、貴方のお顔は、ずるずると入り込んでいったのです。ああ私は、自分ながらこの奇異な感情を、なんといい表わしたらよいものでしょうか……。だって、人もあろうに貴方に向って、現在ご自分がお出逢いになった経験を、お聴かせしなければならないのですものね。いいえ、貴方はもう、この世にはお出でにならないのかもしれませんわ。きっとそれでなければ、楽しい想い出まで、何もかもお忘れになった、あの阿呆のような方になってしまって……」

そこで滝人は再び口を噤んで、視線を力なく下に落した。その時、雷雲の中心が、対岸の斑鳩山の真上に迫っていて、この小暗い樹立の中には、黄斑を打ちまけたような光が明滅を始めた。すると、黄金虫や団子蜂などが一団と化して、兇暴な唸り声を立て、この樹林の中に侵入してきた。そして、その――重く引き摺るような音響に彼女は、以前遠くから聴いた落盤の響を連想した。

「ねえ、そうではございませんか。私は、あの怖ろしい疑惑を解くために、どれほど酷い鞭(むち)を、神経にくれたことだったか。まったく、私の精神力が、今にも尽きそうでいて、そのくせまだ衰えないのですけれど、それがどうしてどうして、私には不思議に思われてなりませんわ。けれども、それをし了せるためには、たとえどのような影一つでも、一応は捉えて、吟味しなければならないのです。貴方が、救い出されて救護所に運び込まれた時には、一体どんな顔で隧道(とんねる)を出たとお思いになりまして。その時、医者はこう申しましたわ。貴方は二度目の落盤の時、その恐怖のために笑い筋が引っつれてしまったので、あの大きな筋の異状で鼻は曲り、眼窪が、押し上げられた肉に埋もれてしまったそうなのです。いいえ、まったくその顔といったら、まず能にある悪尉(あくじょう)ならば、その輪廓(りんかく)がまだまだ人並ですが、さあなんと云おうか、さしずめ古い伎楽面(ぎがくめん)の中でも探したなら、あのこの上ない醜さに、滑稽(こっけい)をかねたものがあると思いますわ。しかし、そうして貴方の変貌に思わず我を失ってしまったのですが、ふとかたわらを見ますと、技手の鵜飼さんの屍体の上にも、それはそれは、奇蹟に等しいものが現われていたのです。いいえ、それが鵜飼の屍体だと云われるまでは、どうしても私の眼がそれを信じ――いえいえ、この方こそと思いながら、その顔の上に、ぴったり凍りついたまま、離れることが出来なくなっておりました。まあなんと、その顔が同じ変貌によるとは云え……。ああ、一つの場所で二つの変貌――だなどと、そのような奇態が符合が、この人の世にあり得るのでございましょうか。それはともかくして、その鵜飼の顔というのが、じつに貴方そっくりだったでございませんか。そうして、その二つを見比べているうちに、私の頭の中には、それまであった水がすっかり使い尽されてしまって、ただあの怖ろしい疑惑だけが、空虚な皮質にがんがんと響いてくるのでした。まったく、今でさえそうですけど、現在の十四郎というのが、そのじつ鵜飼邦太郎であって……。あの、四肢(てあし)が半分ほどの所からなく、岩片で腹を裂かれて、腸が露出している無残な死体のほうが、真実の貴方だったのではなかったか。そうなれば、誰しもそう信ずるのが、自然ではございませんかしら。それに、その事実を貼(は)り合わせたように裏書する言葉が、貴方のお口からも吐かれたのです。そのとき貴方は、鵜飼の隣りで横向きに臥(ふ)しておいでになり、眼の前にいるのが私とも知らずに、絶えず眼覆(めかく)しを除(はず)してくれと、子供のようにせがまれておりました。私も、大分刻限が経(た)っていたことですから、たいした障(さわ)りにもなるまいと思って、その結び目をやんわりと弛(ゆる)めてあげました。そして、幾分上のほうにずらせたとき、いきなり貴方は、両手を眩(まぶ)しそうに眼に当てておしまいになったのです。けれども、その時なんという言葉が、口を衝(つ)いて出たことでしょう。いいえ、けっしてそれは、眼の前にある、鵜飼の無残な腸綿(ひゃくひろ)ではないのです。貴方は、高代(たかよ)という女の名をおっしゃいました。高代――ああ私は、何度でも貴方がお飽(あ)きになるまで繰り返しますわ」といきなり滝人は、引っ痙(つ)れたような笑みを泛(うか)べ、眼の中に、暗い疲れたような色を漂わした。すると、全身にビリビリした神経的なものが現われてきて、それから、瘤の表面をいとしげに擦りはじめた。

「ですから、当然私には、その夜から、貴方が病院をお出になる日が、またとなく怖ろしく思われてきたのです。なぜなら、どうしてそれまでに、真実貴方であるか、鵜飼邦太郎であるか分らない男に、抱かれる夜のことなど、想い泛べたことがあったでしょうか。いいえ、そればかりか、その後まもなく私は、高代という言葉を突き究めることができました。それが駭いたことには、鵜飼の二度目の妻で、前身は、四つ島の仲居だった女の名なのです。そこでようやく、この疑題の終点に辿りついたような、気がしたのでしたけれども、またそこには、着衣とか所持品とかいう要点もあって、たとえば、その二人の身長が、どんなにか符合しようと、また他にも、一致するような特徴が、あろうがどうだろうが、結局結論となると、変貌という――都合のいい解答一つで片づけられてしまうのでした。ああ、あの確証を得たいばかりに、毎夜私は、どんなにか空々しく、あの男の身体を摸索っていたことでしょう」

　滝人は上気したような顔になって、知らず知らず吐く息の数が殖えていった。彼女は唇を絶えず濡し、眼を異様に瞬たいて、その高まりゆく情熱から逃れようとしたが、無駄だった。やがて、柔かい苔の上に身体を横たえたが、過ぎ去った日の美しい回想やら、現実の苦悶やらが雑多と入り乱れて、滝人はさまざまな形に身悶えを始めた。

「あの閨の背比べ――恥ずかしがりやの私には、これまで貴方のお身体を、しみじみ記憶に残す機会がございませんでした。お互いに、いらぬ潔癖さがつき纏っていて、私達はまったく不鍛錬でございましたわね。（以下四七一字削除）しかし、その中でただ一つ、はっきりと頭の中に残っておりますのは、あの背比べなのでございます。つまり、薦骨の突起と突起を合わせてみると、双方の肩先や踝にどのくらいの隔たりが出来るか……。（以下一八六字削除）それが、以前の貴方の場合とぴったり合ってしまうので、なおさら昏迷の度が深められてまいるわけなのです。なにしろ、片方は死に、一方は過去の記憶を失っているという始末ですから、どうせどっちつかずの循環論になってしまって、結局はその二人の幻像が、ああでもないこうでもないと、物狂わしげな叫び声を上げながら、私の頭の中を駈け廻るにすぎませんでした。ああほんとうに、あの仮面を見ていると、頭の中が徐々と乱れてきて、不思議な幻影があちこち飛び廻るようになってしまいます。ですけど、どのみちこの運命悲劇を、自分の力でどうすることも出来ないとすれば、結局相手を殺すか、私が死ぬかの二つの道しかないわけでございます。でも、それには、ぜひにも理由を決定しなければなりません。ところが、それが出来ないのでございます。あの決定がつかないまでは、どうして、影のようなものに、刃が立てられましょうか。そうしますと、一方ではあの執着が、私の手を遮ってしまうので、結局宿命の、行くがままに任せて――。死児を生み、半児の血塊を絶えず泣かしつづけて――。ああほんとうに、あの鬼猪殃々の原から、生温い風が裾に入りますと、それが憶い出されて、慄然とするような顫えを覚えるのでございます。ねえ貴方、それを露西亜的宿命論というそうではございませんか。帝政露西亜の兵士達は、疲れ切ってしまうと、最後には雪の中に身を横たえてしまって、もう何事もうけつけず、反応もなければ反抗もせず……」

そこまで、云いつづけているうちに、頭上にある栴檀の梢から、白い花弁が、その雪のように舞い落ち、滝人の身体はよほど埋まっていた。すると、それに気づいたのが、恐ろしい刺激ででもあったかのごとく、彼女はいきなり弾かれたように立ち上がった。

「だいたい、隠されたものというのは、それが表に現われる日が来るまで、どうあっても、隠されていなければならないといいます。けれども、もうそんな日が来るのを、こっちから便々と待ってはいられなくなりました。そうして終に、私も決心の臍を固めて、どのみちどっちに傾いたところで、陰惨この上ない闇黒世界であるに相違ないのですから、私の一身を処置するためには、どうしてもあの二つの変貌と、高代という名の本体を、突き究めねばならぬと思いました。それから、辛い夜の数を一つ一つ加えながら、いつ尽きるか涯しないことを知りながらも、あの永い苦悩と懐疑の旅に上っていったのでした」

雷鳴のたびごとに、対岸の峰に注ぐ、夕立の音が高まり、強い突風が樹林のここかしこに起って、大樹を傾け梢を薙ぎ倒しているが、そのややしばし後になると、小法師岳の木々が、異様に反響して余波に応えていた。そして、その間は、天地がひっそりと静まり返って、再びあの耐えがたい湿度が訪れてくる。そのいいようのない蒸し暑さの中で、滝人は、とうてい人間の記録とは思われないような、一連のものを語りはじめた。

「それには、女学校を出たのみの私の知識だけでは、とうてい突破し切れまいと思われたほど、さまざまな困難がございました。しかし、とうとうそれにもめげず、おそらく異常心理については、ありとあらゆる著述を猟り尽しました。その結果、二つの仮説を纏め上げることができたのです。その一つは、いうまでもないことですが、……ひとまず、貴方の変貌についてはさて置くとして、鵜飼邦太郎の変貌には、なにか他から加えられた力があるのではないかと思われたのです。それで、私は、ちょうどぴったりとくる一つの例を、エーベルハルトの大戦に関する類例集の中から、拾い上げることができました。それは、皮紐の合わない小型の瓦斯マスクを、大男がつけたとして、その男が突撃の際にでも仆されたとします。すると、瞬間顔の筋肉が、その窮屈な形なりに硬直してしまうというのです。以前にも小城魚太郎は、探偵小説『後光殺人事件』の中で、精神の激動中に死を発した場合、瞬間強直を起すという理論を扱いました。けれども私は、それとは全然異った径路で、あるいはそれが真因ではないかと考えるようになりました。と云うのはほかでもございません。貴方が洞壁の滴り水を啜ったことは、前にも申しました。ところが、その際に出来た面形が、あるいはその後、温泉の噴出が止むと同時に干上がってしまったのではないかと思われたのです。そして、工手の弓削の話によりますと、それからしばらく後になって、今度はその場所を貴方から聴き、鵜飼邦太郎が手さぐりながら出掛けて行ったそうではありませんか。なんでも、そのとき弓削は、鵜飼が「あったにはあったが、水の口が判らない」と云いますと、それに貴方は「もっと奥へ口をつけて」と教えたのを聴いたというそうですが、その瞬間、第二の落盤が起ったのです。そして、貴方はその場で気を失い、鵜飼邦太郎は、先に作られた面形に顔を埋めたまま、その場を去らず、強直したのではないかと思われました。つまり貴方の変貌には、純粋の心理的な原因があるにしても、鵜飼の場合をそうだとすることは、とうてい神業とするより外にないでしょう。たしかにあの男は、貴方の面形の中に、ぴったりと顔を埋めているうち、突然の駭きが、そのままの形で硬ばらせてしまったに相違ありません。だいいちあの、いかにも捏っち上げたような不自然な形が、一方変貌という理論を、力づけていたのではないでしょうか」

それには、凄烈を極めた頭脳の火花が散るように思われたが、そこに達するまでの艱苦には、さぞかし涙ぐましいものがあったであろう。滝人も、追想やら勝ち誇った気持やら苦悩の想い出などで、ひどく複雑な表情を泛べて黙っていたが、やがて口を次いだ。

「しかし、その次になって、貴方の口から吐かれた高代という言葉になると、とうていこのほうは、実相に近い仮説を組みあげることはできませんでした。私が執心に執心をかさねて、やっとのことで摑みあげたというこの一つでさえも、一端は言葉となって進行してはゆきますが、すぐに前後を乱してバラバラになってしまうのです。それで、私がわずかに拾い上げたというのも、たったこの一つだけなのでございます。というのはたしか、サイディスの『複重性人格（マルティプル・パーソナリティ）』には、一番明確なものが挙げられていたように思われますけど、大体が、盲目から解放された瞬間の情景なのです。ここにもし、先天的な白内障患者や、あるいは永いこと、真暗な密室の中にでも鎖（と）じ込められていた人達があったとして、それがやっとのことで、暗黒から解放されるようになったと仮定しましょう。すると、そうして最初の光明に接した際に、いったいどんなものが眼に飛びついてくるとお思いですか。それは、線でも角でもなくて、ただ輪廓が茫（ぼう）っとしている、色と光りだけの塊りに過ぎないのです。よく私どもの幼い頃には、眩影景（げんえいけい）（暗い中を歩かせられて、不意に明るみに出ると、前述したような理論で、何でもないものが恐ろしいものに見える、一種の心理見世物）などという心理見世物が、きまって、お化（ばけ）博覧会などの催し物には含まれていたものです。つまり、それによく似た現象が、あのとき眼に映った、鵜飼の屍体の中に、あったのではございませんでしたろうか。それでなくても、俗に腸綿（ひゃくひろ）踊りなどと申すものがございます。それは、今も申した心理見世物の一種なのですが、遠見では人の顔か花のように見えるものが、近寄って見ると、侍が切腹していたり、凄惨な殺し場であったりして、つまり、腸綿（はらわた）の形を適当に作って、それに色彩を加えるという、いわゆる錯覚物の一種なのです。そうしてみると、腸綿がとぐろまいている情態ほど、種々雑多な連想を引き出してくるものは外になかろうと思われます。すると、あの時の鵜飼はどうだったでしょうか。腹腔が岩片に潰されてしまって、その無残な裂け口から、幾重にも輪をなした腸綿が、ドロリと気味悪い薄紫色をして覗いておりましたわね。ああそうそう、あのブヨブヨした堤灯形の段だらだけは、貴方にはご存知がないはずです。ですけど、私の眼にさえも、それは異様なものに映じておりました。多分それというのも、胆汁や腹腔内の出血などが、泥さえも交え、ドロドロにかきまざっていたせいもあるでしょうが、ちょうどその色雑多な液の中で、腸綿のとぐろがブワブワ浮んでいるように見えたのです。ですから、輪廓が判らずに、ただ色と光りしか眼に映らなかったとすれば、あるいは——私はこう考えるのです。そのどこか一部分に、ひょっとしたら、高代という字の形をしたものが現われていたのではなかったか——と。それなり高代という言葉を、あの十四郎は一度も口にしたことはございません。それになお考えてみますと、まだまだ仮説とするには、至って不分明なのでございます。まして、反対の観点からみて、潜在意識といってしまえば、それまででもあって、まったく結論とするには、心細い輪廓しか映っておりませんので、せっかくそこまで漕ぎ付けたにもかかわらず、再び眼醒めかかった意識が、すうっと遠退いて行くような気がしてしまいました。そして、それから五年の間というものは、絶えずその二つの否定と肯定とが絡(から)み合っていて、現在私が十四郎と呼んでいる男というのが、いったいそのどっちなのであろうか——聴いてさえも物狂わしくなるような疑惑が、時には薄らぎ消え、ある時はまた、真実に近い姿に見えたりなどして、結局見透しのつかない雲層の中に埋(うず)もれてしまうのが常でした。ああ私が、どうして今日の日まで狂わずにいられたのか、不思議でならないくらいですわ。いいえ、それがあったからこそ、明け暮れ同じ顔を突き合わせているだけでも——、終いにはその顔の細かい特徴までも読み尽してしまって、その上話すにも話しよう種がないといった——それがまさしく騎西家の現状なのでございますが、そのような寂寥のどん底の中でも、私だけはこんなにも力強く、一つの曙光(しょっこう)を待ち焦(こ)がれて生きてゆけるのですから。でも、その曙光というのが、もしかして訪れてきた時には、私はいったいどうしたらいいのでしょうか。つまり、それまでは眼も開けられなかった——あの霧が、晴れたときのことですわ……」

滝人の眼の中では、血管がみるみるまに膨れていって、それまで覆うていた、もの淋しげな懐疑的なものが消えた。そして、全身が不思議なことに、まったく見違えてしまったほどに豊かな、いかにも生理的にも充実しているかのような、烈しい意欲の焔(ほのお)に包まれてしまったのである。しかし、そのとき何と思ったか、滝人はサッと嫌悪の色を泛(うか)べて、樹の肌から飛び退いた。

「ねえ、貴方はいまの厭(いと)わしい臭いはご存知ないでしょう。けっして、あの頃の貴方には、いまみたいな蒸れきった樹皮の匂いはいたしませんでした。ですから、あの男がもし、真実貴方の空骸に決まってしまうのでしたら、それこそ、私の採る道はたった一つしかないわけでございましょう。ええ、あの男が鵜飼であってくれるほうが、それはまだしもの事なのです。ですけど、そうなるとまた、一刻も貴方なしでは生きてゆけない私にとると、この世界がまるで悪疫後の荒野といったようなものに化してしまうでしょう。まったく、貴方であってもならず、なくてもいかず、そのどっちになっても、私の絶望には変りがないのです。当然貴方の幻は、その場限りで去ってしまうのですから、かえっていまのように、執念い好奇心だけに倚り縋っていて、朦朧とした夢の中で楽しんでいる――ともかく、そのほうが幸福なのかも判りませんわ。けれども、そうして日夜あの疑惑の事ばかりを考え詰め、その解答が生れる日の怖ろしさをまた思うと、はては頭の中で進行している、言葉の行間がバラバラになってしまって、自分もともども、その中の名詞や動詞などを一緒に、どこかへ飛び去ってしまうのではないかと思われてきました。事実、私という存在が、脳髄そのものだけのような気がして、あるいはこのまま狂人の世界に惹き入れられてゆくのではないかと思われて、不安はいっそう募ってくるばかりでした。ところが、その瀬戸際で危うく引き止めてくれたのは、ある一つの観念が、ふと私の頭の中で閃いたからです。つまり、それをさせぬためには、まずどっちにでも、均衡うだけの重錘を置くことだ。その茫漠とした靄のような物質を、単なる曖昧(あいまい)だけのものとはせず、進んで具象化して、一つの機構に組上げなければならぬ――と教えてくれました」

それはさながら、魂と身体とに、不思議な繋(つな)がりがあるのではないかと思われたほど――言葉がそこまでくると、滝人の全身に、異様な感情の表出が現われた。そして、虻(あぶ)や黄金虫や――それまで彼女にたかっていた種々(いろいろ)な虫どもが、いきなり顫(おのの)いたようないっせいに、羽音を立てて、飛び去ってしまった。

「ところで、まず先立ってお話ししなければならないのは……、そうして現在の十四郎と、あの時の鵜飼の顔をかわるがわる思い泛(うか)べていると、いつかその二つが、重なり合ってしまうような、心理作用が私に現われたことです。それを、二重鏡玉像(マルテイプル・レンズ・イメージ)とかいうようで、よく折に触れて経験することですが、眼に涙が一杯に溜ると、そのために、美しいものでも歪(ゆが)んで見え、またこよなく醜いものが、端正な線や塊に化してしまうことがあるのです。現に、伊太利(イタリー)の十八世紀小説の中にですが、凸凹(でこぼこ)の鏡玉(レンズ)を透して癩患者を眺めたとき、それが窈窕(ようちょう)たる美人に化したという話もあるとおりで……。また、忌(いみ)隈(ぐま)という芝居の古譚(こたん)などもございまして、一つの面明り(つらあかり)で、ちがった隈取(くまどり)をした二つの顔を照らす場合には、よほど隈の形や、色を吟味しておかないと、えてして複視を起しやすい遠目の観客には、それが重なりあったとき、悪くすると、声でも立てられるような、不気味なものに見えるそうなのです。事実私には、その現象が心理的に現われてきて、あの二つの顔を思い泛べていると、いつのまにか、その二つが重なり合ってしまうのです。そうすると、おそらく偶然に、その陰陽が符合しているせいでしょうか、それがのっぺらとした、まるで中古の女形のような、優顔になってしまうのですよ。ああ、それで、やっと私は救われました。実際は見もしなかった。変貌以前の鵜飼の顔を、それと定めることが出来たからです。そこで、私の心の中には、あのてんであり得ようとは思われない、不思議な三重の心理が築かれてゆきました。そして、そのためには、たとえどのように、力強い反証が挙がろうとも、現在の十四郎は絶対に鵜飼邦太郎その人であり、さらに、そうなるとまた、貴方に対する愛着が、当然的を失ってしまったようでございますが、それを私は、どんなに酷い迫り方をしようとも、妹の時江さんから求めねばならなくなりました。この不可解しごくな転換は、まったく考えても、考えきれぬほど異様な撞着でございましょう。現実私でさえも、その二つとも、自然の本性に反した不倫な欲求であることは、ようく存じております。ええそうですとも、私という一つの人格が、見事二つに裂け分れたのですわ。それも、まったくヒドラみたいに、たとえ幾つに分れようとも、離れるとすぐその二つのものは、異った個体になってしまうのでございます。私が十四郎に対するときには、あの不思議な心理の中でしか知らない鵜飼邦太郎を、じっと瞼の中に泛べて、それはまるで、春婦のような気持になってしまうのです。そして、貴方からいつまでも離れまいとする心は、いつでも時江さんに飛びついていて、貴方そっくりのあの顔に、しっくりと絡みついて離れないのです。ああお憤(いか)りになってはいけませんわ。現在の十四郎との肉欲世界も、時江さんのような骨肉に対する愛着も、みんな貴方が、私からお離れになったからいけないのですわ。でも、そうして貴方というものを、新たに求めて、その二つを対立させなかった日には、どうして、心の均衡が保ってゆけるでしょうか。また、その対立が破壊されたとしたら、いまの私では、おそらく狂人(きちがい)になるか、それとも、破れたほうの一人を殺しかねないものでもありません。どうか貴方、それを悲しくおとりにはならないで——。私は自分の状態に対して、本能的に、一つの正しい手段を選んだにすぎないのでございますから。ですけど、また考えようによっては、それが当然の径路なのです。最初救護所で、鵜飼邦太郎の顔を一目(ひとめ)見た——その時から、貴方はその中へ溶け込んでおしまいになったのですからね。ああ、そうそう、きっと貴方は、稚市を見れば、お駭(おどろ)きになるに違いありませんわ。あの子は、貴方が最初の人生をお終えになった、その後に生れたのですが、やはりあの子にも、貴方と同じ白蛾の嚙み痕(あと)があるのです」

その頃は、雷雲が幾分遠ざかったので、空気中の蒸気がしだいに薄らぎはじめた。そして、その中へ一面に滲(にじ)み出したのは、今にも顔を出しそうな陽の影だった。すると、沼の水面で大きな魚が跳ねたとみえ、ポチャリと音がすると、そのとき池畔の叢の中から、それは異様なものが現われて出て来た。そこは、鋸(のこぎり)の葉のような、鋭い青葉で覆われていたが、いきなりそこ一帯が、ざわざわ波立ってきたかと思うと、それまで白い蘚苔（こけ）の花か、鹿（しか）の斑点のように見えていたものが、すうっと動き出した。そして、その間から、人間とも動物ともつかぬ、まったく不思議な形をしたものが、声も立てず、ぬうっと首を突き出した。

二、鉄漿（はぐろ）ぐるい

それが、騎西一家に凍らんばかりの恐怖を与え、絶望の底に引き入れた、稚市だった。その時、もし全身を現わしたなら、それは悪虫さながらの姿だったであろう。不吉な蒸気の輪が、不具の身体と一緒に動いていって、その手が触れるところは、すぐその場で、毒のある何物かに変ってしまうだろうと思われた。しかし、あの醜い手足も青葉の蔭に隠れ、不気味な妖怪めいた頭蓋（とうがい）の模様も、その下映（したばえ）に彩（いろど）られていて、変形の要所（かなめ）は、それと見定めることは出来なかった。そして、腹に巻いてある金太郎のような、腹掛の黒さだけがちらついて、妙にその場の雰囲気を童話のようなものにしていた。けれども、稚市自身はどうしたことか、両腕をグングン舵機（だき）のように廻しながら、おりおり滝人のほうを眺め、ほとんど無我夢中に、前方の樹下闇（このしたやみ）の中に這い込もうとしている。だが、彼を追うているのは、ただ一条の陽の光りだけで、それが槲（かしわ）の隙葉から洩（も）れているにすぎない。それを滝人は瞬（またた）きもせずに瞶（みつ）めていた。その眼は強く広く瞠（ひら）かれていたが、眼前にかくも怖ろしいものがあるにもかかわらず、いつものように病的な、膜までかかったような暗さは見られなかった。それが、この物語の中で、最も驚くべき奇異な点だったのである。

　実際、その観念は恐ろしいものだった。悪病の瘢痕をとどめた奇形児を生む――およそ地上に、かくも苦しいものが、またとあるであろうか。けれども滝人は、そのために、まったく無自覚になっているのではなかった。どんなに、威厳のある、大胆な考えでさえも、とうてい及ばないほど、彼女の実際の知識が、この変形児を、まったく異ったものに眺めていた。こうして見ていても、彼女の胸は少しも轟（とどろ）いてはいず、眼前にある自分の分身でさえも、まるで害のない家畜のように、自分にはその影響を少しもうけつけないといった――真実冷酷と云えるほどの、厳かさがあった。やがて、彼女は瘤に向って、肩を張り、勝ち誇ったような微笑（ほほえみ）を投げて云った。

「あれが癩ですって、莫迦（ばか）らしい。あの人達は、途方もない馬鹿（ばか）な考えからして、一生涯の溜息を吐き尽してしまいました。まったくなんの造作もなしに、自分のものを何もかも捨ててしまったのです。けれども、それも稚市が、迷わしたというのでもないのです。ただ知らない――それだけの事ですわ。でも、今になって、私が糞真面目（くそまじめ）な顔で、その真相をこれこれと告げる気にもなれません。あれが、癩ですって、いいえ、あの、眼を覆いたくなるような形は、実は私が作ったのです。あの時は、稚市どころか、どんな驚くようなものでも――私には、創り上げるだけの精神力が具わっておりました。断じて、癩ではございませんわ。その証拠には、これを御覧あそばしたら……」

そう云って滝人は、稚市を抱え上げてきて、膝の上で逆さに吊し上げ、その足首に唇を当てがって、さも愛撫するように舐めはじめた。唾液がぬるぬると足首から滴り下ち、それが、ふっ切れた膿のように思えた。が、滝人には、そうしている動作にも、異様な冷たさや落ち着きがあって、やがて舐め飽きると、今度は試験管でも透かし見るように、稚市の身体を、これよとばかりに高く吊し上げた。

「このとおりでございますもの。稚市のこれが、先夫遺伝でさえなければ……。まさに先夫遺伝なのでございますの。でも、私には貴方以外に、恋人もなければ、夫もないはずです。そうしますと、その先夫というのが、いったい何者に当るのでございましょうか。だいたい先夫遺伝といえば、前の夫の影響が、後の夫の子に影響するのを云うのですけど、たいていは、皮膚か眼か髪の色か傷痕くらいのところで、私のような場合は、おそらく万が稀――稀中の奇と云っても差支えないだろうと思われますわ。それほどあの瞬間の印象が強烈だったのでございましょう。ようございますか、たとえば、二匹の牛の眼を縛って、互いに相手を覚らせないようにしてから、交尾させたとします。そうしてから、まず牡牛だけを去らせて、その後に牝牛の眼隠しを解きますと、そうしてから生れる犢（こうし）が、その後同居する牡牛の色合に似てしまうのです。それが私の場合では、あの時の鵜飼邦太郎の四肢（てあし）にあったのですわ。当時私は、妊娠四ヶ月でございました。そして、惨（いじ）らしくも指まで潰（へ）しゃげてしまった、あの四肢（てあし）の姿が、私の心にこうも正確な、まるで焼印のようなものを刻みつけてしまったのです」

それこそ、滝人一人のみしか知らぬ神秘だったと云えよう。あの——騎西一家を震駭（しんがい）させた悪病の印というのも、判ってみればなんのことはなく、むしろ愛着の刻印に等しかったではないか。しかし、そうしているうちに滝人の顔には、ちょうど子供が玩具（おもちゃ）を見た時のあれが、だんだんつのってきて、終いには、手足をバラバラに捥（もぎ）ってやりたくなるような、てっきりそれに似た衝動が強くなっていった。そして、手肢（てあし）をバタバタさせている唖の怪物を、邪慳（じゃけん）にも、かたわらの叢の中に抛（ほう）り出した。

「けれども貴方、私には稚市が、一つの弄び物（ジュージュー）としか見えないのでございます。ああ、弄び物（ジュージュー）——聴くところによりますと、奇書『腑分指示書（デモンストリス・エピストーラ）』を著したカッツェンブルガーは（以下五〇六字削除）。そうなって稚市という存在が、むしろ運命というよりかも、私という孤独の精神力から発した、一つの力強い現われだとすると、かえって、それを弄んでやりたい衝動に駆られてゆきました。そこであの低能きわまる物質に、私はいろいろな訓練を施していったのです。けれども、最初は低能児の試練（テスト）から発したものが、驚いたことには、しだいに度を低めてゆくのです。そして、ついに成功した実験といえば、なさけないことに、たったこの二つだけの動物意識で――つまり多T（ティ・メニー）とか長短（ロング・コンド・ショット）とかいうような種々（いろいろ）な迷路を作って、高麗鼠（こまねずみ）にその中を通過させる――ものと、もう一つは蛞蝓（なめくじ）以外にはない背光性――。いまも御覧のとおり、陽差しが背後に落ちますと、この子は、まるで狂気のようになってグングン暗い下生えの蔭に、這い込んでゆこうとしていたではございませんか。わずかその二つだけが、この子の中で働いている神経なのでございます。どうか、残忍な母だと云って、お叱（しか）りにはならないで。第一貴方がご自分から踏み外したために、こうした不幸な芽が植えつけられてしまったのですから。そうなったら、どんなに黒い不吉な花でも、そこから、咲きたいだけ咲けばよいのですわ。私はただ、幻覚的な考えを――誰にでも淋しがりやにはきっとある、それをしているにすぎないのです。大人にだって子供にだって、誰にだっても、わけてもこの谿間（たにあい）では、一刻も玩具なしには生きて行かれませんわ」

　そう云って滝人は、暗い樹蔭に這いずって行く稚市の姿を、じっと見守っていた。玩具――愛玩動物。いまではからくも稚市に、蛞蝓のように光に背を向けて這い、迷路を通過して行く――意識だけが作られたにすぎないのである。しかし、そこに脈打っている滝人の苦悩も、とうてい聴き逃すことは出来ないであろう。彼女は、生きて行くに必要な条件だけは、たとえどうあっても、どのように、陰鬱な厳しさをあえてしてまで、整えねばならなかったのである。しかし、稚市の姿が、視野から外れてしまうと、滝人はかたわらの、大きな茸に視線をとめ、それから、家族の一人一人についての事が、数珠繰りに繰り出されていった。

「それから貴方に、お祖母さまの事を申し上げましょう。あの方には、まだ昔の夢が失われてはおりません。いつかまた、馬霊教が世に出ると——確く信じていて、あの奇異な力が日に増し加わってゆくのでございますわ。ですけど、その一方には、肉体の衰えをだけは、もうどうすることも出来なくなっております。ちょうどこの白い触肢のある茸みたいに、ばらっと短い後毛が下ってさえ、もう顔の半分も見えなくなってしまうのですから。ところが、あのお齢になってさえも、相変らず白髪染めだけは止めようとはなさいません。そして、私がこの樹立の中にまいりますのを、大変お嫌いになりまして、毎朝行をなさる御霊所の中にも、私だけは穢れたものとして入れようとはなさいません。けれども、かえって私には、それが気楽でございまして、という理屈も、この瘤の模様が、眼も口も溶け去った、癩の末期のように見えるからなのだそうでございます。けれども、私にとって、何より怖ろしい事は、先日秘っそりとお呼びになって、とうとう私の運命を、終りまでもお決めになってしまった事です。いまの十四郎が、もしかして死んだ場合にも、私だけはこの家を離れず、弟の喜惣に連れ添え——って。ですもの、私に絶えずつき纏っているのが、そのしぶとい影だとしたら、たとえば悪魔に渡されようたって……。ええまったく、情も悔恨もないあの針を、それから私が、胸にしっかりと、抱くようになったのも、道理ではございませんか」

滝人は暗い眉をしながらも、そう云いながら、瘤の模様を眺めていると、十四郎のあの頃が、呼吸(いき)真近に感じられてきて、ああの恰好(かっこう)、これ——と、眼の前にありあり泛(うか)んでくるような心持がするのだった。しかし、すぐに滝人は次の言葉をついで、小法師岳の突兀(とっこつ)とした岩容を振り仰いだ。

「それから、次の花婿(はなむこ)に定(き)められている喜惣は、あの山のように少しも動きませんわ。ここへ来てからというもの、体身(からだ)中が荒彫りのような、粗豪な塊(マス)で埋(うず)められてしまい、いつも変らず少し愚鈍ではございますけど、そのかわり兄と一緒に、日々野山を駆け廻っておりますの。それが、私の心を、隅々までも見透かしていて、私をいつか花嫁とするためには、いっそう健康に注意をし、何より、兄よか長生きをしよう——そう考えて、日夜体操を励んでいるとしか思われないのです。白痴の花嫁——そのいつか来るかもしれない、明日の夢のようなものが、私の心の中で、絶えず仄暗(ほのぐら)く燻(くすぶ)っているのです。いっそ焔となって燃え上がってしまえば、そのほうが、ほんとうにどんなにか……」

と或(あ)る場合に対する異常な決意を仄(ほのめ)かせて、滝人はきっと唇を噛んだ。しかし、その硬さが急に解(ほぐ)れていって、彼女の眼にキラリと紅(あか)い光が瞬いた。すると、鼻翼(こばな)が卑(いや)しそうに蠢いて、その欲情めいた衝動が、渦のような波動を巻いて、全身に拡がっていった。

「そして貴方、時江だけが、家族の中でただ一人、微妙な痛々しい存在になっているのです。もうあの人には、本体がなくなっていて、ただ影を落した、泉の中の姿だけが生きているようなのです。その娘は、冷たい清らかな熱のない顔付きをしていて、少しでも水の面を動かそうものなら、たちまちどこかへ消えてでもしまいそうな、弱々しさがございます。それですから、お母さまにはいつものように邪慳で、我儘のきりをいたしますけれども、自分が受けようとする感動には、きまって億劫そうに、自分から目を瞑ってては避けてしまうのです。ええようく、私にはそれが判っておりますの。あの人は、兄の十四郎の荒々しさを怖れると同じように、やはり私の眼も――。いいえ私だって、あの人の側では荒い息遣いをしてもいかず、自分の動悸でさえ、水面が乱れてしまうことぐらいは承知しているのですけれど、あの熱情を、貴方に代えて向ける人と云えば、時江さん以外に誰がありましょうか。まったくあの顔は、貴方生き写しなのですから。でも少し憔悴れていて、顔に陰影のあり過ぎることと、貴方にあった――抱き潰すような力強さには欠けております。しかし、私の執念は、その詮ないことすらも、なんとかして、出来ることなら、より以上の近似に移そうといきみだしましたの。それで思いついたのを、なんとお考えになります? それが、実は、鉄漿なのでございます。ああ、いまどき鉄漿をつけるなどとは――てっきり狂人か、不気味な変態者としかお考えになりますまいが、事実それは、どうしてもそうさせずにはいられない、私の心の地獄味なのでございますよ。で、なぜそうしなくてはならぬかと申せば、大谷勇吉の『顔粧百伝』や三世豊国の『似顔絵相伝』などにも挙げられておりますとおりで、鉄漿を含みますと、日頃含み綿をする女形にもその必要がなく、申せば、顔の影と明るみから、対照の差を奪ってしまうからなのでございましょう。ですから、いわゆる豊頬という顔相は、皮膚の陰影が、よりも濃い、鉄漿に吸収されて生れてくるのです。しかし、私が思いきって、それを時江さんに要求いたしますと、あの方は、手渡しされた早鉄漿（鉄漿を松脂に溶いた舞台専用のもの、したがって拭えばすぐに落ちるのである。）の壺を、その場で取り落してしまい、激しく肩を揺すって、さめざめと泣き入るのでございます。またそうなると、私の激情はなお増しつのっていって、いきなりその肩を抱きしめて、揉み砕いてしまいたくなるような、まったく浅間しい限りの、欲念一途のものと化してしまうのでした。で、それからというものは、私自身でさえ、身内に生えはじめてきた肉情の芽が、はっきりと感じられてきて、いつかの貴方と同様に、時江さんの身体まで、独り占めにしたい欲望が擡がってまいりました。あの雪毛のような白い肉体が、腐敗の酵母となって、私の心をぐんぐん腐らせていったのです。そのためですかしら、私の身体の廻りには、それから蠅や虻などが、ブンブン唸ったり、踊ったりするようになったのですけれど、しかし貴方の幻を、その上に移したとすれば、当然その肉体までも、占めようとしたって、あながち不自然な道程ではないだろうと思われますわ」

そこで急に言葉を截ち切って、滝人は悲しみに溢れたような表情をした。けれども、その悲しみのかたわらに、何か一つ魔法のような圏があるとみえて、その空虚を、みるみる間に充してゆくような、凄まじい響が高まってきた。

「ですから、時江さんが避ければ避けるほど、貴方の幻をしっくりと嵌め込むのに、焦れだしてきたのですが、折よくこの樹立の中で、私は人瘤を探し当てました。それが私をまったく平静にして、あの烈しい相剋が絶えずひしめき合っていてさえも、いっこう爆発を惹き起すまでには至らないのです。つまり、私の心を、膜一重でからくも繋ぎ止めているあの三重の心理——現在の十四郎を鵜飼としてそうしての春婦のような私と、時江さんに貴方を求めても、いつ追いつけるか判らない私。それから、その空虚を充そうとして、人瘤を探しだした私——と、この三つの人格が、今にも綻びるかと思われながら、じっとあの対立を保っていてくれるのです。しかし、ここに問題があると云うのは、もしいつかの日に——わけても、私が時江さんを占めることの出来た、その後にやって来たとしたらなおさらですが——そうしてあの男が、貴方の空骸に決まってしまうのでしたら、いったいその時、私はどうなってしまうのでしょう。せっかく貴方の幻影という衝動に追われて、ここまでからくもやってきたのです。それをまた、あの妖怪に引き戻されてしまうなんて、まあなんという、憐れな惨めな事でしょう。そうなったら、耐え忍んで、その悩みにじっと堪えるか、それともその苦しみが私をあまり圧迫するようなら、より以上の烈しい力で、いっそ投げ捨ててしまうまでのことです。同時に、それは喜惣もですわ。ですから、そう思うと、私が時江さんに近づけないということが、あるいはさきざき幸福なのかもしれませんわね。まったく、私という女は、一つの解け難い、結び目の中にからみ込んでいるのです。ですから、悩みというものが、もしも鉄のような、神経の持主だけに背負われるものだとすれば、当然その反語として、いつか私は、それに似た者になってしまうかもしれません。いいえ、それは言葉だけの真似事ですわ。私の身体こそ、いつも病んだような、呻きを立ててはおりますけれど、心だけは貴方の幻で、そりゃ飽ちいほどに……」

そこまで云うと、滝人の語尾がすうっと凋んで、彼女は身体も心も、そのありたけを愛撫の中に投げ出した。まるで狂ったようになって、頬の瘤の面に摺りつけたり、両手で撫で擦っているうちに、爪の表まで紅くなってきて、終いにはその先から、ポタリポタリと血の滴がしたたりはじめた。そうして、その衝動がまったくおさまった頃には、陽がすっかり翳っていて、はや夕暮の霧が、峰から沼の面に降りはじめていた。すると滝人は、稚市をいつもの籠に入れて、しっかりと肩につけ、再び人瘤を名残り惜しそうに顧みた。

「それでは、今日はこれでお暇いたしますわ。でも御安心くださいませ。容色の点では、もう見る影もございませんけれど、身体だけは、このとおり、すこやかでございますから」

その時、あの滅入るような黄昏が始まっていた。八ヶ岳よりの、黒い一刷毛（はけ）の層雲の間から、一条の金色をした光が落ちていて、それは、瀑布（ばくふ）をかけたような壮観だった。そして、その余映（よば）えに、騎西家の建物の片側だけが、わずかに照り映えて、その裏側のほうからまったくの闇が、静かに微光の領域を狭めてゆく。しかし、滝人が家近くまで来ると、どこからとなく、肉の焦げる匂いが漂ってき、今日も猟があり、兄弟二人も、家に戻っているのを知った。十四郎兄弟は、陥穽（おとしあな）を秘（ひそ）かに設（しつら）えて置いて、猟人も及ばぬ豊猟を常に占めていたのである。

騎西家の建物は、充分時代の汚点（しみ）で喰い荒され、外面はすでにボロボロに欠け落ちていて、わずかにその偉容だけが、崩壊を防ぎ止めているように思われた。そして、全体が漆のような光を帯び、天井などは貫木（たるき）も板も、判らぬほどに煤（すす）けてしまっていて、どこをのぞいてみても、朽木の匂いがぷんぷん香ってくるのだった。しかし、戸口を跨（また）いだとき、滝人は生暖かい裾風を感じて、思わず飛び退（すさ）った。それは、いつも忌（い）とわしい、死産の記憶を蘇（よみがえ）らせるからであった。しかし、そこにあったのは眼窩（がんか）が双方抉（えぐ）られていて、そこから真黒な血が吹き出ている仔鹿（かよ）（かよ――上州北西部の方言）の首で、閾（しきい）のかなたからは、燃え木のはぜるような、脂肪の飛ぶ音が聴えてきた。そして、板戸一重の土間の中では、おそらく太古の狩猟時代を髣髴（ほうふつ）とさせる――まったく退化しきってしまって、兇暴一途な食欲だけに化した、人達が居並んでいた。土間の中央には、大きな擂鉢（すりばち）

形をした窪みがあって、そこには丸薪(まるまき)や、引き剝がした樹皮などが山のように積まれ、それが、先刻(さつき)から燻(くすぶ)りつづけているのである。そして、太い刺叉(さすまた)が二本、その両側に立てられていて、その上の鉄棒には、首を打ち落された仔鹿(かよ)の胴体が結びつけられてあった。その仔鹿は、まだ一歳たらずの犬ほどの大きさのもので、穽(わな)に挟まれた前足の二本が、関節の所で砕かれてい、かえって反対のほうに曲ったまま硬ばっていた。それに、背から下腹にかけてちょうど胴体の中央辺に、大きな斑(まだら)が一つあり、頸筋にも胴体との境に小さな斑が近接していて、ちょうど縞のように見えるものが一つあった。けれども、その二つだけは、奇妙にも、血や泥で汚されてはいなかった。しかし、それ以外の鹿子(かのこ)色をした皮膚は、ドス黒くこびりついた、血に塗(まみ)れていて、ことに半面のほうは、逃げようと悶えながら、岩壁に摺りつけたせいか、繊維の中にまで泥が浸み込み、絶えず脂(あぶら)とも、血ともつかぬようなものが、滴り落ちていた。それであるから、仔鹿(かよ)の形は、ちょうど置燈籠を、半分から截ち割ったようであって、いくぶんそれが、陰惨な色調を救っているように思えた。

十四郎は、熱した脂肪の跳(は)ねを、右眼にうけたとみえて、額から斜(はす)かいに繃帯していたが、そのかたわらに仔鹿を挟んで、くら、喜惣、滝人の三人が、寝転んでいる時江と向き合っていた。するとにわかに松薪が燃え上がり、室(へや)中が銅色に染まって明るくなった。そして、暗闇があった所から、染めたくらの髪や舌舐めずりしている喜惣の真赤な口などが、異様にちらつきだしたかと思うと、仔鹿の胴体も、その熱のためにむくむく膨れてきて、たまらない臭気が食道から吹きはじめると、腿の二山の間からも、透き通った、なんとも知れぬ臓腑の先が垂れ下がってきた。それを見ると、十四郎は鉄弓を緩やかに廻しながら、

「おい、肝を喰うとよいぞ。もう蒸れたろうからな。あの病いにはそれが一番ええそうなんじゃ」と時江に云ったが、彼女はチラリと相手の顔を見たのみで、答えようともしなかった。それは、いかにも無意識のようであって、彼女は、自分の夢に浸りきっていて、ものを云うのも覚つかなげな様子だった。ところが、そうしてしばらく、毛の焦げるような匂いが漂い、チリチリ捲き縮まってゆく、音のみが静寂を支配していたが、そのうち、時江はいきなり身体をもじらせて、甲高い狂ったような叫び声をたてた。

「ああ、それじゃ、稚市の身体を喰べさせようって云うの。まるで、この仔鹿の形は、あの子の身体にそっくりじゃないの。ほんとうに、じりじり腐ってゆくよりも、いっそひと思いに、こんなふうに焼かれてしまったほうがましだわ。もう、そうなったら、烏だって喰べやしないでしょうからね。山猫だって屍虫だって、てんで寄りつかないにきまってますわ。大兄さん、いったい肝ぐらい喰べたって何になるのさ」

　時江はおりおりこのように、何かの形にあれを連想しては、心の疼きを口にするのが常であった。がその時はそう云いながらも、何かそれ以外に、一つの憑着が頭の中にあ

るとみえて、いくつかの鳥や獣の、名前を口にするごとに、首を振っては、何ものかを模索している様子だった。それに、くらは歯のない口を開いて、時江の亢奮を鎮めようとした。

「そんじゃけど、喰うてみりゃ、また足しにもなるもんじゃ。仔鹿の眼もよいと云うぞ。時江、むずかりもいい加減にするもんじゃ。この一家にも、儂の呼吸があるうちに、もう一度、必ずええ日が廻り来るでな」

「いいからもう、そんな薄気味悪いものばかり並べないで」と母の言葉に押し冠せて、時江は泣きじゃくるように肩を震わせたが、「でも、考えてみると、稚市さえ生れてくれなかったら、こんなにまでひどい苦しみを、うけずにすんだかもしれないわ。あの病いの始めのうちは、肌の色が寒天のように、それはそれは綺麗に透き通ってくるんですって。それから、痺れがどこからとなくやってきて、身体中を所嫌わず、這い摺るようになると、今まで見えていた血の管の色が、妙に黝ずんできて、やがて痺れも一個所に止まってしまい、そこが白斑みたいに濁ってくるんですとさ。でも、それと判ってさえいなければ——ひょっとしたら、死に際近くになって出ないとも限らないのだし、まったくこんなふうに、いつ来るか——いつ来るかいっそ来てしまえばとも捨鉢に考えてみたり、また事によったら、一生を終えるまで出ずにはすみはしまいかと——そんな当途ない、心安めを云い聴かせてまで生きているのが……。どう大兄さん、貴方ひと思いに死ねて——ええ、死ねやしないでしょうとも、私だって同じことですわ。これがあるばかりに、妙に意地悪い考えばかり泛んできて、もし死ぬまで出なかったら、死に際にありたけの声を絞って、あの病いを嘲りつけてやろうなどと思ったりして……」

とそれなり、時江の声が、心細い尾を引いて消えてしまったけれども、その彼女の言葉は、いちいち異った意味で、四人の心に響いていた。母のくらは、自分の余命を考えると、真実さほどの衝動でもなかったであろうし、滝人は滝人で、またありたけの口を開いて、眼前の猿芝居——まるで腹の皮が撚れるほど、滑稽な恐怖を嗤ってやりたかったに相違ない。ところが、十四郎と喜惣とは、時江の悲嘆には頓着なく、事もあろうに、肉の取り前から争いを始めた。それは、泥塗れになった片側を、十四郎が喜惣に当てたことで、喜惣はまたむきになって、無傷のほうを自分のものに主張するのだった。そして、熱してきた仔鹿の上へ、二人がさかんに唾を吐き飛ばせていると、母のくらは、またドギマギして、二人の気を外らそうとして、別の話題をもちだした。

「そんな聴き苦しい争いをせずと、やはり仔鹿の生眼がええじゃろう。あるんなら喜惣よ、こけえ早う持ってきたらどうじゃな」

「そんなものは、ありゃせんぞ」と白痴特有の、表情のない顔を向けて、喜惣は、新しく訪れた観念のために、前の争いを忘れてしまった。そして、仔鹿を結わえた鉄棒を、再び廻しはじめながら、

「最初から、ありゃせん。たぶん鳥にでもつつかれたんじゃろう」

「いや熊鷹（くまたか）じゃろう。あれは意地むさいでな。だがなあ喜惣、この片身はどうあっても、お前にはやれんぞ。あれは、第一儂の穽（あな）なんじゃ」と食欲以外には、生活の目的とて何もない十四郎が、あくまで白痴の弟を抑えつけようとすると、

「なに、鷹が……」と時江は、それまでにない鋭い声を発した。が、その気勢にも似ず、それからぼんやりと仔鹿の頸を瞶（みつ）めはじめた。

「欲しくもないものなら、熊鷹か鷲（わし）でもいいだろうが、時江、いったいお前は何を考えとるんだな」とその様子を訝（いぶか）しがって、十四郎が問い返すと、時江は皮肉な笑いを泛べて云った。

「いいえ、なんでもないことなんですの。ただ大兄さんが、仔鹿の傷のない片身を、とろうとおっしゃるので、それはいくら望んだって、もう出来ないことだと云いたいだけですわ。いいえ、どう思ったって、この谿間（たにあい）に来てしまったからには、取れるもんですか」

それには、刺すような鋭さはあったが、何の意味で、そのように不可解な言葉を吐くのか、まったく煙（けむ）に巻くような不可思議なものがあった。しかし、美しい斑のある片側も、しだいに毛が燃えすれてきて、しばらく経つと、皮の間から熱い肉汁が滴りだし、まったくその裏側と異らないものになってしまった。すると、なお訝しいことには、そ

の後の時江は、別人のように変ってしまって、十四郎がしぶとくその側にのみ、刃を入れても、いっこう眼をくれようともせずケロリとしていて、ついぞいま自分が云った言葉を、忘れ去ってしまったようにみえた。けれども、その不思議な変転も、ついにその場限りの、精神的な狂いとだけでは、すまされなくなってしまった。なぜならそこには、滝人の神経が魔法の風のように働きかけていたからである。

はたして、それから一時間ほど後になると、寝入った稚市をそっとしておいて、滝人は時江の部屋を訪れた。その部屋は、十四郎夫婦の居間のある棟とは別になっているが、一方の端が、共通した蚕室になって繋がっているために、外見は一つのもののように見えた。そして、その方の棟には、くらと時江が一つの寝間に、喜惣は涼しい場所とばかりから、牛小屋に接した、破れ羽目のかたわらで眠るのが常であった。しかし、その時、滝人の顔を見上げて、時江がハッと胸を躍らせた――というのはほかでもない、常になく、異様な冷たさに打たれたからである。いつもの――時江の顔を見ては、妙に舌舐めずりするような気振りなどは、微塵も見られなかったばかりでなく、その全身が、ただ一途の願望だけに、化してしまったのではないかと思われたほど、むしろそれには、人間ばなれのした薄気味悪さがあった。

「ねえ時江さん」と滝人は座に着くと、相手を正面に見据えてきりだした。「貴女は、なにか私に隠している事があるんじゃないの。現に、あの鬼猪殃々の原がそうでしょう。

雑草でさえ、あんな醜い形になったというのも、もともとは、死んだ人の胸の中から生えたからですわ。サア事によったら、貴女だって胸の中の怖ろしい秘密を、形に現わしているかもしれませんのよ」

「何を云うんですの、お嬢さん。私がどうしてそんな事を」と時江は、激しく首を振ったが、知らぬまに、手が、自分の胸をギュッと握りしめていた。

「そりゃまた、どうしてなんです」と滝人はすかさず、冷静そのもののように問い返した。「私はただ、どうして貴女が高代という女の名を知っているのか、それを聴きたいだけなの」

　すると、そう云われた瞬間だけ、時江には、はっきりとした戦きが現われた。しかし、その衝動が、彼女の魂を形もあまさず掠ってしまって、やがて鈍い目付きになり、それは、眠っている子供のように見えた。滝人は、その様子に残忍な快感でも感じているかのように、

「時江さん、私は穿鑿が過ぎるかもしれません。けれども私には、やむにやまれぬものがあって、それを仕遂げるまでは、けっしてこの手を離さないつもりなのです。と云って、それが当推量ではもちろんないのですよ。貴女は、自分自身では気がつかないのでしょうけども、心の動きを、幾何で引く線や図などで、現わすような性癖があるのです。それを、難しく云えば数形式型といって、反面にはなにかにつけて、それを他のも

のに、結びつける傾向が強くなってゆきます。先刻（さっき）も、最初に仔鹿（かよ）の形を見て、それを稚市に連想しましたわね。ところが、その仔鹿の形が、また別の連想を貴女に強いてきて、何かそれ以外にも、あるぞあるぞ——と、まるで気味悪い内語みたいなものを囁（ささや）いてきました。つまり仔鹿という一つの音（おん）が、なにか貴女にとって、重大な一つものの中に含まれているからです。しかし、すぐにはおいそれと、はっきりしたものが、泛（うか）んではこないので、だんだんに焦れだしてくると、いつのまにか意識の表面を、雲の峰みたいなものが、ムクムク浮動してくるのでした。そして、それが尻尾だけであったり、捉えてみると別のものだったりして、なにしろ一つの概念だけはあるのですが、どうにもそのはっきりしたものを掴み上げることができず、ただいたずらに宙を摸索（まさぐ）って、それから烏とか、山猫とか屍虫とかいうような、生物（いきもの）の名を並べはじめたのです。すると、その時お母さまが、仔鹿の生眼（いきめ）のことを口にすると、十四郎がそれに、たぶん熊鷹に抉り抜かれたんだろう——と云いましたわね。それが重大な暗示だったのです。そのひと叩きに弾かれて、意識の底からポンと反動で、飛び出してきたものがあったはずです。つまり、それがたかにかよ——高代ではありませんか。ねえ時江さん、確かにそうだったでしょう。いいえ、当推量なもんですか。それでは、綺麗な斑のある片身を、なぜ、十四郎には金輪際（こんりんざい）とれぬ——と貴女は云ったのです？」

もうその時には、時江は顔を上げることもできなくなり、滝人の不思議な精神力に、すっかり圧倒されてしまった。滝人は、そうして勝利の確信を決(き)め、眼前に動けなくなった獲物(えもの)があるのを見ると、それを弄びたいような快感がつのってきた。

「それが時江さん、貴女からはとうてい取り離せない、精神的な病気なのです。貴女はそれを聴くと、あの仔鹿(かよ)の胴体で、一つの文字を描いてしまったのです。なぜなら、そういう数形(ナンバー・フォームス)式型の人達について、ここに面白い話がありますわ。それはブリッジの名手と云われた、クヌト・ライデンの逸話なのです。私は、少しもそのゲームのことについては知りませんけど、なんでも終り頃になって、スペードの1で、勝敗が決まってしまうような局面になったのですが、もちろんライデンにはその札はないので、むしろ自暴(やけ)気味だったのでしょう、もし、俺が持っているんだったら、心臓を刳(えぐ)り抜いてみせる——と云ったそうなのです。すると、その一座の一人が、ふと前にある、置灯(スタンド)の台に眼をやったのを見ると、そこでライデンは、ポンと札を卓上に投げ捨て、君が勝ったと、その一人を指摘したという話があります。なぜなら、スペードから心臓(ハート)の形をとってしまえば、残ったものが、てっきり卓子灯(スタンド)の台としか思えないじゃありませんか。そこで時江さん、貴女にも、ちょうどそれと同じものが仔鹿の頸にあったのです。熊鷹に抉り抜かれた——というあの一言が、鹿子色をした頸先のほうに、一つの孔(あな)のような斑(まだら)を作ってしまったのでしたね。ですから、その全体が、高(たか)の字を半分から截ち割ったように思われて、いままでは十四郎が、どうしても遇(あ)うことのできない、高代という女の名が連想されてきたのでした。そうすると時江さん……」と滝人は、双眼に異様な熱情を罩め、野獣のような吐息を吐きながら、時江に迫った。

「貴女には、けっして知るはずのない隧道の秘密を、いったいどうして知ったのです。十四郎が話したのでさえなければ……。ああ、あの男に、もしやすると、鵜飼の意識が蘇ってきたのではないかしら」

　そうして、滝人の心の中で、いろいろなものが絡みはじめてくると、それまで数年間の疲労が一時に発し、もはや座にいたたまれぬような眩暈を覚えてきた。すると、時江は怯々と顔を上げ、低いかすれたような声で、嫂に云った。

「それでは、何もかもお話しいたしますが、お嫂さま、貴女それを、兄にだまっていて頂けますか。実を云いますと、いつも御霊所の中で、母と対座しておりますうちに、兄は時折、その高代という言葉を口にするのです。私はそれを聴くと、もしやお嫂さま以外にも、兄の胸の中にある人がいるのではないかと考えられて、先刻も先刻、大兄の仕打ちがあまり酷いと思われたものですから、つい私、むらむらと口にしてしまったのです。ねえお嫂さま、もうこの谿間に来てしまった以上は、なんと云っても、遠い別世界の話なんでございますからね。どうか、お怒りにならないでくださいましな。もしかして兄の耳に、私のいらず口でも入った日には、ほんとうにそれこそ、私、どんな目に遇わされないとも限りませんわ。ねえ、それだけは固い約束をして、ねえお嫂さま……」

と兄の粗暴な復讐を懼れて、時江はひたすら哀願するのだったが、なぜかその時は、いったん下りかけた滝人の頸が、中途でハタと止まってしまった。滝人はじっと眼を瞑じたまま、それなり動かなくなってしまったのである。生涯謎のままで終るかと思われていたあの疑惑にも、ついに解け去る時機が訪れてきた。今の時江の言葉を解釈してみると、十四郎――いや鵜飼邦太郎が、御霊所の中で鎮魂帰神などと称し、母の眼を見ながら対座しているということは、以前にも、信徒である限り必ずそうしたものである。もちろんそれは、一種催眠誘示の手法に相違ないのだから、その間は、潜在意識が飛び出すのに、おそらく絶好な時機ではないだろうか――。そうして、彼女が第一の人生に、終止符を打つことができたとすると、当然鵜飼邦太郎の存在が、いよいよ幻から現実に移されねばならない。となると、またそこには、なにか充されていない空虚なものができてしまって、それが頭の皮質に、ガンガンと鳴り響いてくるのだった。ところが、そのとき滝人の頭の中に、ふと一つの観念が閃くと、知らず知らず残忍な微笑が、口の端を揺るがしはじめた。突然、彼女の背後から現われ出たものは、華麗な衣裳こそ身につけているが、その顔は二目と見られぬ、醜い邪悪なものだった。それが、いまも見るように、滝人の頸を中途で停めてしまったのである。すると、時江は嫂の素振りにいよいよ心元なく、ためらいながら吃りながらも、哀訴を続けた。

「後生ですわ、お嫂さま。どうかわたしをかばってくださいまし。私を、もうそんなに苦しめないで、承知してくださいましな」

「いいえいいえ、私にはできません。それはどうあってもできないことです」と滝人が、無性にいきばって首を振っているうちに、あの焔に勢いを添えようとするものが、いよいよ猛(たけ)り立ってきた。すると、時江の声が、それなりちょっと杜絶(とだ)えたかと思われたが、やがてぞくぞくと震えだしてきて不審なことに、彼女は酔いしれたように上気してしまった。

「いいえ、もうおっしゃらないでください。私、お嫂さまに、一つの証(あかし)を立てますわ。鉄漿(はぐろ)をつけます。かねてお嫂さまのお望みどおりに、私、鉄漿をつけますわ。そして、お嫂さまと一緒に、どこへなりと、お好きな夢の国にまいりますから……」

そして、相手が何も云わぬのに、独り合点(がてん)して、いつか滝人が忘れていった、早鉄漿(はやがね)の壺に鏡を取り出してきた。そして立膝にした両足を広く踏み開き、小指にちょんぴりとつけた黒い脂で、前歯に軽く触ると、時江はその一点の斑にさえ、自分の裸身を見るような驚異を感じた。それが秘密な部分にある黒子(ほくろ)みたいで、ちょっと指先で持ち上げたいような、可笑(おか)しさはあったけれども、やがてその黒い斑点が拡がりゆくにつれて、時江はハッハッと獣のような息を吐きはじめ、腰から上をもじもじ廻しはじめた。のみならず、一本芯の洋燈(ランプ)は仄暗いけれども、その光が、額から頬にかけて流れている所は、キメをいっそう細やかに見せていた。もう時江は、自分自身でさえも、その媚(なま)めいた空ていったのである。

気に魅せられてしまって、鉄漿(かね)をつける小指の動きを、どうにも止めようがなくなってしまった。しかし、滝人の眼から見ると、そこには魔法のような不思議な変化が現われていったのである。

と云うのは、白と灰色とで段だらにした格子の間を、真黒に塗り潰してしまうと、その灰色がまったく白ちゃけてしまうのであるが、この場合も、それと同じ色彩の対比であろうか。皓歯(しらは)の輝きが一つ一つ消え行くにつれて、それに取って代った天鵞絨(びろうど)のような斑(まだら)が、みるみる顔一面に滲み拡がっていった。すると、不思議な事には、頬の窪みにすうっと明るみが差し、細やかな襞(ひだ)や陰影が底を不気味に揺り上げてきて、わずかに耳の付け根や、生え際のあたりにだけ、病んだような微妙な線が残されるばかりになった。そうして、隆起したくびれ肉からは、波打つような感覚が起ってきて、異様に唆(そそ)りがちな、まるで繻子(しゅす)のようにキメの細かい、逞しい肉付きの腰みたいに見えた。滝人は、もうどうすることもできず、見まいとして瞼を閉じた。すると、また暗黒の中で、それが恐ろしくも誇張された容(かたち)となって現われ、今や十四郎のありし日の姿が、その顔の中に永久住んでゆくかのごとく思われるのだった。そうした、とうてい思いもつかなかった喜ばしさの中で、なぜか滝人は、ぞくぞく震えていたのである。身も心も時江に奪われて、十四郎そっくりの写像が、眼前にちらつくのを見ると、そうして生れた新しい恋愛に、彼女の心は、一も二もなく煽り立てられた。滝人は、もう前後が判らなくなってしまったが、絶えずその間も、熱に魘されて見る、幻影のようなものがつき纏っていて、周囲の世界が、しだいに彼女から飛びさるように思われると、そのまま滝人は、狂わしい肉情とともに取り残されてしまったのである。が、その時、残忍な狡猾な微笑が、頬に泛び上がってきて、滝人の顔は、以前どおりの険しさに変ってしまった。それはちょうど、悪狡い獣が耳を垂れ、相手が近づくのを待ち構えているようであった。ところが、その図星が当って、鉄漿をつけ終り、ふと滝人の顔を見ると、その瞬間時江は、喪心したようにクタクタになってしまった。彼女には、もうとりつく島もないではないか。嫂の気持を緩和しようとしたせっかくの試みが、それでさえいけないのだったら、いったい彼女はどうしたらいいのだろう。いつか、兄夫婦の間に始まるであろう争いの余波が、彼女にどのような惨苦をもたらすか、知れたものではないのである。すると時江には、もうこのうえ手段と云って、ただ子供のように嫂の膝に取り縋り、哀訴を繰り返すよりほかにないのだった。

「それではお嫂様、私に教えてちょうだい。そのお顔を柔らかにしてから、私がどうすればいいのか、教えてちょうだい」

「ああ十四郎、貴方はそこに……」と時江の声が、耳に入ったのか入らぬのか、滝人の眼に、突然狂ったような光りが瞬いた。すると、（以下七四字削除）本能的にすり抜けたが、（以下六〇一字削除）異様な熱ばみの去らない頭の中で、絶えず皮質をガンガン鳴り響かせているものがあった。滝人は、いつのまにここへ来てしまったのか、自分でも判らないのであるが、そうして、永いこと御霊所の前で髪を乱し瞼を腫れぼったくして、居睡っているように突っ立っていた。

三、弾左谿（だんざだに）炎上

ついにあの男が、鵜飼十四郎に決定されたばかりでなく、○○○○○○○○○○○○○○○○○○○○○、滝人はまるで夢みるような心持で、自分の願望のすべてが充されつくしたのを知った。そして、しばらく月光を浴びて、御霊所の扉に凭（もた）れ掛かっているうちに、しだいとあの異様な熱ばみが去り、ようやく彼女の心に、仄白い曙（あけぼの）の光が訪れてきた。それはちょうど、あの獣的な亢奮のために、狂い出したように動き続けていた針が、だんだんに振幅を狭めてきて、最後にぴたりとまっすぐに停まってしまったようなものだった。すると、その茫漠とした意識の中から、なんとなく氷でも踏んでいるかのような、鬱然とした危懼（きぐ）が現われてきた。と云うのは、最初に高代という言葉を聴いたのは、まだ十四郎が意識のはっきりせぬ頃の事であり、その後に時江が耳にしたのも、御霊所の中であって、やはり十四郎は、同じ迷濛（めいもう）状態にあったのではないか。それは、たしかに一脈の驚駭（きょうがい）だった。そうして、滝人の手は、怯（おび）やかされるまま、御霊所の扉に引き摺られていったのである。

扉を開くと滝人の鼻には、妙にひしむような、闇の香りに混じって、黴臭い、紙の匂いが触れてきた。彼女は入口にしばらく佇んでいたが、気づいて、頭上の桟窓をずらせた。すると、乳色をした清々しい光線が差し込んでき、その反映で、闇の中から、梁も壁も、妙に白ちゃけた色で現われてきて、その横側がまた、艶々と黝ずんで光っているのだった。眼の前には、二本の柱で区画された一段高い内陣があって、見ていると、その闇が、しだいにせり上がって行くかと思われるほど、框は一面に、真白な月光を浴びていた。またその奥には、さまざまな形をした神鏡が、幾つとなく、気味悪い眼球のように閃いているが、背後の鴨居には、祝詞を書きつらねた覚え紙が、隙間なく貼り付けられていて、なかには莫大な、信徒の寄進高を記したものなどもあった。滝人は、そこに手燭を発見したので、ようやく仄暗い、黄ばんだ光が室内に漂いはじめた。しかし、滝人には、一つの懸念があって、明るくなるとすぐに、内陣の神鏡を一つ持ってきた。そして、机を二つばかり重ねて、その上に神鏡を据え、しきりと何かの高さを、計測しているようであったが、やがて不安げに頷くと、背後の祝詞文に明かりを向けた。そして、自分は神鏡の中を覗き込んだのだが、その瞬間、彼女の膝がガクリと落ちて、全身がワナワナ戦きだした。

その神鏡の位置というのは、常に行を行う際に、くらが占めている座席であり、かつまたその高さが彼女の眼の位置だとすれば、当然それと対座している十四郎との関係に、なにか滝人を、使嗾するものがあったに相違ない。事実、滝人はそれによって、今度こそは全然償う余地のない、絶望のまっただ中に叩き込まれてしまった。それが、滝人の疑惑に対して、じつに、最終の解答を応えたのである。それから滝人は、刻々血が失われていくような、真蒼な顔をしながら、その結論を、心の中の十四郎に云い聴かせはじめた。

「私は、自分の浅墓な悦びを考えると、じつに無限と云っていいくらい、胸の中が憐憫で一杯になってしまうのです。お怨みしますわ――この酷い誓言を私に要求したのが、ほかならぬ貴方なのですから。あの獣臭い骸だけを私に残しておいて、いずこかへ飛び去っておしまいになり、そのうえご自分の抜骸に、こんな意地悪い仕草をさせるなんて、あまりと云えば皮肉ではございませんか。今までも、ときおり貴方の小さな跫音を聴いて、私は何度か不安になりましたけれども、いよいよ今日という今日は、貴方の影法師をしっかと見てとりました。救護所で発した高代という言葉は、まさしく不意の明るみが因で、鵜飼の腸綿から放たれたものに相違ございません。そして、いま時江さんが耳にしたものは、貴方が催眠中、お母様の瞳に映った文字を読んだからなのです。ねえこれと同じ例が、仏蘭西の心理学者ジャストローの実験中にあるではございませんか。催眠中には、瞳に映った一ミリほどの文字でも読むことができるのです。振り返って、背後を御覧あそばせ。『反玉足玉高代道反玉』とある——その中の高代の二字が、お母さまの瞳に映ったのですけど、文字力のない現在の十四郎には、それを高代と読む以外に術はなかったのです。ねえ、そうでございましょう。心の中でそれと判ってはいても、意地悪な貴方は、わざと私にはそれと告げず、さんざん弄んだ末に……、ええ判りましたとも、あの十四郎には、やはり以前の貴方が住んでいるということも。そして、現在生きているはずの鵜飼邦太郎は、あの時、貴方の顔に似て、死んで行ったということも……」

それから滝人は、逃げるようにして御霊所を出たが、しばらく扉際に立って、濡れた両手を顔に押し当てていた。彼女は、世界中の嘲りを、いまや一身にうけているような気がした。運命とは元来そうしたものだとは云え、あの逆転はあまりに咄嗟であり、あまりに芝居染みて仕組まれているではないか。そして、先刻の獣的な歓喜は、またなんという皮肉な前狂言だったのであろう。滝人は、知らぬ男の前で着物を脱がされたような、恥かしさと怖ろしさで一杯になりながら、月夜の庭を不確かな足どりで、当てどもなく彷徨いはじめた。舌が真白に乾いて、胸は上から、重いもので圧されているように重たかった。頭の中で、ズキリズキリと疼き上げているものがあって、絶えずたぎっているような血が、顳顬から心臓にかけて、循環しているのが判るような気がした。滝人は、絶えず落ち着こうと努めていた。そして、何か忘れてはならないものを、忘れているのではないかと思ったり、突然自分には、とうてい判断がつかぬような、観念に打たれて驚かされることもあった。しかし、そういう無自覚の間にも、絶えず物を考えようとする力が、藻掻き出てくるのだったが、それはほんの瞬間であって、再び鈍い、無意識の中に沈んでしまうのだった。そうしているうちに、湯気のようなものを裾暖かに感じたかと思うと、突然烈しい苦痛が下から突き上げてきた。彼女はいつのまにか土間の閾を踏み跨いでいて、その両足の下に、仔鹿の生々しい血首を見た。その瞬間一つの恐ろしい観念が、滝人を波濤のように圧倒してしまった。身にも心にも、均衡を失ってしまって、思わず投げ出されたように、地面に這いつくばった。そして、頬を草の根にすりつけ、冷々とした地の息を嗅ぎながら、絶えず襲い掛かってくる、あの危険な囁きから逃れようと悶えた。

　そこには、腐爛しかかった仔鹿の首から、排泄物のような異臭が洩れていて、それがあの堪えられぬ、産の苦痛を滝人に思い出させた。しかし、現在の十四郎が、真実の変貌という事になってしまうと、あの物凄い遊戯をしてまで、時江に植えつけた美しい幻像は、いったいどうなってしまうのであろう。二人の十四郎――そこで滝人は、たちまちどうにも抜き差しのならない疑題に直面してしまった。すると、しんしんとあの歓喜が舞い戻ってきて、暗い光明のない闇の中から、パッと差し込んできた一条の光があった。滝人は、まるで夢魔に襲われたような慌てかたで、すっと立ち上がった。この孤独な地峡の中で、甲斐のある生存を保っていくには、何よりあの腫物を除かねばならない。あの美醜の両面は、それぞれに十四郎の、二つの人生を代表している。けれども、その二つを心の上に重ねてゆくとするには、あまりに鉄漿をつけた時江が、十四郎そのものであり（以下二三七字削除）現在の十四郎には生存を拒まねばならない――その物狂わしさは、倒錯などというよりも、むしろ心の大奇観だったであろう。まったく、この不思議な貞操のために、滝人はある一つの、恐ろしい決意を胸に固め、十四郎のために、十四郎を殺さねばならなくなってしまったのである。しかし、そうなると、たとえ十四郎だけを除いたにしても、それに続いて、なお喜惣が舌なめずりしているのを考えねばならなかった。さらにその二人が除かれたにしても、その間の関係を知り尽している母のくら――いやその舌が、なおその背後に待ち構えているのも忘れてはならない。すると、その三重の人物が、滝人の頭の中で絡み合ってきて、それをどういうふうに按配したらいいのか――そうしてしばらくのあいだ、それぞれに割付けねばならない、役割の事で悩まねばならなかった。しかしそのようにいろいろな考えが、成長しては積り重なってゆくうちに、どれもこれも纏まりのつかない、空想的な形に見えだしてきたが、そのうち、突然に彼女は、がんと頭を撲たれたような気がした。そして、思わず眼が昏むのを覚えた。

今まであの隧道の惨事以来、彼女に絶えず囁きつづけていた、高代という一事が、今度も滝人の前に二つ幻像となって現われた。それは、最初鵜飼の腸綿の中に現われて以来、あるいはくらの瞳の中に映ったり、また数形式の幻ともなって、時江を脅かした事もあった。けれども、いよいよ最後には二つの形をとり、滝人の企てを凱歌に導こうとしたのである。漠として形のない、心の像のみで相手を斃す――それは、誰しも望むべくして得られない、殺人の形式として、おそらく最高のものではないか。

午後の雷雨のために、湿気が吹き払われたせいか、山峡の宵深くは、真夏とも思われぬ冷気に凍えるのを感じた。頭上に骨っぽい峰が月光を浴びて、それが白衣を着た巨人のように見え、そのはるか下に、真黒な梢を浮き上がらせている樅の大樹は、その巨人が引っさげている、鋭い穂槍のように思えた。それは、頭の病的なときに見る夢のようであって、ともすると、現実に引き入れたくなるような奇怪な場面であった。しかし、それから母屋のなかに入り、その光景を桟窓越しに眺めている滝人には、いささかもそうした物凄い遊戯が感じられず、まったくその数瞬間は、緊張とも亢奮とも、なんともつかぬ不安の極点にあった。ところで、滝人が最初目した、十四郎の居間附近について、やや図解的な記述が必要であると思う。その寝間というのは、蚕室の土間の階段を上った右側にあって、前の廊下には、雨戸の上が横に開閉する、桟窓があった。そして、廊下から以前の階段を下った所は、大部分を枯草小屋が占めているので、自然土間が鍵形になり、一方は扉口に、もう一つのやや広い方は、階段と向き合った蚕室に続いていて、そこにも幅広い、手縁(てべ)りをつけた階段があり、その上方が蚕室になっていた。しかし、その二つの階段は、向き合っているとはいえ、蚕室の方は、両側に手縁があるだけ……壁に寄った方の手縁の端から直線を引いてみると、それが向う側では、階(きざはし)の中央辺に当るのだった。しかし、そのような事物の位置一つに、十四郎の死地が口を開いていたのである。

それから滝人は永いこと、蚕室の階段に突っ立っていた。そしてじっと神経を磨(と)ぎ澄まし、何か一つの物音を聴き取ろうとするもののようであった。そこは、空気の湿りを乾草が吸い取ってしまうためか、闇が粘(ね)とついたようににじめじめしていて、時おり風に鳴ると、枯草が鈴のような音を立てる。しかし、滝人の足元には、もう一つ物音があって、彼女は絶えずそれに眼を配り、少しでも遠ざかると紐を手繰っては、何か人馴(ひとな)れた生物のようなものを、扱っていた。それが、啞(おし)の変形児稚市だったのである。が、それを見ると、滝人は吾(わ)が児(こ)までも使い、夫の死に何かの役目を勤めさせようとするのであろう。しかし、その間滝人は、いつものような内語を囁きつづけていた。

「貴方、私はあの醜い生物(いきもの)を、これから絞首台(こうしゅだい)に上(のぼ)させようとするのです。もし人格と記憶が生存の全部だといたしますなら、死後の清浄という意味からでも、私をお咎(とが)めにはなりますまいね。いいえ、これで貴方は、まったく清らかになれるのですわ。稚市に芽ばえたものを、やはり終いにも、この子が刈り取ってくれるのですから、もうすぐと、

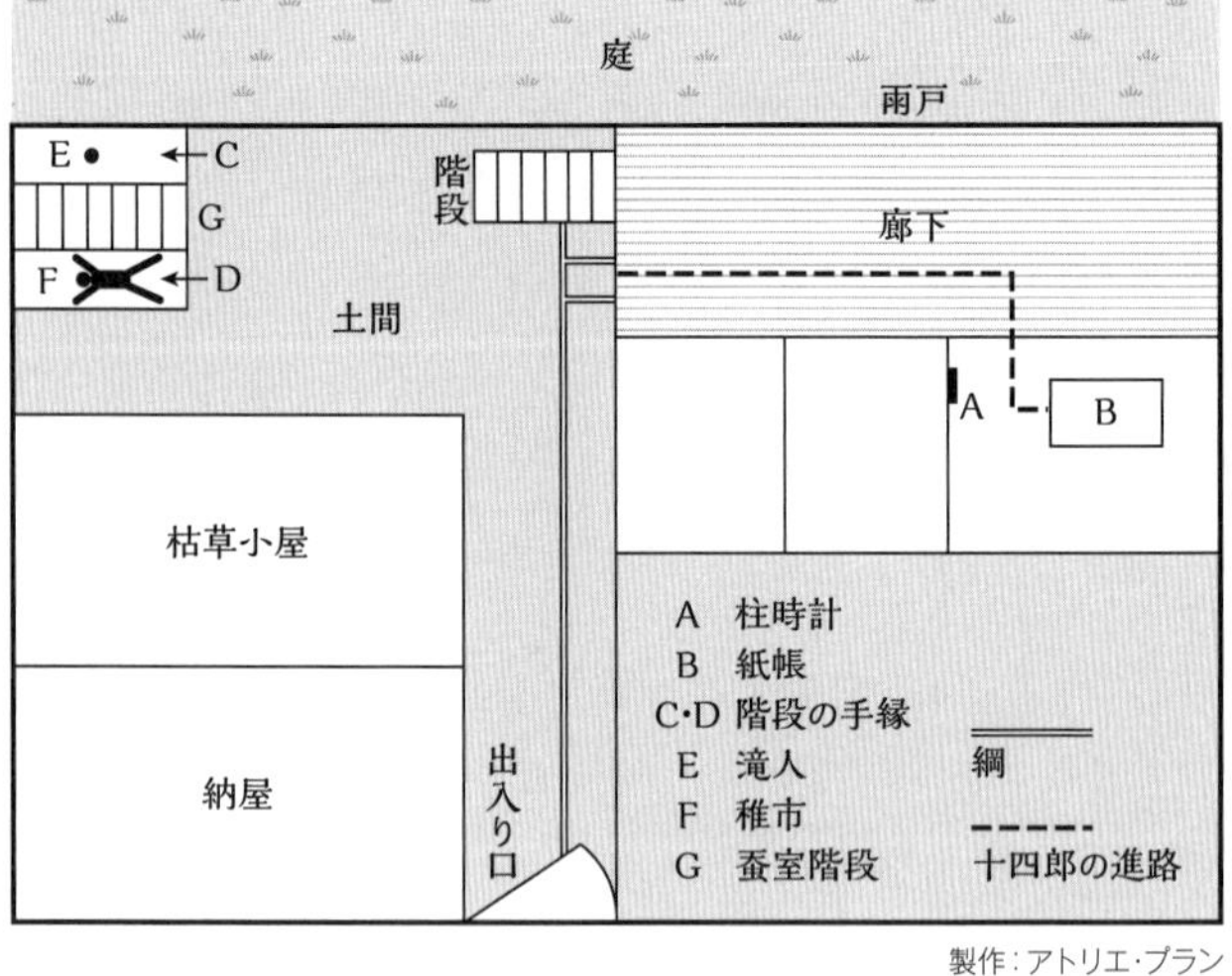
庭
雨戸
E
C
G
F
D
階段
廊下
土間
A
B
枯草小屋
納屋
出入り口
A 柱時計
B 紙帳
C・D 階段の手縁
E 滝人
F 稚市
G 蚕室階段
綱
十四郎の進路

製作：アトリエ・プラン

あの生物の眼には、高代という魔法の字が映るに相違ないのです。どこにでしょうか。しかもそれは、二度現われるはずなのです。ときに、『反転的遠景錯覚』という、心理学上の術語をご存知でいらっしゃいまして。では、試しに名刺を二つに折って、その内側になったほうを、かしげながら片目で眺めて御覧あそばせな。きっとそれが、折った外側のように見えるはずなのですから。つまり、内角が外角に変ってしまうのですが、いまあの生物は引ん曲った溝を月の山のようにくねらせて、それは長閑な、憎たらしい高鼾をかいておりますの。でも、すぐ眼が覚めて、それからこちらへ、引き摺られるようにやって来るに相違ありませんわ。なぜかって、よくこんなそらぞらしい気持で、私が云えるかって。だって、そうでございましょう。稚市とあの男と、いったいどこが違っておりますの。ただ片方は光に背を向け、あの男の方はそれを慕って、何かの植物のような向光性があるだけなんですものね。いえ、もうすぐにお判りになりますわ。あの男は、いま紙帳の中で眠っておりますの――下が高簀子なものですから、普通の蚊帳よりもよほど涼しいとか申しまして。そしてその紙帳というのは、祝詞文の反古を綴いだものに渋を塗ったのですが、偶然にも高代という二字が、頭と足先に当る両方の上隅に、同じよう跨っているのです。そこで、私が、なぜ前もって栈窓を閉じ、時計の振子を停めたか、その理由を申しましょう。現在あの男は、紙帳の中に眠っているのですが、眼を覚ますと、そこが、紙帳の外であるような感覚が起ってしまうのです。

いいえ、奇態でも何でもありませんわ。ちょうど具合よく、あの男は仔鹿（かよ）の脂をうけて、右眼が利（き）かないのですし、桟の間から洩れる月の光が、紙帳の隅の、その所だけを刷いているのですから。当然下は闇ですし、頭を擡げると、頭上にある高代の二字が、外側へ折れているように見えて、自分が蚊帳の外にいるのではないか――と錯覚を起してしまうのです。ですから、外に出たと思って中に入ろうとし、紙帳の垂れをまくって一足膝行（いざ）ると、今度は反対に外へ出てしまうのですが、その眼の前に、一つの穽（あな）が設えてあるのです。以前東京の本殿にございました、大きな時計を御記憶でいらっしゃいましょう。あの下にさがっている短冊（たんざく）形の振子を、先刻（さっき）十一時十分の所で停めておいたのです。そして、紙帳にある高代の二字がそれに小さく映るとしましたら、なんとよく、御霊所の母の眼に似つかわしいではございませんかしら」

　滝人はそうしているうちにも、絶えず眼を、十四郎の寝間の方角に配っていて、廊下の仄かな闇を潜ってくる物音なら、どんな些細（ささい）なものでも、聴き洩らすまいとしていた。しかし、そこには依然として、この地峡さながらのごとく音がなかった。彼女はもう、渾身（こんしん）の注意に疲れきってしまい、その微（かす）かな音のない声にも、妙に涸（か）れたような、しわがれが加わってきた。

「ですから、催眠心理の理論だけから云っても、その場去らず、母の眼を見ると同じ昏迷に、あの男は陥ってしまうのです。さあ、どのくらい長い間、その場にじっとしていることでしょうね。いいえ、そうしているうちに、あの男はだんだんと動くようになってくるのです。なぜなら、月が動くにつれて、左側の方からその高代という像が、しだいに薄れていくのですから、当然身体が、右の方に廻転していく道理でございませんか。そして、まったく消え去る頃には、あの男は廊下の中に出てしまうのですが、そうすると、またそこには別の高の字が待ち設けていて、あの男をぐんぐん前方に引き摺っていくのです。それが、この稚市なんでございますわ。私は、時江さんが仔鹿の胴体に描いたものに暗示されて、一つの奇怪きわまる写像に思い当ったのでした。と申しますのは、この置燈籠のような身体に、一つは背の中央、一つは両股の間に光りを落しますと、それが高と同じ形になるのではございませんか。そして、この子の身体は闇の中に浮き上がりますし、それに、両股の間からくる光りに怯えて、階段を這い上がるに相違ないのですから、それに惹かれて、あの男が歩んでまいりますうちに、いつか廊下が尽き、それなり下に墜落してしまうのです。ところが、その場所には、横に緩く張った一本の綱がございます。そればかりか、それにはなお、狭い間隔を置いて縦に張った二本が加わっておりますので、あの男の頸がその中央辺に落ちれば、否応なくちょうど絞索のような形が、そこに出来上がってしまうでしょう。貴方の空骸は、そうしてグルグル廻転しながら、息が絶えてしまうのです。でも、どうしたということでしょう。いつもなら今時分には一度、きまって眼を覚ますのですが……」

滝人の頭は、しだいに焦躁(いらだ)たしさで、こんがらがってきた。もしこの機会を逃したなら、あるいは明日にも、十四郎は片眼の繃帯を除(と)らぬとも限らないのである。そうしたら、完全に犯罪を遂行する――あの嫌らしい呼吸や、血に触れることなくなし了せる機会は、永遠に去ってしまうに相違ない。そう思うと、滝人の前には、陰鬱な壁が立ちはだかってきて、たまらなく稚市の、獣のような身体が憎くなってきた。が、その時、カサリという音が、十四郎の寝間の方角でしたかと思うと、滝人の心臓の中で、ドキリと疼き上げたような脈が一つ打った。すると、熱い血が顳顬(こめかみ)に吹き上げてきて、低く息の詰まったような呻きが口から洩れたが、その息を吸いこんだ胸は、膨らんだまま凍りついてしまい、そのまま筋一つ、滝人の身体の中で動かなくなってしまったのである。それから、二度ばかり、あるいは枯草のざわめきかと思われるような音がした。けれども、滝人の神経は、その微細な相違も聴き分けられるほど鋭くなっていて、それを聴くと、むしろ本能的に、眼が廊下の桟窓に向けられた。もうそこには、大半月の光が薄れ消えていて、わずかに階段よりの一部分だけ、細い縞のように光っている。時やよし――その瞬間滝人は、自分の息に血腥い臭気を感じた。すると、その衝動が大きな活力であったかのごとく、手足が馴れきった仕事のように動きはじめた。まず、稚市を階段の中途に据えて足で圧(おさ)え、隠し持った二本の筒龕燈(つつがんどう)を、いつなんどきでも点火できるよう、両手に握り占めた。そして、試みにその光りを、稚市の上に落してみると、怯えて踠(もが)きだした変形児の上に、はっきりとあの魔の衣裳——高の字が描き出されるのではないか。しかし、そのまま灯を消して、次の本当の機会を、滝人は待つ必要がなかった。ふと廊下を見ると、その時そこの闇が、すうっと揺らいだような気がした。と、鈍い膜のかかったような影法師が現われて、廊下の長板が、ギイと泣くような軋みを立てた。

いまや真夜中である。しかも、古びた家の寂（ひ）っそりとした中で、そのような物音を聴いたとすれば、誰しも堪えがたい恐怖の念に駆られるのが当然であろう。かえって滝人には、それが残虐な快感をもたらした。彼女は圧えていた足を離して、稚市を自由にすると、この不思議な変形児は、両股の間に落された灯に怯え、両手で手縁（てべり）の端を攫んで、しだいと上方に這い上がっていく。その時、滝人の胸の中で、凱歌に似た音高い反響が鳴り渡った、と云うのは、稚市の遠ざかるにつれて、廊下がミシミシと軋みはじめたからだった。そして、輪廓のさだかではない真黒な塊に、徐々（だんだん）と拡がりが加わってくるのだったが、しかし、子が父を乗せた刑車を引いて絞首台に赴くこの光景は、もしこのとき滝人に憐情（れんじょう）の残滓（かす）が少しでもあれば、父と子が声なく呼び合わしている、痛ましい狂喚を聴いたに相違ない。が、滝人は素晴らしい虹でも見るかのように、その情景を恍惚（うっと）りと眺め入っていた。そして、自分が上がった階段の数を数えて、もうほどなく十四郎の前に廊下が尽きるのを知ると、彼女はその刹那、襲いかかった激情に、押し倒されたかのごとく眼を瞑（つむ）った。と、プーンという弓を振るような響が起って、土台がからくも支えたと、思われるほどの激動が朽ちた家を揺すり上げた。すると、家全体がミシミシ気味悪げに鳴り出して、独楽のように風を切る音が、それに交った。しかし、その物音も、しだいに振幅を狭めて薄らいでくると、滝人はそれまでの疲労が一時に発して、もう何もかも分らなくなってしまった。しかしついに事は成就したのである。

そうして、どのくらいの時間を経た後のことか、滝人の頭の中で、微かながら車輪のような響が鳴り出した。それは、挟まれた着物の端が、歯車の回転につれズルズル引き出されてくるといった感じで、何やら意識の中から眼醒めたいような感情が、藻掻き抜けてくるように思われた。すると、自分の現在がようやくはっきりとして、今まで一つの瀬踏みしかしなかったことに、彼女は気がついた。そして、新しい勇気を振り起すためには、何より、その瀬踏みの跡を検分することだと思った。催眠中の硬直がそのまま持ち越され、屍体は石のように固くなっていたが、顔には、静かな夢のような影が漂い、それは変死体とは思われぬ和やかさだった。そのぶらりと下った足を、滝人は振子のように振り動かして、やがて止まると、先刻振子を見た時の十四郎みたいに、身体をいきなりしゃちょこばらしたりして、しばらくの間、その物凄い遊戯を酔いしれたように繰返していた。が、やがて滝人は、例の病的な、神経的な揺すり方をして、肩でせかせか嗤いはじめた。

「これなんです。お前はこれでいいんですよ。そして、お前の下手人には喜惣が挙げられて、あのお母さまも、喜惣の手にかかったということで、結論がついてしまうのです。なんのことはない、泉を騒がす蛙を一匹、私が捻ってしまったまでのことだ。私は、どんなにか永いこと、あの泉の側に立って、そこに影を映しにくる、娘が現われるのを待っていたことでしょう。ところへ、お前がその畔で、荒い息遣いをしたり、飛び込んだりなどするものだから、いつも泉の面が波紋で乱れていて、きまって抱き寄せようとすると、あの娘の姿は消え失せてしまうのでした。だけど、とうとうこれで、夢から愕然と醒めるようなことはなくなってしまうだろう。いいえ、どんなに私をお嫌いな神様だっても、お前が犯人だ——と、私に指差しはできないでしょうからね。だって、考えてごらんなさい。二本縦に渡した綱を取り去ってしまったら、ぐるぐる回転して、頸筋に結節ができている屍体を、どうして自殺と考えるでしょう。あの二本の綱——いっこう埒のなさそうな趣向一つにも、じつは千人の神経が罩められているのです。一本の横に張った綱だけでは、とうていあの窪みができるはずはないのだしね。結局戸外で絞殺したものを運び入れて、自殺を装わせたという結論になってしまうのですよ。どこにも地面には、引き摺ったらしい跡はないのだし、あの重い屍体の持ち運びができる人物と云ったら、どうしたって、まず喜惣以上にはないじゃありませんか。それに——ああまったく、私には魔法の力がついているんじゃないかしら。きっと真相を知らない捜査官達は、死後経過時間が因で、とんでもない誤算をやるにきまっているんです。ですから、兇行の時刻がそんな具合で三四時間も遡ってしまうことになると、当然私の手で、その時刻を証明するものを作り上げねばならないでしょう。それが、お前を地獄に突き入れた、あの時計なんですよ。つまりお母さまの息の根は、振子の先についている長い剣針で止め、それから、停まっている時刻を、ちょうど九時半頃にしておくのです。そうすると喜惣の行動が、少しの中断もなく説明できるでしょうからね。最初兄を誘い出す際に、隙を見て振子を手に入れた——と。それから、戸外で絞殺して、屍体の首を綱にかけ、その後暁近くになって母を刺し殺した——と。なお、都合のよいことに、喜惣は白痴なんですわ。そして私の口からでも、兄の死後——云々の事が述べられたなら、人並性欲の猛りが激しい白痴の所業として——てっきりそんな常軌一点張りな筋書でも、捜査官を頷かせてしまうことと思われます。しかしそれには、ただ針をぐるぐる廻しさえすればよいのです。八時——九時——それから長針を六時の所にさえ置けば……つまり、その八、九、六ですべてが終ってしまうのです」

八、九、六——その唸りが、それが一匹の蠅ででもあるかのように、頭の中を渦巻いて拡がっていった。すると、滝人は不意に胸苦しくなってきて、何か忘れてならないものを忘れているのではないか——となんとなく鬱然とはしているけれども、それでいて鈍く重たげな、必ず何かあるぞあるぞ——といったような不安を感じはじめてきた。しかし、どう焦ってみても、結局蠅の唸りのようなものに遮られて、滝人はその根源を確かめることができなかった。そして、しだいに時刻も迫ることとて、もう少し静かにして――と思ってみても、それが彼女には許されなかったのである。滝人は、指針を廻すのをまず後廻しにして、そっと振子だけを手拭いにくるみ、それから、くらの寝間に赴いた。

しかし、そこにも光はなかった。暗さという暗さを幾層にも重ね合わせたように、しぶとい暁前の闇が行手を遮っているのだった。そこで、滝人は決心をして、雨戸のうえの桟窓を、そっと細目に開いた。すると、蜘蛛糸のような一条の光線が隙間から洩れて、それが蚊帳を透し、皺ばった頬のうえに落ちた。滝人はしばらく動悸を押さえ、死の番人のように、その顔を黙視していた。が、やがて眼が微光の眩きに慣れるにつれて、それが疑いもなくくらであり、しかも歯のない口をあんぐりと開いて、そこからすやすや、寝息が洩れているのを知った。と、滝人の手が――こうも一つの殺人が神経を鈍麻させたかと思われるほど――機械的に動いていって、振子の上に布片を幾重にも捲き、その先の剣針を歯齦の間に置いて、狙いを定めくらの咽喉深くにグサリと押し込んだ。そして、素早く掻巻きを顔の上に冠せて、滝人はその上にのしかかったが、むろん振子のために舌が動く気遣いはなく、わずかに四肢を、ぶるると顫わせたのみで、動かなくなってしまった。こうして、一尺と隔たっていない所に、時江を置いての不敵きわまる犯行が成功を遂げ、もはや滝人は、凱歌を包み隠すことができなくなってしまった。戸外に出ると、対岸の山頂が微かな光に染み、そこから夏の日特有の微温もった曙が押し拡がろうとしている。星は一つ一つ、東空から天頂にかけて消え行ったが、それが三つになったとき、ふと妙な迷信的な考えに襲われた。滝人は、後の一つを見まいとして、眼を瞑った。しかし、その真黒な瞳の中で、やはり同じような叫びを、時江が彼女に答えてくれるのを、しみじみ聴いていた。滝人は、慄っと擽られるような幸福感に襲われたが、またあの病苦がしんしんと戻ってきて、一つ残された義務を果さねばならないのに気がついた。十四郎の寝間には、もう死の室のような沈鬱さを、滝人は感じなかった。しかし、長針をぐるぐる廻して、それから、

「八――九――それから最後には、長針を六時に……」と滝人が、針をぴたりと垂直に据え、盤面から指を引いたときだった。そのとき不思議な事には、あれほど逐いきれなかった蠅の唸りがピタリと止んでしまい、その蔭から、滂沱と現われ来った不安が、彼女を覆い包んでしまった。最初そこから低い囁きが聴え、しだいに高まってくると、やがて圧したように、滝人を動けなくしてしまったのである。しかし、彼女の病的な神経は、いちいちその相手になって、たまらない応えを喋りはじめた。

鉄漿――あるいはそうではないかしら。たとえ黙語にしても、その一番強い発音が声帯を刺激するとどのように類似した言葉でも、その印象の蔭に、押し隠されてしまうと云うではないか。その忘却の心理には、きわめて精密な機構があって、同じ発音の言葉

でも、抑揚(アクセント)が違う場合には、一時ことごとく記憶の圏外に擲(な)げ出されてしまう。そうではないか。したがって（八（はち）——九（く）——六（ろく）と）記憶をしいた一連のうちで、冒頭の**はとくろ**が、あるいは盲点を、鉄漿という観念の上に設けていたかもしれないのである。そうすると滝人には、鉄漿に関する知識が泉のように溢れてきて、あの皺に見えたというのも、その実、鉄漿かぶれ（鉄漿を最初つけたときに、あるいは全身に桃色斑点を発することがあるけれども、それは半昼夜経つと消えてしまう）の斑紋だったかもしれないし、また歯が脱(ぬ)けていて、そこが洞のように見えたというのも、あるいは歯抜けの扮装(ふんそう)術（「苅萱桑門筑紫蝶」その他の扮装にあり）そのままに、鉄漿の黝(くろ)みが、洞のごとく見せかけたのではなかったであろうか——などとさまざまな疑心暗鬼が起ってくると、それが抗(あらが)いがたい力でもあるかのごとく、滝人の不安を色づけていった。と、そのとき御霊所の中から、朝の太鼓がドドンと一つ響いた。そして、滝人の不安は明白に裏書され、彼女は歓喜の絶頂から、絶望の淵深くに転げ落ちてしまった。なぜなら、その太鼓というのが、朝駈けのくら以外には打つことのできぬ習慣(しきたり)になっていたからである。

　人間心理の奇異(ふしぎ)な機構が、ついに時江を誤殺した——その一筋の意識も、ほどなく滝人には感じられなくなってしまった。もはや何の心労もなく、望みもなく疼きもしない彼女には、額に触っている、冷たい手一つだけを覚えるのみであった。時江は十四郎そのものの正確な写像であり、滝人の全身全霊が、それにかけられていたのではなかったか。そのように、最後の幻までも奪い去られたとすれば、いつか彼女には黴(かび)が生え、樹皮で作った青臭い棺の中に入れられることもあろう。が、その墓標に印す想い出一つさえ、今では失われてしまったではないか。

それからほどなく、早出に篠宿(しのじゅく)を発った一人の旅人が、峠の裾はるか底に、一団の火焔が上るのを認めた。しかし、その人は、家が焼けているのみを知って、その烟(けむり)とともに、消え去って行く悲劇のあった事などは知らなかったのである。

美しくさえなるのなら、
どんなにでも辛抱して見せましょうよ

谷崎潤一郎

刺青

谷崎潤一郎　Tanizaki Junichiro　1886-1965

東京生れ。同人雑誌「新思潮」（第二次）を創刊。同誌に発表した『刺青』などの作品が高く評価され作家に。1949（昭和24）年、文化勲章受章。主な作品に『痴人の愛』『春琴抄』『卍』『細雪』などがある。

それはまだ人々が「愚」と云う貴い徳を持って居て、世の中が今のように激しく軋み合わない時分であった。殿様や若旦那の長閑な顔が曇らぬように、御殿女中や華魁の笑いの種が尽きぬようにと、饒舌を売るお茶坊主だの幇間だのと云う職業が、立派に存在して行けた程、世間がのんびりして居た時分であった。女定九郎、女自雷也、女鳴神、――当時の芝居でも草双紙でも、すべて美しい者は強者であり、醜い者は弱者であった。誰も彼も挙って美しからんと努めた揚句は、天稟の体へ絵の具を注ぎ込む迄になった。芳烈な、或は絢爛な、線と色とがその頃の人々の肌に躍った。

馬道を通うお客は、見事な刺青のある駕籠舁を選んで乗った。吉原、辰巳の女も美しい刺青の男に惚れた。博徒、鳶の者はもとより、町人から稀には侍なども入墨をした。時々両国で催される刺青会では参会者おのおの肌を叩いて、互に奇抜な意匠を誇り合い、評しあった。

清吉と云う若い刺青師の腕ききがあった。浅草のちゃり文、松島町の奴平、こんこん次郎などにも劣らぬ名手であると持て囃されて、何十人の人の肌は、彼の絵筆の下に絖地となって拡げられた。刺青会で好評を博す刺青の多くは彼の手になったものであった。達磨金はぼかし刺が得意と云われ、唐草権太は朱刺の名手と讃えられ、清吉は又奇警な構図と妖艶な線とで名を知られた。

もと豊国国貞の風を慕って、浮世絵師の渡世をして居ただけに、刺青師に堕落してからの清吉にもさすが画工らしい良心と、鋭感とが残って居た。彼の心を惹きつける程の皮膚と骨組みとを持つ人でなければ、彼の刺青を購う訳には行かなかった。たまたま描いて貰えるとしても、一切の構図と費用とを彼の望むがままにして、その上堪え難い針先の苦痛を、一と月も二た月もこらえねばならなかった。

この若い刺青師の心には、人知らぬ快楽と宿願とが潜んで居た。彼が人々の肌を針で突き刺す時、真紅に血を含んで脹れ上る肉の疼きに堪えかねて、大抵の男は苦しき呻き声を発したが、その呻きごえが激しければ激しい程、彼は不思議に云い難き愉快を感じるのであった。刺青のうちでも殊に痛いと云われる朱刺、ぼかしぼり、――それを用うる事を彼は殊更喜んだ。一日平均五六百本の針に刺されて、色上げを良くする為め湯へ浴って出て来る人は、皆半死半生の体で清吉の足下に打ち倒れたまま、暫くは身動きさえも出来なかった。その無残な姿をいつも清吉は冷やかに眺めて、

「さぞお痛みでがしょうなあ」

と云いながら、快さそうに笑って居る。意気地のない男などが、まるで知死期の苦しみのように口を歪め歯を喰いしばり、ひいひいと悲鳴をあげる事があると、彼は、

「お前さんも江戸っ児だ。辛抱しなさい。――この清吉の針は飛び切りに痛えのだから」

こう云って、涙にうるむ男の顔を横目で見ながら、かまわず刺って行った。また我慢づよい者がグッと胆を据えて、眉一つしかめず怺えて居ると、

「ふむ、お前さんは見掛けによらねえ突っ張者だ。――だが見なさい、今にそろそろ疼き出して、どうにもこうにもたまらないようになろうから」

と、白い歯を見せて笑った。

彼の年来の宿願は、光輝ある美女の肌を得て、それへ己れの魂を刺り込む事であった。その女の素質と容貌とに就いては、いろいろの注文があった。啻に美しい顔、美しい肌とのみでは、彼は中々満足する事が出来なかった。江戸中の色町に名を響かせた女と云う女を調べても、彼の気分に適った味わいと調子とは容易に見つからなかった。まだ見ぬ人の姿かたちを心に描いて、三年四年は空しく憧れながらも、彼はなおその願いを捨てずに居た。

丁度四年目の夏のとあるゆうべ、深川の料理屋平清の前を通りかかった時、彼はふと門口に待って居る駕籠の簾のかげから、真っ白な女の素足のこぼれて居るのに気がついた。鋭い彼の眼には、人間の足はその顔と同じように複雑な表情を持って映った。その女の足は、彼に取っては貴き肉の宝玉であった。拇指から起って小指に終る繊細な五本の指の整い方、絵の島の海辺で獲れるうすべに色の貝にも劣らぬ爪の色合い、珠のような踵のまる味、清冽な岩間の水が絶えず足下を洗うかと疑われる皮膚の潤沢。この足こそは、やがて男の生血に肥え太り、男のむくろを蹈みつける足であった。この足を持つ女こそは、彼が永年たずねあぐんだ、女の中の女であろうと思われた。清吉は躍りたつ胸をおさえて、その人の顔が見たさに駕籠の後を追いかけたが、二三町行くと、もうその影は見えなかった。

清吉の憧れごこちが、激しき恋に変ってその年も暮れ、五年目の春も半ば老い込んだ或る日の朝であった。彼は深川佐賀町の寓居で、房楊枝をくわえながら、錆竹の濡れ縁に万年青の鉢を眺めて居ると、庭の裏木戸を訪うけはいがして、袖垣のかげから、ついぞ見馴れぬ小娘が這入って来た。

それは清吉が馴染の辰巳の芸妓から寄こされた使の者であった。

「姐さんからこの羽織を親方へお手渡しして、何か裏地へ絵模様を画いて下さるようにお頼み申せって……」

と、娘は鬱金の風呂敷をほどいて、中から岩井杜若の似顔画のたとうに包まれた女羽織と、一通の手紙とを取り出した。

その手紙には羽織のことをくれぐれも頼んだ末に、使の娘は近々に私の妹分として御座敷へ出る筈故、私の事も忘れずに、この娘も引き立ててやって下さいと認めてあった。

「どうも見覚えのない顔だと思ったが、それじゃお前はこの頃此方へ来なすったのか」

こう云って清吉は、しげしげと娘の姿を見守った。年頃は漸う十六か七かと思われたが、その娘の顔は、不思議にも長い月日を色里に暮らして、幾十人の男の魂を弄んだ年増のように物凄く整って居た。それは国中の罪と財との流れ込む都の中で、何十年の昔から生き代り死に代ったみめ麗しい多くの男女の、夢の数々から生れ出ずべき器量であった。

「お前は去年の六月ごろ、平清から駕籠で帰ったことがあろうがな」

こう訊ねながら、清吉は娘を縁へかけさせて、備後表の台に乗った巧緻な素足を仔細に眺めた。

「ええ、あの時分なら、まだお父さんが生きて居たから、平清へもたびたびまいりましたのさ」

と、娘は奇妙な質問に笑って答えた。

「丁度これで足かけ五年、己はお前を待って居た。顔を見るのは始めてだが、お前の足にはおぼえがある。――お前に見せてやりたいものがあるから、上ってゆっくり遊んで行くがいい」

と、清吉は暇を告げて帰ろうとする娘の手を取って、大川の水に臨む二階座敷へ案内した後、巻物を二本とり出して、先ずその一つを娘の前に繰り展げた。

それは古の暴君紂王の寵妃、末喜を描いた絵であった。瑠璃珊瑚を鏤めた金冠の重さに得堪えぬなよやかな体を、ぐったり勾欄に靠れて、羅綾の裳裾を階の中段にひるがえし、右手に大杯を傾けながら、今しも庭前に刑せられんとする犠牲の男を眺めて居る妃の風情と云い、鉄の鎖で四肢を銅柱へ縛いつけられ、最後の運命を待ち構えつつ、妃の前に頭をうなだれ、眼を閉じた男の顔色と云い、物凄い迄に巧に描かれて居た。

娘は暫くこの奇怪な絵の面を見入って居たが、知らず識らずその瞳は輝きその唇は顫えた。怪しくもその顔はだんだんと妃の顔に似通って来た。娘は其処に隠れたる真の「己」を見出した。

「この絵にはお前の心が映って居るぞ」

こう云って、清吉は快げに笑いながら、娘の顔をのぞき込んだ。

「どうしてこんな恐ろしいものを、私にお見せなさるのです」

と、娘は青褪めた額を擡げて云った。

「この絵の女はお前なのだ。この女の血がお前の体に交って居る筈だ」

と、彼は更に他の一本の画幅を展げた。

それは「肥料」と云う画題であった。画面の中央に、若い女が桜の幹へ身を倚せて、足下に累々と斃れて居る多くの男たちの屍骸を見つめて居る。女の身辺を舞いつつ凱歌をうたう小鳥の群、女の瞳に溢れたる抑え難き誇りと歓びの色。それは戦の跡の景色か、花園の春の景色か。それを見せられた娘は、われとわが心の底に潜んで居た何物かを、探りあてたる心地であった。

「これはお前の未来を絵に現わしたのだ。此処に斃れて居る人達は、皆これからお前の為めに命を捨てるのだ」

こう云って、清吉は娘の顔と寸分違わぬ画面の女を指さした。

「後生だから、早くその絵をしまって下さい」

と、娘は誘惑を避けるが如く、画面に背いて畳の上へ突俯したが、やがて再び唇をわななかした。

「親方、白状します。私はお前さんのお察し通り、その絵の女のような性分を持って居ますのさ。――だからもう堪忍して、それを引っ込めてお呉んなさい」

「そんな卑怯なことを云わずと、もっとよくこの絵を見るがいい。それを恐ろしがるのも、まあ今のうちだろうよ」

こう云った清吉の顔には、いつもの意地の悪い笑いが漂って居た。

然し娘の頭は容易に上らなかった。襦袢の袖に顔を蔽うていつまでも突俯したまま、

「親方、どうか私を帰しておくれ。お前さんの側(そば)に居るのは恐ろしいから」

と、幾度か繰り返した。

「まあ待ちなさい。己がお前を立派な器量の女にしてやるから」

と云いながら、清吉は何気なく娘の側に近寄った。彼の懐(ふところ)には嘗(かつ)て和蘭(オランダ)医から貰った麻睡剤の壜(びん)が忍ばせてあった。

日はうららかに川面を射て、八畳の座敷は燃えるように照った。水面から反射する光線が、無心に眠る娘の顔や、障子(しょうじ)の紙に金色(こんじき)の波紋を描いてふるえて居た。部屋のしきりを閉(た)て切って刺青の道具を手にした清吉は、暫くは唯恍惚(ただうっとり)としてすわって居るばかりであった。彼は今始めて女の妙相(みょうそう)をしみじみ味わう事が出来た。その動かぬ顔に相対して、十年百年この一室に静坐(せいざ)するとも、なお飽くことを知るまいと思われた。古のメムフィスの民が、荘厳なる埃及(エジプト)の天地を、ピラミッドとスフィンクスとで飾ったように、清吉は清浄な人間の皮膚を、自分の恋で彩(いろど)ろうとするのであった。

やがて彼は左手の小指と無名指と拇指の間に挿(はさ)んだ絵筆の穂を、娘の背にねかせ、その上から右手で針を刺して行った。若い刺青師の霊(こころ)は墨汁の中に溶けて、皮膚に滲(にじ)んだ。焼酎(しょうちゅう)に交ぜて刺り込む琉球朱(りゅうきゅうしゅ)の一滴々々は、彼の命のしたたりであった。彼は其処に我が魂の色を見た。

いつしか午も過ぎて、のどかな春の日は漸く暮れかかったが、清吉の手は少しも休まず、女の眠りも破れなかった。娘の帰りの遅きを案じて迎いに出た箱屋迄が、

「あの娘ならもう疾うに帰って行きましたよ」

と云われて追い返された。月が対岸の土州屋敷の上にかかって、夢のような光が沿岸一帯の家々の座敷に流れ込む頃には、刺青はまだ半分も出来上らず、清吉は一心に蠟燭の心を掻き立てて居た。

一点の色を注ぎ込むのも、彼に取っては容易な業でなかった。さす針、ぬく針の度毎に深い吐息をついて、自分の心が刺されるように感じた。針の痕は次第々々に巨大な女郎蜘蛛の形象を具え始めて、再び夜がしらしらと白み初めた時分には、この不思議な魔性の動物は、八本の肢を伸ばしつつ、背一面に蟠った。

春の夜は、上り下りの河船の櫓声に明け放れて、朝風を孕んで下る白帆の頂から薄らぎ初める霞の中に、中洲、箱崎、霊岸島の家々の甍がきらめく頃、清吉は漸く絵筆を擱いて、娘の背に刺り込まれた蜘蛛のかたちを眺めて居た。その刺青こそは彼が生命のすべてであった。その仕事をなし終えた後の彼の心は空虚であった。

二つの人影はそのまま稍々暫く動かなかった。そうして、低く、かすれた声が部屋の四壁にふるえて聞えた。

「己はお前をほんとうの美しい女にする為めに、刺青の中へ己の魂をうち込んだのだ、

もう今からは日本国中に、お前に優る女は居ない。お前はもう今迄のような臆病な心は持って居ないのだ。男と云う男は、皆なお前の肥料になるのだ。……」

その言葉が通じたか、かすかに、糸のような呻き声が女の唇にのぼった。娘は次第々々に知覚を恢復して来た。重く引き入れては、重く引き出す肩息に、蜘蛛の肢は生けるが如く蠕動した。

「苦しかろう。体を蜘蛛が抱きしめて居るのだから」

こう云われて娘は細く無意味な眼を開いた。その瞳は夕月の光を増すように、だんだんと輝いて男の顔に照った。

「親方、早く私に背の刺青を見せておくれ、お前さんの命を貰った代りに、私はさぞ美しくなったろうねえ」

娘の言葉は夢のようであったが、しかしその調子には何処か鋭い力がこもって居た。

「まあ、これから湯殿へ行って色上げをするのだ。苦しかろうがちッと我慢をしな」

と、清吉は耳元へ口を寄せて、労わるように囁いた。

「美しくさえなるのなら、どんなにでも辛抱して見せましょうよ」

と、娘は身内の痛みを抑えて、強いて微笑んだ。

「ああ、湯が滲みて苦しいこと。……親方、後生だから私を打っ捨って、二階へ行って待って居てお呉れ、私はこんな悲惨な態を男に見られるのが口惜しいから」

娘は湯上りの体を拭いもあえず、いたわる清吉の手をつきのけて、激しい苦痛に流しの板の間へ身を投げたまま、魘される如くに呻いた。気狂じみた髪が悩ましげにその頬へ乱れた。女の背後には鏡台が立てかけてあった。真っ白な足の裏が二つ、その面へ映って居た。

昨日とは打って変った女の態度に、清吉は一と方ならず驚いたが、云われるままに独り二階に待って居ると、凡そ半時ばかり経って、女は洗い髪を両肩へすべらせ、身じまいを整えて上って来た。そうして苦痛のかげもとまらぬ晴れやかな眉を張って、欄干に靠れながらおぼろにかすむ大空を仰いだ。

「この絵は刺青と一緒にお前にやるから、それを持ってもう帰るがいい」

こう云って清吉は巻物を女の前にさし置いた。

「親方、私はもう今迄のような臆病な心を、さらりと捨ててしまいました。——お前さんは真先に私の肥料になったんだねえ」

と、女は剣のような瞳を輝かした。その耳には凱歌の声がひびいて居た。

「帰る前にもう一遍、その刺青を見せてくれ」

清吉はこう云った。

女は黙って頷いて肌を脱いた。折から朝日が刺青の面にさして、女の背は燦爛とした。

神様。神様。あなたはなぜ私たち二人を、
一思いに屠殺(ころ)して下さらないのですか

夢野久作

瓶詰地獄

夢野久作　Yumeno Kyusaku　1889-1936
福岡生れ。1926（大正15）年、雑誌「新青年」に投稿した『あやかしの鼓』が入選、37歳で探偵小説作家としてデビュー。主な作品に『ドグラ・マグラ』『少女地獄』『瓶詰地獄』『押絵の奇蹟』などがある。

拝呈　時下益々御清栄、奉慶賀候。陳者、予て御通達の、潮流研究用と覚しき、赤封蠟附きの麦酒瓶、拾得次第届告仕る様、島民一般に申渡置候処、此程、本島南岸に、別小包の如き、樹脂封蠟附きの麦酒瓶が三個漂着致し居るを発見、届出申候。右は何れも約半里、乃至、一里余を隔てたる個所に、或は砂に埋もれ、又は岩の隙間に固く挟まれ居りたるものにて、よほど以前に漂着したるものらしく、中味も、御高示の如き、官製端書とは相見えず、雑記帳の破片様のものらしく候為め、御下命の如き漂着の時日等の記入は不可能と被為存候。然れ共、尚何かの御参考と存じ、三個とも封瓶のまま、村費にて御送附申上候間、何卒御落手相願度、此段得貴意候　敬具

××島村役場㊞

月　日

海洋研究所　御中

◇第一の瓶の内容

ああ……この離れ島に、救いの舟がとうとう来ました。

大きな二本のエントツの舟から、ボートが二艘、荒浪の上におろされました。舟の上から、それを見送っている人々の中にまじって、私たちのお父さまや、お母さまと思われる、なつかしいお姿が見えます。そうして……おお……私たちの方に向って、白いハンカチを振って下さるのが、ここからよくわかります。

お父さまや、お母さまたちはきっと、私たちが一番はじめに出した、ビール瓶の手紙を御覧になって、助けに来て下すったに違いありませぬ。

大きな船から真白い煙が出て、今助けに行くぞ……というように、高い高い笛の音が聞こえて来ました。その音が、この小さな島の中の、禽鳥や昆虫を一時に飛び立たせて、遠い海中に消えて行きました。

けれども、それは、私たち二人にとって、最後の審判の日の狱よりも怖ろしい響で御座いました。私たちの前で天と地が裂けて、神様のお眼の光りと、地獄の火焰が一時に閃めき出たように思われました。

ああ。手が慄えて、心が倉皇て書かれませぬ。涙で眼が見えなくなります。

私たち二人は、今から、あの大きな船の真正面に在る高い崖の上に登って、お父様や、お母様や、救いに来て下さる水夫さん達によく見えるように、シッカリと抱き合ったまま、深い淵の中に身を投げて死にます。そうしたら、いつも、あそこに泳いでいるフカが、間もなく、私たちを喰べてしまってくれるでしょう。そうして、あとには、この手紙を詰めたビール瓶が一本浮いているのを、ボートに乗っている人々が見つけて、拾い上げて下さるでしょう。

ああ。お父様。お母様。すみません。すみません、すみません、すみません。私たちは初めから、あなた方の愛子でなかったと思って諦めて下さいませ。

又、せっかく、遠い故郷から、私たち二人を、わざわざ助けに来て下すった皆様の御親切に対しても、こんなことをする私たち二人はホントにホントに済みません。どうぞどうぞお赦し下さい。そうして、お父様と、お母様に懐かれて、人間の世界へ帰る、喜びの時が来ると同時に、死んで行かねばならぬ、不倖な私たちの運命を、お矜恤下さいませ。

私たちは、こうして私たちの肉体と霊魂を罰せねば、犯した罪の報償が出来ないのです。この離れ島の中で、私たち二人が犯した、それはそれは恐ろしい悖戻の報責なのです。

どうぞ、これより以上に懺悔することを、おゆるし下さい。私たち二人はフカの餌食になる価打しか無い、狂妄だったのですから……。

ああ。さようなら。

神様からも人間からも救われ得ぬ

哀しき二人より

お父様
お母様
皆々様

◇第二の瓶の内容

ああ。隠微たるに鑒たまう神様よ。

この困難から救わるる道は、私が死ぬよりほかに、どうしても無いので御座いましょうか。

私たちが、神様の足発と呼んでいる、あの高い崖の上に私がたった一人で登って、いつも二三匹のフカが遊び泳いでいる、あの底なしの淵の中を、のぞいてみた事は、今までに何度あったかわかりませぬ。そこから今にも身を投げようと思ったことも、いく度であったか知れませぬ。けれども、そのたんびに、あの憐憫なアヤ子の事を思い出しては、霊魂を滅亡す深いため息をしいしい、岩の圭角を降りて来るのでした。私が死にましたならば、あとから、きっと、アヤ子も身を投げるであろうことが、わかり切っているからでした。

＊

私と、アヤ子の二人が、あのボートの上で、附添いの乳母夫婦や、センチョーサンや、ウンテンシュさん達を、波に浚われたまま、この小さな離れ島に漂れついてから、もう何年になりましょうか。この島は年中夏のようで、クリスマスもお正月も、よくわかりませぬが、もう十年ぐらい経っているように思います。

その時に、私たちが持っていたものは、一本のエンピツと、ナイフと、一冊のノートブックと、一個のムシメガネと、水を入れた三本のビール瓶と、小さな新約聖書が一冊と……それだけでした。

けれども、私たちは幸福でした。

この小さな、緑色に繁茂り栄えた島の中には、稀に居る大きな蟻のほかに、私たちを憂患す禽、獣、昆虫は一匹も居ませんでした。そうして、その時、十一歳であった私と、七ツになったばかりのアヤ子と二人のために、余るほどの豊饒な食物が、みちみちておりました。キュウカンチョウだの鸚鵡だの、絵でしか見たことのないゴクラク鳥だの、見たことも聞いたこともない華麗な蝶だのが居りました。おいしいヤシの実だの、パイナプルだの、バナナだの、赤と紫の大きな花だの、香気のいい草だの、又は、大きい、小さい鳥の卵だのが、一年中、どこかにありました。鳥や魚なぞは、棒切れでたたくと、何ほどでも取れました。

　私たちは、そんなものを集めて来ると、ムシメガネで、天日を枯れ草に取って、流れ木に燃やしつけて、焼いて喰べました。

　そのうちに島の東に在る岬と磐の間から、キレイな泉が潮の引いた時だけ湧いているのを見付けましたから、その近くの砂浜の岩の間に、壊れたボートで小舎を作って、柔らかい枯れ草を集めて、アヤ子と二人で寝られるようにしました。それから小舎のすぐ横の岩の横腹を、ボートの古釘で四角に掘って、小さな倉庫みたようなものを作りました。しまいには、外衣も裏衣も、雨や、風や、岩角に破られてしまって、二人ともホントのヤバン人のように裸体になってしまいましたが、それでも朝と晩には、キット二人で、あの神様の足発の崖に登って、聖書を読んで、お父様やお母様のためにお祈りをしました。

　私たちは、それから、お父様とお母様にお手紙を書いて大切なビール瓶の中の一本に入れて、シッカリと樹脂(やに)で封じて、二人で何遍も何遍も接吻(くちづけ)をしてから海の中に投げ込みました。そのビール瓶は、この島のまわりを環(めぐ)る、潮(うしお)の流れに連れられて、ズンズンと海中(わだなか)遠く出て行って、二度とこの島に帰って来ませんでした。私たちはそれから、誰かが助けに来て下さる目標(めじるし)になるように、神様の足凳(あしだい)の一番高い処(ところ)へ、長い棒切れを樹(た)てて、いつも何かしら、青い木の葉を吊(つる)しておくようにしました。

私たちは時々争論(いさかい)をしました。けれどもすぐに和平(なかなおり)をして、学校ゴッコや何かをするのでした。私はよくアヤ子を生徒にして、聖書の言葉や、字の書き方を教えてやりました。そうして二人とも、聖書を、神様とも、お父様とも、お母様とも、先生とも思って、ムシメガネや、ビール瓶よりもズット大切にして、岩の穴の一番高い棚の上に上げておきました。私たちは、ホントに幸福(しあわせ)で、平安(やすらか)でした。この島は天国のようでした。

*

かような離れ島の中の、たった二人切りの幸福(しあわせ)の中に、恐ろしい悪魔が忍び込んで来ようと、どうして思われましょう。

けれども、それは、ホントウに忍び込んで来たに違いないのでした。

それはいつからとも、わかりませんが、月日の経つのにつれて、アヤ子の肉体が、奇(き)

蹟のように美しく、麗沢に長って行くのが、アリアリと私の眼に見えて来ました。ある時は花の精のようにまぶしく、又、ある時は悪魔のようになやましく……そうして私はそれを見ていると、何故かわからずに思念が曚昧く、哀しくなって来るのでした。

「お兄さま………」

とアヤ子が叫びながら、何の罪穢れもない瞳を輝かして、私の肩へ飛び付いて来るたんびに、私の胸が今までとはまるで違った気もちでワクワクするのが、わかって来ました。そうして、その一度一度毎に、私の心は沈淪の患難に付されるかのように、畏懼れ、慄えるのでした。

けれども、そのうちにアヤ子の方も、いつとなく態度がかわって来ました。やはり私と同じように、今までとはまるで違った………もっともっとなつかしい、涙にうるんだ眼で私を見るようになりました。そうして、それにつれて何となく、私の身体に触るのが恥かしいような、悲しいような気もちがするらしく見えて来ました。

二人はちっとも争論をしなくなりました。その代り、何となく憂容をして、時々ソッと嘆息をするようになりました。それは、二人切りでこの離れ島に居るのが、何ともいいようのないくらい、なやましく、嬉しく、淋しくなって来たからでした。それればかりでなく、お互いに顔を見合っているうちに、眼の前が見る見る死蔭のように暗くなって来ます。そうして神様のお啓示か、悪魔の戯弄かわからないままに、ドキンと、胸が轟くと一緒にハッと吾に帰るような事が、一日のうち何度となくあるようになりました。

　二人は互いに、こうした二人の心をハッキリと知り合っていながら、神様の責罰を恐れて、口に出し得ずにいるのでした。万一、そんな事をし出かしたアトで、救いの舟が来たらどうしよう………という心配に打たれていることが、何にも云わないまんまに、二人同志の心によくわかっているのでした。

　けれども、或る静かに晴れ渡った午後の事、ウミガメの卵を焼いて食べたあとで、二人が砂原に足を投げ出して、はるかの海の上を辷って行く白い雲を見つめているうちに、アヤ子はフイと、こんな事を云い出しました。

「ネエ。お兄様。あたし達二人のうち一人が、もし病気になって死んだら、あとは、どうしたらいいでしょうネエ」

　そう云ううちアヤ子は、面を真赤にしてうつむきまして、涙をホロホロと焼け砂の上に落しながら、何ともいえない、悲しい笑い顔をして見せました。

＊

　その時に私が、どんな顔をしたか、私は知りませぬ。ただ死ぬ程息苦しくなって、張り裂けるほど胸が轟いて、啞のように何の返事もし得ないまま立ち上りますと、ソロソロとアヤ子から離れて行きました。そうしてあの神様の足凳(あしだい)の上に来て、頭を掻(か)き挘(むし)り掻き挘りひれ伏しました。

「ああ。天にまします神様よ。

アヤ子は何も知りませぬ。ですから、あんな事を私に云ったのです。どうぞ、あの処女(むすめ)を罰しないで下さい。そうして、いつまでもいつまでも清浄(きよらか)にお守り下さいませ。そうして私も…………。

ああ。けれども…………けれども…………。

ああ神様よ。私はどうしたら、いいのでしょう。どうしたらこの患難(なやみ)から救われるのでしょう。私が生きておりますのはアヤ子のためにこの上もない罪悪(つみ)です。けれども私が死にましたならば、尚更(なおさら)深い、悲しみと、苦しみをアヤ子に与えることになります、ああ、どうしたらいいでしょう私は…………。

おお神様よ…………。

私の髪毛(かみのけ)は砂にまみれ、私の腹は岩に押しつけられております。もし私の死にたいお願いが聖意(みこころ)にかないましたならば、只今(ただいま)すぐに私の生命(いのち)を、燃ゆる閃電(いなずま)にお付(わた)し下さいませ。

ああ。隠微(かくれ)たるに鑒給(みた)まう神様よ。どうぞどうぞ聖名(みな)を崇(あが)めさせ給え。み休徴(しるし)を地上にあらわし給え…………」

けれども神様は、何のお示しも、なさいませんでした。藍色(あいいろ)の空には、白く光る雲が、糸のように流れているばかり……崖の下には、真青(まっさお)く、真白く渦捲(うずま)きどよめく波の間を、遊び戯(たわむ)れているフカの尻尾(しっぽ)やヒレが、時々ヒラヒラと見えているだけです。

その青澄んだ、底無しの深淵(ふち)を、いつまでもいつまでも見つめているうちに、私の目は、いつとなくグルグルと、眩暈(くる)めき初めました。思わずヨロヨロとよろめいて、漂い砕くる波の泡の中に落ち込みそうになりましたが、やっとの思いで崖の端に踏み止まりました。……………と思う間もなく私は崖の上の一番高い処まで一跳びに引き返しました。その絶頂に立っておりました棒切れと、その尖端(さき)に結びつけてあるヤシの枯れ葉を、一思(ひとおも)いに引きたおして、眼の下はるかの淵に投げ込んでしまいました。

「もう大丈夫だ。こうしておけば、救いの船が来ても通り過ぎて行くだろう」

こう考えて、何かしらゲラゲラと嘲(あざけ)り笑いながら、残狼(おおかみ)のように崖を馳(か)け降りて、小舎(こや)の中へ馳け込みますと、詩篇の処を開いてあった聖書を取り上げて、ウミガメの卵を焼いた火の残りの上に載せ、上から枯れ草を投げかけて焰(ほのお)を吹き立てました。そうして声のある限り、アヤ子の名を呼びながら、砂浜の方へ馳け出して、そこいらを見まわしました…………が…………。

見るとアヤ子は、はるかに海の中に突き出ている岬の大磐(おおいわ)の上に跪(ひざまず)いて、大空を仰ぎながらお祈りをしているようです。

＊

私は二足三足うしろへ、よろめきました。荒浪に取り捲かれた紫色の大磐の上に、夕日を受けて血のように輝いている処女の背中の神々しさ………。

ズンズンと潮が高まって来て、膝の下の海藻を洗い漂わしているのも心付かずに、黄金色の滝浪を浴びながら一心に祈っている、その姿の崇高さ………まぶしさ………。

私は身体を石のように固ばらせながら、暫くの間、ボンヤリと眼をみはっておりました。けれども、そのうちにフイッと、そうしているアヤ子の決心がわかりますと、私はハッとして飛び上がりました。夢中になって馳け出して、貝殻ばかりの岩の上を、傷だらけになって辷りながら、岬の大磐の上に這い上りました。キチガイのように暴れ狂い、哭き喚ぶアヤ子を、両腕にシッカリと抱き抱えて、身体中血だらけになって、やっとの思いで、小舎の処へ帰って来ました。

けれども私たちの小舎は、もうそこにはありませんでした。聖書や枯れ草と一緒に、白い煙となって、青空のはるか向うに消え失せてしまっているのでした。

＊

それから後の私たち二人は、肉体も霊魂も、ホントウの幽暗に逐い出されて、夜となく、昼となく哀哭み、切歯しなければならなくなりました。そうしてお互い相抱き、慰さめ、励まし、祈り、悲しみ合うことは愚か、同じ処に寝る事さえも出来ない気もちになってしまったのでした。

それは、おおかた、私が聖書を焼いた罰なのでしょう。

夜になると星の光りや、浪の音や、虫の声や、風の葉ずれや、木の実の落ちる音が、一ツ一ツに聖書の言葉を囁やきながら、私たち二人を取り巻いて、一歩一歩と近づいて来るように思われるのでした。そうして身動き一つ出来ず、微睡むことも出来ないままに、離れ離れになって悶えている私たち二人の心を、窺視に来るかのように物怖ろしいのでした。

こうして長い長い夜が明けますと、今度は同じように長い長い昼が来ます。そうするとこの島の中に照る太陽も、唄う鸚鵡も、舞う極楽鳥も、玉虫も、蛾も、ヤシも、パイナプルも、花の色も、草の芳香も、海も、雲も、風も、虹も、みんなアヤ子の、まぶしい姿や、息苦しい肌の香とゴッチャになって、グルグルグルグルと渦巻き輝やきながら、四方八方から私を包み殺そうとして、襲いかかって来るように思われるのです。その中から、私とおんなじ苦しみに囚(とら)われているアヤ子の、なやましい瞳(め)が、神様のような悲しみと悪魔のようなホホエミとを別々に籠(こ)めて、いつまでもいつまでも私を、ジイッと見つめているのです。

＊

鉛筆が無くなりかけていますから、もうあまり長く書かれません。

私は、これだけの虐遇(なやみ)と迫害(くるしみ)に会いながら、なおも神様の禁責(いましめ)を恐れている私たちのまごころを、この瓶に封じこめて、海に投げ込もうと思っているのです。

明日(あした)にも悪魔の誘惑(いざない)に負けるような事がありませぬうちに………。

せめて二人の肉体(からだ)だけでも清浄(きよらか)でおりますうちに……。

＊

ああ神様………私たち二人は、こんな苛責(くるしみ)に会いながら、病気一つせずに、日に増し丸々と肥(ふと)って、康強(すこやか)に、美しく長(そだ)って行くのです、この島の清らかな風と、水と、豊穣な食物と、美しい、楽しい、花と鳥とに護られて…………。

ああ。何という恐ろしい責め苦でしょう。この美しい、楽しい島はもうスッカリ地獄です。

神様。神様。あなたはなぜ私たち二人を、一思いに屠殺して下さらないのですか……。

——太郎記す……

◇第三の瓶の内容

オ父サマ。オ母サマ。ボクタチ兄ダイハ、ナカヨク、タッシャニ、コノシマニ、クラシテイマス。ハヤク、タスケニ、キテクダサイ。

市川太郎

イチカワ　アヤコ

これが私に、一ばんふさわしい復讐の手段だ。
ざまあみろ！

太宰治

駈込み訴え

太宰治　Dazai Osamu　1909-1948

青森生れ。1935（昭和10）年、『逆行』が第1回芥川賞の次席に。翌年、第一創作集『晩年』を刊行。『富嶽百景』など多くの佳作を書く。戦後、『斜陽』などで流行作家となるが、『人間失格』を残し入水自殺。

申し上げます。申し上げます。旦那さま。あの人は、酷い。酷い。はい。厭な奴です。悪い人です。ああ。我慢ならない。生かして置けねえ。

はい、はい。落ちついて申し上げます。あの人を、生かして置いてはなりません。世の中の仇です。はい、何もかも、すっかり、全部、申し上げます。私は、あの人の居所を知っています。すぐに御案内申します。ずたずたに切りさいなんで、殺して下さい。あの人は、私の師です。主です。けれども私と同じ年です。三十四であります。私は、あの人よりたった二月おそく生れただけなのです。たいした違いが無い筈だ。人と人との間に、そんなにひどい差別は無い筈だ。それなのに私はきょう迄あの人に、どれほど意地悪くこき使われて来たことか。どんなに嘲弄されて来たことか。ああ、もう、いやだ。堪えられるところ迄は、堪えて来たのだ。怒る時に怒らなければ、人間の甲斐がありません。私は今まであの人を、どんなにこっそり庇ってあげたか。誰も、ご存じ無いのです。あの人ご自身だって、それに気がついていないのだ。いや、あの人は知っているのだ。ちゃんと知っています。知っているからこそ、尚更(なおさら)あの人は私を意地悪く軽蔑(けいべつ)するのだ。あの人は傲慢(ごうまん)だ。私から大きに世話を受けているので、それがご自身に口惜(くや)しいのだ。あの人は、阿呆(あほ)なくらいに自惚(うぬぼ)れ屋だ。私などから世話を受けている、ということを、何かご自身の、ひどい引目(ひけめ)でもあるかのように思い込んでいなさるのです。あの人は、なんでもご自身で出来るかのように、ひとから見られたくてたまらないのだ。ばかな話だ。世の中はそんなものじゃ無いんだ。この世に暮して行くからには、どうしても誰かに、ぺこぺこ頭を下げなければいけないのだし、そうして歩一歩、苦労して人を抑えてゆくより他に仕様がないのだ。あの人に一体、何が出来ましょう。なんにも出来やしないのです。私から見れば青二才だ。私がもし居(お)らなかったらあの人は、もう、とうの昔、あの無能でとんまの弟子たちと、どこかの野原でのたれ死(じに)していたに違いない。「狐(きつね)には穴あり、鳥には塒(ねぐら)、されども人の子には枕(まくら)するところ無し」それ、それ、それだ。ちゃんと白状していやがるのだ。ペテロに何が出来ますか。ヤコブ、ヨハネ、アンデレ、トマス、痴(こけ)の集り、ぞろぞろあの人について歩いて、脊筋(せすじ)が寒くなるような、甘ったるいお世辞を申し、天国だなんて馬鹿(ばか)げたことを夢中で信じて熱狂し、その天国が近づいたなら、あいつらみんな右大臣、左大臣にでもなるつもりなのか、馬鹿な奴らだ。その日のパンにも困っていて、私がやりくりしてあげないことには、みんな飢え死してしまうだけじゃないのか。私はあの人に説教させ、群集からこっそり賽銭(さいせん)を巻き上げ、また、村の物持ちから供物を取り立て、宿舎の世話から日常衣食の購求まで、煩をいとわず、してあげていたのに、あの人はもとより弟子の馬鹿どもまで、私に一言のお礼も言わない。お礼を言わぬどころか、あの人は、私のこんな隠れた日々の苦労をも知らぬ振りして、いつでも大変な贅沢を言い、五つのパンと魚が二つ在るきりの時でさえ、目前の大群集みなに食物を与えよ、などと無理難題を言いつけなさって、私は陰で実に苦しいやり繰りをして、どうやら、その命じられた食いものを、まあ、買い調えることが出来るのです。謂わば、私はあの人の奇蹟の手伝いを、危い手品の助手を、これまで幾度となく勤めて来たのだ。私はこう見えても、決して吝嗇の男じゃ無い。それどころか私は、よっぽど高い趣味家なのです。私はあの人を、美しい人だと思っている。私から見れば、子供のように慾が無く、私が日々のパンを得るために、お金をせっせと貯めたっても、すぐにそれを一厘残さず、むだな事に使わせてしまって。けれども私は、それを恨みに思いません。あの人は美しい人なのだ。私は、もともと貧しい商人ではありますが、それでも精神家というものを理解していると思っています。だから、あの人が、私の辛苦して貯めて置いた粒々の小金を、どんなに馬鹿らしくむだ使いしても、私は、なんとも思いません。思いませんけれども、それならば、たまには私にも、優しい言葉の一つ位は掛けてくれてもよさそうなのに、あの人は、いつでも私に意地悪くしむけるのです。一度、あの人が、春の海辺をぶらぶら歩きながら、ふと、私の名を呼び、「おまえにも、お世話になるね。おまえの寂しさは、わかっている。けれども、そんなにいつも不機嫌な顔をしていては、いけない。寂しいときに、寂しそうな面容をするのは、それは偽善者のすることなのだ。寂しさを人にわかって貰おうとして、ことさらに顔色を変えて見せているだけなのだ。まことに神を信じているならば、おまえは、寂しい時でも素知らぬ振りして顔を綺麗に洗い、頭に膏を塗り、微笑んでいなさるがよい。わからないかね。寂しさを、人にわかって貰わなくても、どこか眼に見えないところにいるお前の誠の父だけが、わかっていて下さったなら、それでよいではないか。そうではないかね。寂しさは、誰にだって在るのだよ」そうおっしゃってくれて、私はそれを聞いてなぜだか声出して泣きたくなり、いいえ、私は天の父にわかって戴かなくても、また世間の者に知られなくても、ただ、あなたお一人さえ、おわかりになっていて下さったら、それでもう、よいのです。私はあなたを愛しています。ほかの弟子たちが、どんなに深くあなたを愛していたって、それとは較べものにならないほどに愛しています。誰よりも愛しています。ペテロやヤコブたちは、ただ、あなたについて歩いて、何かいいこともあるかと、それればかりを考えているのです。けれども、私だけは知っています。あなたについて歩いたって、なんの得するところも無いということを知っています。それでいながら、私はあなたから離れることが出来ません。どうしたのでしょう。あなたが此の世にいなくなったら、私もすぐに死にます。生きていることが出来ません。私には、いつでも一人でこっそり考えていることが在るんです。それはあなたが、くだらない弟子たち全部から離れて、また天の父の御教えとやらを説かれることもお止しになり、つつましい民のひとりとして、お母のマリヤ様と、私と、それだけで静かな一生を、永く暮して行くことであります。私の村には、まだ私の小さい家が残って在ります。年老いた父も母も居ります。ずいぶん広い桃畠もあります。春、いまごろは、桃の花が咲いて見事であります。一生、安楽にお暮しできます。私がいつでもお傍について、御奉公申し上げたく思います。よい奥さまをおもらいなさいまし。そう私が言ったら、あの人は、薄くお笑いになり、「ペテロやシモンは漁人だ。美しい桃の畠も無い。ヤコブもヨハネも赤貧の漁人だ。あのひとたちには、そんな、一生を安楽に暮せるような土地が、どこにも無いのだ」と低く独りごとのように呟いて、また海辺を静かに歩きつづけたのでしたが、後にもさきにも、あの人と、しんみりお話できたのは、そのとき一度だけで、あとは、決して私に打ち解けて下さったことが無かった。私はあの人を愛している。あの人が死ねば、私も一緒に死ぬのだ。あの人は、誰のものでもない。私のものだ。あの人を他人に手渡すくらいなら、手渡すまえに、私はあの人を殺してあげる。父を捨て、母を捨て、生れた土地を捨てて、私はきょう迄、あの人について歩いて来たのだ。私は天国を信じない。神も信じない。あの人の復活も信じない。なんであの人が、イスラエルの王なものか。馬鹿な弟子どもは、あの人を神の御子だと信じていて、そうして神の国の福音とかいうものを、あの人から伝え聞いては、浅間しくも、欣喜雀躍している。今にがっかりするのが、私にはわかっています。おのれを高うする者は卑うせられ、おのれを卑うする者は高うせられると、あの人は約束なさったが、世の中、そんなに甘くいってたまるものか。あの人は嘘つきだ。言うこと言うこと、一から十まで出鱈目だ。私はてんで信じていない。けれども私は、あの人の美しさだけは信じている。あんな美しい人はこの世に無い。私はあの人の美しさを、純粋に愛している。それだけだ。私は、なんの報酬も考えていない。あの人について歩いて、やがて天国が近づき、その時こそは、あっぱれ右大臣、左大臣になってやろうなどと、そんなさもしい根性は持っていない。私は、ただ、あの人から離れたくないのだ。ただ、あの人の傍にいて、あの人の声を聞き、あの人の姿を眺めて居ればそれでよいのだ。そうして、出来ればあの人に説教などを止してもらい、私とたった二人きりで一生永く生きていてもらいたいのだ。ああ、そうなったら！　私はどんなに仕合せだろう。私は今の、此の、現世の喜びだけを信じる。次の世の審判など、私は少しも怖れていない。あの人は、私の此の無報酬の、純粋の愛情を、どうして受け取って下さらぬのか。ああ、あの人を殺して下さい。旦那さま。私はあの人の居所を知って居ります。御案内申し上げます。あの人は私を賤しめ、憎悪して居ります。私は、きらわれて居ります。私はあの人や、弟子たちのパンのお世話を申し、日日の飢渇から救ってあげているのに、どうして私を、あんなに意地悪く軽蔑するのでしょう。お聞き下さい。六日まえのことでした。あの人はベタニヤのシモンの家で食事をなさっていたとき、あの村のマルタ奴の妹のマリヤが、ナルドの香油を一ぱい満たして在る石膏の壺をかかえて饗宴の室にこっそり這入って来て、だしぬけに、その油をあの人の頭にざぶと注いで御足まで濡らしてしまって、それでも、その失礼を詫びるどころか、落ちついてしゃがみ、マリヤ自身の髪の毛で、あの人の濡れた両足をていねいに拭ってあげて、香油の匂いが室に立ちこもり、まことに異様な風景でありましたので、私は、なんだか無性に腹が立って来て、失礼なことをするな！　と、その妹娘に怒鳴ってやりました。これ、このようにお着物が濡れてしまったではないか、それに、こんな高価な油をぶちまけてしまって、もったいないと思わないか、なんというお前は馬鹿な奴だ。これだけの油だったら、三百デナリもするではないか、この油を売って、三百デナリ儲けて、その金をば貧乏人に施してやったら、どんなに貧乏人が喜ぶか知れない。無駄なことをしては困るね、と私は、さんざ叱ってやりました。すると、あの人は、私のほうを屹っと見て、「この女を叱ってはいけない。この女のひとは、大変いいことをしてくれたのだ。貧しい人にお金を施すのは、おまえたちには、これからあとあと、いくらでも出来ることではないか。私には、もう施しが出来なくなっているのだ。そのわけは言うまい。この女のひとだけは知っている。この女が私のからだに香油を注いだのは、私の葬いの備えをしてくれたのだ。おまえたちも覚えて置くがよい。全世界、どこの土地でも、私の短い一生を言い伝えられる処には、必ず、この女の今日の仕草も記念として語り伝えられるであろう」そう言い結んだ時に、あの人の青白い頬は幾分、上気して赤くなっていました。私は、あの人の言葉を信じません。れいに依って大袈裟なお芝居であると思い、平気で聞き流すことが出来ましたが、それよりも、その時、あの人の声に、また、あの人の瞳の色に、いままで嘗つて無かった程の異様なものが感じられ、私は瞬時戸惑いして、更にあの人の幽かに赤らんだ頬と、うすく涙に潤んでいる瞳とを、つくづく見直し、はッと思い当ることがありました。ああ、いまわしい、口に出すさえ無念至極のことであります。あの人は、こんな貧しい百姓女に恋、では無いが、まさか、そんな事は絶対に無いのですが、でも、危い、それに似たあやしい感情を抱いたのではないか？　あの人ともあろうものが。あんな無智な百姓女ふぜいに、そよとでも特殊な愛を感じたとあれば、それは、なんという失態。取りかえしの出来ぬ大醜聞。私は、ひとの恥辱となるような感情を嗅ぎわけるのが、生れつき巧みな男であります。自分でもそれを下品な嗅覚だと思い、いやでありますが、ちらと一目見ただけで、人の弱点を、あやまたず見届けてしまう鋭敏の才能を持って居ります。あの人が、たとえ微弱にでも、あの無学の百姓女に、特別の感情を動かしたということは、やっぱり間違いありません。私の眼には狂いが無い筈だ。たしかにそうだ。ああ、我慢ならない。堪忍ならない。私は、あの人も、こんな体たらくでは、もはや駄目だと思いました。醜態の極だと思いました。あの人はこれまで、どんなに女に好かれても、いつでも美しく、水のように静かであった。いささかも取り乱すことが無かったのだ。ヤキがまわった。だらしが無え。あの人だってまだ若いのだし、それは無理もないと言えるかも知れぬけれど、そんなら私だって同じ年だ。しかも、あの人より二月おそく生れているのだ。若さに変りは無い筈だ。それでも私は堪えている。あの人ひとりに心を捧げ、これ迄どんな女にも心を動かしたことは無いのだ。マルタの妹のマリヤは、姉のマルタが骨組頑丈で牛のように大きく、気象も荒く、どたばた立ち働くのだけが取柄で、なんの見どころも無い百姓女でありますが、あれは違って骨も細く、皮膚は透きとおる程の青白さで、手足もふっくらして小さく、湖水のように深く澄んだ大きい眼が、いつも夢みるように、うっとり遠くを眺めていて、あの村では皆、不思議がっているほどの気高い娘でありました。私だって思っていたのだ。町へ出たとき、何か白絹でも、こっそり買って来てやろうと思っていたのだ。ああ、もう、わからなくなりました。私は何を言っているのだ。そうだ、私は口惜しいのです。なんのわけだか、わからない。地団駄踏むほど無念なのです。あの人が若いなら、私だって若い。私は才能ある、家も畠もある立派な青年です。それでも私は、あの人のために私の特権全部を捨てて来たのです。だまされた。あの人は、嘘つきだ。旦那さま。あの人は、私の女をとったのだ。いや、ちがった！　あの女が、私からあの人を奪ったのだ。ああ、それもちがう。私の言うことは、みんな出鱈目だ。一言も信じないで下さい。わからなくなりました。ごめん下さいまし。ついつい根も葉も無いことを申しました。そんな浅墓な事実なぞ、みじんも無いのです。醜いことを口走りました。だけれども、私は、口惜しいのです。胸を掻(か)きむしりたいほど、口惜しかったのです。なんのわけだか、わかりませぬ。ああ、ジェラシィというのは、なんてやりきれない悪徳だ。私がこんなに、命を捨てるほどの思いであの人を慕い、きょうまでつき随(したが)って来たのに、私には一つの優しい言葉も下さらず、かえってあんな賤しい百姓女の身の上を、御頬を染めて迄かばっておやりなさった。ああ、やっぱり、あの人はだらしない。ヤキがまわった。もう、あの人には見込みがない。凡夫だ。ただの人だ。死んだって惜しくはない。そう思ったら私は、ふいと恐ろしいことを考えるようになりました。悪魔に魅(み)こまれたのかも知れませぬ。そのとき以来、あの人を、いっそ私の手で殺してあげようと思いました。いずれは殺されるお方にちがいない。またあの人だって、無理に自分を殺させるように仕向けているみたいな様子が、ちらちら見える。私の手で殺してあげる。他人の手で殺させたくはない。あの人を殺して私も死ぬ。旦那さま、泣いたりしてお恥ずかしゅう思います。はい、もう泣きませぬ。はい、はい。落ちついて申し上げます。そのあくる日、私たちは愈愈(いよいよ)あこがれのエルサレムに向い、出発いたしました。大群集、老いも若きも、あの人のあとにつき従い、やがて、エルサレムの宮が間近になったころ、あの人は、一匹の老いぼれた驢馬(ろば)を道ばたで見つけて、微笑してそれに打ち乗り、これこそは、「シオンの娘よ、懼るな、視よ、なんじの王は驢馬の子に乗りて来り給う」と予言されてある通りの形なのだと、弟子たちに晴れがましい顔をして教えましたが、私ひとりは、なんだか浮かぬ気持でありました。なんという、あわれな姿であったでしょう。待ちに待った過越の祭、エルサレム宮に乗り込む、これが、あのダビデの御子の姿であったのか。あの人の一生の念願とした晴れの姿は、この老いぼれた驢馬に跨り、とぼとぼ進むあわれな景観であったのか。私には、もはや、憐憫以外のものは感じられなくなりました。実に悲惨な、愚かしい茶番狂言を見ているような気がして、ああ、もう、この人も落目だ。一日生き延びれば、生き延びただけ、あさはかな醜態をさらすだけだ。花は、しぼまぬうちこそ、花である。美しい間に、剪らなければならぬ。あの人を、一ばん愛しているのは私だ。どのように人から憎まれてもいい。一日も早くあの人を殺してあげなければならぬと、私は、いよいよ此のつらい決心を固めるだけでありました。群集は、刻一刻とその数を増し、あの人の通る道々に、赤、青、黄、色とりどりの彼等の着物をほうり投げ、あるいは棕櫚の枝を伐って、その行く道に敷きつめてあげて、歓呼にどよめき迎えるのでした。かつ前にゆき、あとに従い、右から、左から、まつわりつくようにして果ては大浪の如く、驢馬とあの人をゆさぶり、ゆさぶり、「ダビデの子にホサナ、讃むべきかな、主の御名によりて来る者、いと高き処にて、ホサナ」と熱狂して口々に歌うのでした。ペテロやヨハネやバルトロマイ、そのほか全部の弟子共は、ばかなやつ、すでに天国を目のまえに見たかのように、まるで凱旋(がいせん)の将軍につき従っているかのように、有頂天の歓喜で互いに抱き合い、涙に濡れた接吻(せっぷん)を交し、一徹者のペテロなど、ヨハネを抱きかかえたまま、わあわあ大声で嬉(うれ)し泣きに泣き崩れていました。その有様を見ているうちに、さすがに私も、この弟子たちと一緒に艱難(かんなん)を冒して布教に歩いて来た、その忍苦困窮の日々を思い出し、不覚にも、目がしらが熱くなって来ました。かくしてあの人は宮に入り、驢馬から降りて、何思ったか、縄を拾い之(これ)を振りまわし、宮の境内の、両替する者の台やら、鳩(はと)売る者の腰掛けやらを打ち倒し、また、売り物に出ている牛、羊をも、その縄の鞭(むち)でもって全部、宮から追い出して、境内にいる大勢の商人たちに向い、「おまえたち、みな出て失(う)せろ、私の父の家を、商いの家にしてはならぬ」と甲高(かんだか)い声で怒鳴るのでした。あの優しいお方が、こんな酔っぱらいのような、つまらぬ乱暴を働くとは、どうしても少し気がふれているとしか、私には思われませんでした。傍の人もみな驚いて、これはどうしたことですか、とあの人に訊(たず)ねると、あの人の息せき切って答えるには、「おまえたち、この宮をこわしてしまえ、私は三日の間に、また建て直してあげるから」ということだったので、さすが愚直の弟子たちも、あまりに無鉄砲なその言葉には、信じかねて、ぽかんとしてしまいました。けれども私は知っていました。所詮(しょせん)はあの人の、幼い強がりにちがいない。あの人の信仰とやらでもって、万事成らざるは無しという気概のほどを、人々に見せたかったのに違いないのです。それにしても、縄の鞭を振りあげて、無力な商人を追い廻したりなんかして、なんて、まあ、けちな強がりなんでしょう。あなたに出来る精一ぱいの反抗は、たったそれだけなのですか、鳩売りの腰掛けを蹴散(けち)らすだけのことなのですか、と私は憫笑(びんしょう)しておたずねしてみたいとさえ思いました。もはやこの人は駄目なのです。破れかぶれなのです。自重自愛を忘れてしまった。自分の力では、この上もう何も出来ぬということを此の頃そろそろ知り始めた様子ゆえ、あまりボロの出ぬうちに、わざと祭司長に捕えられ、この世からおさらばしたくなって来たのでありましょう。私は、それを思った時、はっきりあの人を諦(あきら)めることが出来ました。そうして、あんな気取り屋の坊ちゃんを、これまで一途(いちず)に愛して来た私自身の愚かさをも、容易に笑うことが出来ました。やがてあの人は宮に集る大群の民を前にして、これまで述べた言葉のうちで一ばんひどい、無礼傲慢(ごうまん)の暴言を、滅茶苦茶(めちゃくちゃ)に、わめき散らしてしまったのです。左様、たしかに、やけくそです。私はその姿を薄汚くさえ思いました。殺されたがって、うずうずしていやがる。「禍害(わざわい)なるかな、偽善なる学者、パリサイ人よ、汝(なんじ)らは酒杯(さかずき)と皿との外を潔(きよ)くす、然(しか)れども内は貪欲(どんよく)と放縦とにて満つるなり。禍害なるかな、偽善なる学者、パリサイ人よ、汝らは白く塗りたる墓に似たり、外は美しく見ゆれども、内は死人の骨とさまざまの穢(けがれ)とに満つ。斯(かく)のごとく汝らも外は正しく見ゆれども、内は偽善と不法とにて満つるなり。蛇よ、蝮(まむし)の裔(すえ)よ、なんじら争(いか)で、ゲヘナの刑罰を避け得んや。

ああエルサレム、エルサレム、予言者たちを殺し、遣されたる人々を石にて撃つ者よ、牝鶏のその雛を翼の下に集むるごとく、我なんじの子らを集めんと為しこと幾度ぞや、然れど、汝らは好まざりき」馬鹿なことです。噴飯ものだ。口真似するのさえ、いまわしい。たいへんな事を言う奴だ。あの人は、狂ったのです。まだそのほかに、饑饉があるの、地震が起るの、星は空より堕ち、月は光を放たず、地に満つ人の死骸のまわりに、それをついばむ鷲が集るの、人はそのとき哀哭、切歯することがあろうだの、実に、とんでも無い暴言を口から出まかせに言い放ったのです。なんという思慮のないことを、言うのでしょう。思い上りも甚しい。ばかだ。身のほど知らぬ。いい気なものだ。もはや、あの人の罪は、まぬかれぬ。必ず十字架。それにきまった。

祭司長や民の長老たちが、大祭司カヤパの中庭にこっそり集って、あの人を殺すことを決議したとか、私はそれを、きのう町の物売りから聞きました。もし群集の目前であの人を捕えたならば、あるいは群集が暴動を起すかも知れないから、あの人と弟子たちとだけの居るところを見つけて役所に知らせてくれた者には銀三十を与えるということをも、耳にしました。もはや猶予の時ではない。あの人は、どうせ死ぬのだ。ほかの人の手で、下役たちに引き渡すよりは、私が、それを為そう。きょうまで私の、あの人に捧げた一すじなる愛情の、これが最後の挨拶だ。私の義務です。私があの人を売ってやる。つらい立場だ。誰がこの私のひたむきの愛の行為を、正当に理解してくれることか。

いや、誰に理解されなくてもいいのだ。私の愛は純粋の愛だ。人に理解してもらう為の愛では無い。そんなさもしい愛では無いのだ。私は永遠に、人の憎しみを買うだろう。けれども、この純粋の愛の貪慾のまえには、どんな刑罰も、どんな地獄の業火も問題でない。私は私の生き方を生き抜く。身震いするほどに固く決意しました。私は、ひそかによき折を、うかがっていたのであります。いよいよ、お祭りの当日になりました。私たち師弟十三人は丘の上の古い料理屋の、薄暗い二階座敷を借りてお祭りの宴会を開くことにいたしました。みんな食卓に着いて、いざお祭りの夕餐を始めようとしたとき、あの人は、つと立ち上り、黙って上衣を脱いだので、私たちは一体なにをお始めなさるのだろうと不審に思って見ているうちに、あの人は卓の上の水甕を手にとり、その水甕の水を、部屋の隅に在った小さい盥に注ぎ入れ、それから純白の手巾をご自身の腰にまとい、盥の水で弟子たちの足を順々に洗って下さったのであります。弟子たちには、その理由がわからず、度を失って、うろうろするばかりでありましたけれど、私には何やら、あの人の秘めた思いがわかるような気持でありました。あの人は、寂しいのだ。極度に気が弱って、いまは、無智な頑迷の弟子たちにさえ縋りつきたい気持になっているのにちがいない。可哀想に。あの人は自分の逃れ難い運命を知っていたのだ。その有様を見ているうちに、私は、突然、強力な嗚咽が喉につき上げて来るのを覚えた。矢庭にあの人を抱きしめ、共に泣きたく思いました。おう可哀想に、あなたを罪してなるものか。あなたは、いつでも優しかった。あなたは、いつでも正しかった。あなたは、いつでも貧しい者の味方だった。そうしてあなたは、いつでも光るばかりに美しかった。あなたは、まさしく神の御子だ。私はそれを知っています。おゆるし下さい。私はあなたを売ろうとして此の二、三日、機会をねらっていたのです。もう今はいやだ。あなたを売るなんて、なんという私は無法なことを考えていたのでしょう。御安心なさいまし。もう今からは、五百の役人、千の兵隊が来たとても、あなたのおからだに指一本ふれさせることは無い。あなたは、いま、つけねらわれているのです。危い。いますぐ、ここから逃げましょう。ペテロも来い、ヤコブも来い、ヨハネも来い、みんな来い。われらの優しい主を護り、一生永く暮して行こう、と心の底からの愛の言葉が、口に出しては言えなかったけれど、胸に沸きかえって居りました。きょうまで感じたことの無かった一種崇高な霊感に打たれ、熱いお詫びの涙が気持よく頬を伝って流れて、やがてあの人は私の足をも静かに、ていねいに洗って下され、腰にまとって在った手巾で柔かく拭いて、ああ、そのときの感触は。そうだ、私はあのとき、天国を見たのかも知れない。私の次には、ピリポの足を、その次にはアンデレの足を、そうして、次に、ペテロの足を洗って下さる順番になったのですが、ペテロは、あのように愚かな正直者でありますから、不審の気持を隠して置くことが出来ず、主よ、あなたはどうして私の足などお洗いになるのです。と多少不満げに口を尖らして尋ねました。あの人は、「ああ、私のすることは、おまえには、わかるまい。あとで、思い当ることもあるだろう」と穏かに言いさとし、ペテロの足もとにしゃがんだのだが、ペテロは尚も頑強にそれを拒んで、いいえ、いけません。永遠に私の足などお洗いになってはなりませぬ。もったいない、とその足をひっこめて言い張りました。すると、あの人は少し声を張り上げて、「私がもし、おまえの足を洗わないなら、おまえと私とは、もう何の関係も無いことになるのだ」と随分、思い切った強いことを言いましたので、ペテロは大あわてにあわて、ああ、ごめんなさい、それならば、私の足だけでなく、手も頭も思う存分に洗って下さい、と平身低頭して頼みいりましたので、私は思わず噴き出してしまい、ほかの弟子たちも、そっと微笑み、なんだか部屋が明るくなったようでした。あの人も少し笑いながら、「ペテロよ、足だけ洗えば、もうそれで、おまえの全身は潔いのだ、ああ、おまえだけでなく、ヤコブも、ヨハネも、みんな汚れの無い、潔いからだになったのだ。けれども」と言いかけてすっと腰を伸ばし、瞬時、苦痛に耐えかねるような、とても悲しい眼つきをなされ、すぐにその眼をぎゅっと固くつぶり、つぶったままで言いました。「みんなが潔ければいいのだが」はッと思った。やられた！　私のことを言っているのだ。私があの人を売ろうとたくらんでいた寸刻以前までの暗い気持を見抜いていたのだ。けれども、その時は、ちがっていたのだ。断然、私は、ちがっていたのだ！　私は潔くなっていたのだ。私の心は変っていたのだ。ああ、あの人はそれを知らない。それを知らない。ちがう！　ちがいます、と喉まで出かかった絶叫を、私の弱い卑屈な心が、唾を呑みこむように、呑みくだしてしまった。言えない。何も言えない。あの人からそう言われてみれば、私はやはり潔くなっていないのかも知れないと気弱く肯定する僻んだ気持が頭をもたげ、とみるみるその卑屈の反省が、醜く、黒くふくれあがり、私の五臓六腑を駈けめぐって、逆にむらむら憤怒の念が炎を挙げて噴出したのだ。ええっ、だめだ。私は、だめだ。あの人に心の底から、きらわれている。売ろう。売ろう。あの人を、殺そう。そうして私も共に死ぬのだ、と前からの決意に再び眼覚め、私はいまは完全に、復讐の鬼になりました。あの人は、私の内心の、ふたたび三たび、どんでん返して変化した大動乱には、お気づきなさることの無かった様子で、やがて上衣をまとい服装を正し、ゆったりと席に坐り、実に蒼ざめた顔をして、「私がおまえたちの足を洗ってやったわけを知っているか。おまえたちは私を主と称え、また師と称えているようだが、それは間違いないことだ。私はおまえたちの主、または師なのに、それでもなお、おまえたちの足を洗ってやったのだから、おまえたちもこれからは互いに仲好く足を洗い合ってやるように心がけなければなるまい。私は、おまえたちと、いつ迄も一緒にいることが出来ないかも知れぬから、いま、この機会に、おまえたちに模範を示してやったのだ。私のやったとおりに、おまえたちも行うように心がけなければならぬ。師は必ず弟子より優れたものなのだから、よく私の言うことを聞いて忘れぬようになさい」ひどく物憂そうな口調で言って、音無しく食事を始め、ふっと、「おまえたちのうちの、一人が、私を売る」と顔を伏せ、呻（うめ）くような、歔欷（きょき）なさるような苦しげの声で言い出したので、弟子たちすべて、のけぞらんばかりに驚き、一斉に席を蹴って立ち、あの人のまわりに集っておのおの、主よ、私のことですか、主よ、それは私のことですかと、罵（ののし）り騒ぎ、あの人は死ぬる人のように幽かに首を振り、「私がいま、その人に一つまみのパンを与えます。その人は、ずいぶん不仕合せな男なのです。ほんとうに、その人は、生れて来なかったほうが、よかった」と意外にはっきりした語調で言って、一つまみのパンをとり腕をのばし、あやまたず私の口にひたと押し当てました。私も、もうすでに度胸がついていたのだ。恥じるよりは憎んだ。あの人の今更ながらの意地悪さを憎んだ。このように弟子たち皆の前で公然と私を辱（はず）かしめるのが、あの人の之（これ）までの仕来りなのだ。火と水と。永遠に解け合う事の無い宿命が、私とあいつとの間に在るのだ。犬か猫に与えるように、一つまみのパン屑（くず）を私の口に押し入れて、それがあいつのせめてもの腹いせだったのか。ははん。ばかな奴だ。旦那さま、あいつは私に、おまえの為すことを速かに為せと言いました。私はすぐに料亭から走り出て、夕闇（ゆうやみ）の道をひた走りに走り、ただいまここに参りました。そうして急ぎ、このとおり訴え申し上げました。さあ、あの人を罰して下さい。どうとも勝手に、罰して下さい。捕えて、棒で殴って素裸にして殺すがよい。もう、もう私は我慢ならない。あれは、いやな奴です。ひどい人だ。私を今まで、あんなにいじめた。ははは、ちきしょうめ。あの人はいま、ケデロンの小川の彼方、ゲッセマネの園にいます。もうはや、あの二階座敷の夕餐もすみ、弟子たちと共にゲッセマネの園に行き、いまごろは、きっと天へお祈りを捧げている時刻です。弟子たちのほかには誰も居りません。今なら難なくあの人を捕えることが出来ます。ああ、小鳥が啼いて、うるさい。今夜はどうしてこんなに夜鳥の声が耳につくのでしょう。私がここへ駈け込む途中の森でも、小鳥がピイチク啼いて居りました。夜に囀る小鳥は、めずらしい。私は子供のような好奇心でもって、その小鳥の正体を一目見たいと思いました。立ちどまって首をかしげ、樹々の梢をすかして見ました。ああ、私はつまらないことを言っています。ごめん下さい。旦那さま、お仕度は出来ましたか。ああ楽しい。いい気持。今夜は私にとっても最後の夜だ。旦那さま、旦那さま、今夜これから私とあの人と立派に肩を接して立ち並ぶ光景を、よく見て置いて下さいまし。私は今夜あの人と、ちゃんと肩を並べて立ってみせます。あの人を怖れることは無いんだ。卑下することは無いんだ。私はあの人と同じ年だ。同じ、すぐれた若いものだ。ああ、小鳥の声が、うるさい。耳についてうるさい。どうして、こんなに小鳥が騒ぎまわっているのだろう。ピイチクピイチク、何を騒いでいるのでしょう。おや、そのお金は？　私に下さるのですか、あの、私に、三十銀。なる程、はははは。いや、お断り申しましょう。殴られぬうちに、その金ひっこめたらいいでしょう。金が欲しくて訴え出たのでは無いんだ。ひっこめろ！

いいえ、ごめんなさい、いただきましょう。そうだ、私は商人だったのだ。金銭ゆえに、私は優美なあの人から、いつも軽蔑（けいべつ）されて来たのだっけ。いただきましょう。私は所詮、商人だ。いやしめられている金銭で、あの人に見事、復讐してやるのだ。これが私に、一ばんふさわしい復讐の手段だ。ざまあみろ！　銀三十で、あいつは売られる。私は、ちっとも泣いてやしない。私は、あの人を愛していない。はじめから、みじんも愛していなかった。はい、旦那さま。私は嘘ばかり申し上げました。私は、金が欲しさにあの人について歩いていたのです。おお、それにちがい無い。あの人が、ちっとも私に儲（もう）けさせてくれないと今夜見極めがついたから、そこは商人、素速く寝返りを打ったのだ。金。世の中は金だけだ。銀三十、なんと素晴らしい。いただきましょう。私は、けちな商人です。欲しくてならぬ。はい、有難う存じます。はい、はい。申しおくれました。私の名は、商人のユダ。へっへ。イスカリオテのユダ。

百年待っていて下さい

夏目漱石

夢十夜

夏目漱石　Natsume Soseki　1867-1916

江戸牛込馬場下（現在の新宿区喜久井町）生れ。1905（明治38）年、『吾輩は猫である』を発表。翌年『坊っちゃん』『草枕』など話題作を発表。『三四郎』『それから』『行人』『こころ』等、数々の傑作を著した。

第一夜

こんな夢を見た。

腕組をして枕元に坐っていると、仰向に寝た女が、静かな声でもう死にますと云う。女は長い髪を枕に敷いて、輪廓の柔らかな瓜実顔をその中に横たえている。真白な頬の底に温かい血の色が程よく差して、唇の色は無論赤い。到底死にそうには見えない。然し女は静かな声で、もう死にますと判然云った。自分も確にこれは死ぬなと思った。そこで、そうかね、もう死ぬのかね、と上から覗き込む様にして聞いてみた。死にますとも、と云いながら、女はぱっちりと眼を開けた。大きな潤のある眼で、長い睫に包まれた中は、只一面に真黒であった。その真黒な眸の奥に、自分の姿が鮮に浮かんでいる。

自分は透き徹る程深く見えるこの黒眼の色沢を眺めて、これでも死ぬのかと思った。それで、ねんごろに枕の傍へ口を付けて、死ぬんじゃなかろうね、大丈夫だろうね、と又聞き返した。すると女は黒い眼を眠そうに睁たまま、やっぱり静かな声で、でも、死ぬんですもの、仕方がないわと云った。

じゃ、私の顔が見えるかいと一心に聞くと、見えるかいって、そら、そこに、写ってるじゃありませんかと、にこりと笑って見せた。自分は黙って、顔を枕から離した。腕組をしながら、どうしても死ぬのかなと思った。

しばらくして、女が又こう云った。

「死んだら、埋めて下さい。大きな真珠貝で穴を掘って。そうして天から落ちて来る星の破片を墓標に置いて下さい。そうして墓の傍に待っていて下さい。又逢いに来ますから」

自分は、何時逢いに来るかねと聞いた。

「日が出るでしょう。それから日が沈むでしょう。それから又出るでしょう、そうして又沈むでしょう。――赤い日が東から西へ、東から西へと落ちて行くうちに、――あなた、待っていられますか」

自分は黙って首肯た。女は静かな調子を一段張り上げて、

「百年待っていて下さい」と思い切った声で云った。

「百年、私の墓の傍に坐って待っていて下さい。きっと逢いに来ますから」

自分は只待っていると答えた。すると、黒い眸のなかに鮮に見えた自分の姿が、ぼうっと崩れて来た。静かな水が動いて写る影を乱した様に、流れ出したと思ったら、女の眼がぱちりと閉じた。長い睫の間から涙が頬へ垂れた。――もう死んでいた。

自分はそれから庭へ下りて、真珠貝で穴を掘った。真珠貝は大きな滑かな縁の鋭どい貝であった。土をすくう度に、貝の裏に月の光が差してきらきらした。湿った土の匂もした。穴はしばらくして掘れた。女をその中に入れた。そうして柔らかい土を、上からそっと掛けた。掛ける毎に真珠貝の裏に月の光が差した。

それから星の破片の落ちたのを拾って来て、かろく土の上へ乗せた。星の破片は丸かった。長い間大空を落ちている間に、角が取れて滑かになったんだろうと思った。抱き上げて土の上へ置くうちに、自分の胸と手が少し暖くなった。

自分は苔の上に坐った。これから百年の間こうして待っているんだなと考えながら、腕組をして、丸い墓石を眺めていた。そのうちに、女の云った通り日が東から出た。大きな赤い日であった。それが又女の云った通り、やがて西へ落ちた。赤いまんまでのっと落ちて行った。一つと自分は勘定した。

しばらくすると又唐紅の天道がのそりと上って来た。そうして黙って沈んでしまった。二つと又勘定した。

自分はこう云う風に一つ二つと勘定して行くうちに、赤い日をいくつ見たか分らない。勘定しても、勘定しても、しつくせない程赤い日が頭の上を通り越して行った。それでも百年がまだ来ない。しまいには、苔の生えた丸い石を眺めて、自分は女に欺されたのではなかろうかと思い出した。

すると石の下から斜に自分の方へ向いて青い茎が伸びて来た。見る間に長くなって丁度自分の胸のあたりまで来て留まった。と思うと、すらりと揺ぐ茎の頂に、心持首を傾けていた細長い一輪の蕾が、ふっくらと瓣を開いた。真白な百合が鼻の先で骨に徹える程匂った。そこへ遥の上から、ぽたりと露が落ちたので、花は自分の重みでふらふらと動いた。自分は首を前へ出して冷たい露の滴る、白い花瓣に接吻した。自分が百合から顔を離す拍子に思わず、遠い空を見たら、暁の星がたった一つ瞬いていた。

「百年はもう来ていたんだな」とこの時始めて気がついた。

第二夜

こんな夢を見た。

和尚の室を退がって、廊下伝いに自分の部屋へ帰ると行燈がぼんやり点っている。片膝を座蒲団の上に突いて、燈心を掻き立てたとき、花の様な丁子がぱたりと朱塗の台に落ちた。同時に部屋がぱっと明かるくなった。

襖の画は蕪村の筆である。黒い柳を濃く薄く、遠近とかいて、寒むそうな漁夫が笠を傾けて土手の上を通る。床には海中文珠の軸が懸っている。焚き残した線香が暗い方でいまだに臭っている。広い寺だから森閑として、人気がない。黒い天井に差す丸行燈の丸い影が、仰向く途端に生きてる様に見えた。

立膝をしたまま、左の手で座蒲団を捲って、右を差し込んでみると、思った所に、ちゃんとあった。あれば安心だから、蒲団をもとの如く直して、その上にどっかり坐った。

お前は侍である。侍なら悟れぬ筈はなかろうと和尚が云った。そう何日までも悟れぬ所を以て見ると、御前は侍ではあるまいと言った。人間の屑じゃと言った。ははあ怒ったなと云って笑った。口惜しければ悟った証拠を持って来いと云ってぷいと向をむいた。怪しからん。

隣の広間の床に据えてある置時計が次の刻を打つまでには、きっと悟って見せる。悟った上で、今夜又入室する。そうして和尚の首と悟りと引替にしてやる。悟らなければ、和尚の命が取れない。どうしても悟らなければならない。自分は侍である。

もし悟れなければ自刃する。侍が辱しめられて、生きている訳には行かない。奇麗に死んでしまう。

こう考えた時、自分の手は又思わず布団の下へ這入った。そうして朱鞘の短刀を引き摺り出した。ぐっと束を握って、赤い鞘を向へ払ったら、冷たい刃が一度に暗い部屋で光った。凄いものが手元から、すうすうと逃げて行く様に思われる。そうして、悉く切先へ集まって、殺気を一点に籠めている。自分はこの鋭い刃が、無念にも針の頭の様に縮められて、九寸五分の先へ来て已を得ず尖ってるのを見て、忽ちぐさりと遣り度なった。身体の血が右の手首の方へ流れて来て、握っている束がにちゃにちゃする。唇が顫えた。

短刀を鞘へ収めて右脇へ引きつけて置いて、それから全伽を組んだ。――趙州曰く無と。無とは何だ。糞坊主めと歯嚙をした。

奥歯を強く咬み締めたので、鼻から熱い息が荒く出る。米嚙が釣って痛い。眼は普通の倍も大きく開けてやった。

懸物が見える。行燈が見える。畳が見える。和尚の薬罐頭がありありと見える。鰐口を開いて嘲笑った声まで聞える。怪しからん坊主だ。どうしてもあの薬罐を首にしなくてはならん。悟ってやる。無だ、無だと舌の根で念じた。無だと云うのにやっぱり線香の香がした。何だ線香の癖に。

自分はいきなり拳骨を固めて自分の頭をいやと云う程擲った。そうして奥歯をぎりぎりと嚙んだ。両腋から汗が出る。脊中が棒の様になった。膝の接目が急に痛くなった。膝が折れたってどうあるものかと思った。けれども痛い。苦しい。無は中々出て来ない。出て来ると思うとすぐ痛くなる。腹が立つ。無念になる。非常に口惜しくなる。涙がほろほろ出る。一と思に身を巨巌の上に打けて、骨も肉もめちゃめちゃに砕いてしまいたくなる。

それでも我慢して凝と坐っていた。堪えがたい程切ないものを胸に盛れて忍んでいた。

その切ないものが身体中の筋肉を下から持上げて、毛穴から外へ吹き出よう吹き出ようと焦るけれども、何処も一面に塞がって、まるで出口がない様な残刻極まる状態であった。

その内に頭が変になった。行燈も蕪村の画も、畳も、違棚も有って無い様な、無くって有る様に見えた。と云って無はちっとも現前しない。ただ好加減に坐っていた様である。ところへ忽然隣座敷の時計がチーンと鳴り始めた。

はっと思った。右の手をすぐ短刀に掛けた。時計が二つ目をチーンと打った。

第三夜

こんな夢を見た。

六つになる子供を負ってる。慥に自分の子である。只不思議な事には何時の間にか眼が潰れて、青坊主になっている。自分が御前の眼は何時潰れたのかいと聞くと、なに昔からさと答えた。声は子供の声に相違ないが、言葉つきはまるで大人である。しかも対等だ。

左右は青田である。路は細い。鷺の影が時々闇に差す。

「田圃へ掛ったね」と脊中で云った。

「どうして解る」と顔を後ろへ振り向ける様にして聞いたら、

「だって鷺が鳴くじゃないか」と答えた。

すると鷺が果して二声程鳴いた。

自分は我子ながら少し怖くなった。こんなものを脊負っていては、この先どうなるか分らない。どこか打遣ゃる所はなかろうかと向うを見ると闇の中に大きな森が見えた。あすこならばと考え出す途端に、脊中で、

「ふふん」と云う声がした。

「何を笑うんだ」

子供は返事をしなかった。只
「御父さん、重いかい」と聞いた。

「重かあない」と答えると
「今に重くなるよ」と云った。

自分は黙って森を目標にあるいて行った。田の中の路が不規則にうねって中々思う様に出られない。しばらくすると二股になった。自分は股の根に立って、一寸休んだ。

「石が立ってる筈だがな」と小僧が云った。

成程八寸角の石が腰程の高さに立っている。表には左り日ケ窪、右堀田原とある。闇だのに赤い字が明かに見えた。赤い字は井守の腹の様な色であった。

「左が好いだろう」と小僧が命令した。左を見ると最先の森が闇の影を、高い空から自分等の頭の上へ抛げかけていた。自分は一寸躊躇した。

「遠慮しないでもいい」と小僧が又云った。自分は仕方なしに森の方へ歩き出した。腹の中では、よく盲目の癖に何でも知ってるなと考えながら一筋道を森へ近づいてくると、脊中で、「どうも盲目は不自由で不可いね」と云った。

「だから負ってやるから可いじゃないか」

「負ぶって貰ってすまないが、どうも人に馬鹿にされて不可い。親にまで馬鹿にされるから不可い」

何だか厭になった。早く森へ行って捨ててしまおうと思って急いだ。

「もう少し行くと解る。――丁度こんな晩だったな」と脊中で独言の様に云っている。

「何が」と際どい声を出して聞いた。

「何がって、知ってるじゃないか」と子供は嘲ける様に答えた。すると何だか知ってる様な気がし出した。けれども判然とは分らない。只こんな晩であった様に思える。そうしてもう少し行けば分る様に思える。分っては大変だから、分らないうちに早く捨ててしまって、安心しなくってはならない様に思える。自分は益足を早めた。

雨は最先から降っている。路はだんだん暗くなる。殆んど夢中である。只脊中に小さい小僧が食付いていて、その小僧が自分の過去、現在、未来を悉く照して、寸分の事実も洩らさない鏡の様に光っている。しかもそれが自分の子である。そうして盲目である。自分は堪らなくなった。

「此処だ、此処だ。丁度その杉の根の処だ」

雨の中で小僧の声は判然聞えた。自分は覚えず留った。何時しか森の中へ這入っていた。一間ばかり先にある黒いものは慥に小僧の云う通り杉の木と見えた。

「御父さん、その杉の根の処だったね」

「うん、そうだ」と思わず答えてしまった。

「文化五年辰年だろう」

成程文化五年辰年らしく思われた。

「御前がおれを殺したのは今から丁度百年前だね」

自分はこの言葉を聞くや否や、今から百年前文化五年の辰年のこんな闇の晩に、この杉の根で、一人の盲目を殺したと云う自覚が、忽然として頭の中に起った。おれは人殺であったんだなと始めて気が附いた途端に、脊中の子が急に石地蔵の様に重くなった。

第四夜

広い土間の真中に涼み台の様なものを据えて、その周囲に小さい床几が並べてある。

台は黒光りに光っている。片隅には四角な膳を前に置いて爺さんが一人で酒を飲んでいる。肴は煮しめらしい。

爺さんは酒の加減で中々赤くなっている。その上顔中沢々して皺と云う程のものはどこにも見当らない。只白い髯をありたけ生やしているから年寄と云う事だけは別る。自分は子供ながら、この爺さんの年は幾何なんだろうと思った。ところへ裏の筧から手桶に水を汲んで来た神さんが、前垂で手を拭きながら、

「御爺さんは幾年かね」と聞いた。爺さんは頬張った煮〆を呑み込んで、

「幾年か忘れたよ」と澄ましていた。神さんは拭いた手を、細い帯の間に挟んで横から爺さんの顔を見て立っていた。爺さんは茶碗の様な大きなもので酒をぐいと飲んで、そうして、ふうと長い息を白い髯の間から吹き出した。すると神さんが、

「御爺さんの家は何処かね」と聞いた。爺さんは長い息を途中で切って、

「臍の奥だよ」と云った。神さんは手を細い帯の間に突込んだまま、

「どこへ行くかね」と又聞いた。すると爺さんが、又茶碗の様な大きなもので熱い酒をぐいと飲んで前の様な息をふうと吹いて、

「あっちへ行くよ」と云った。

「真直かい」と神さんが聞いた時、ふうと吹いた息が、障子を通り越して柳の下を抜けて、河原の方へ真直に行った。

爺さんが表へ出た。自分も後から出た。爺さんの腰に小さい瓢箪がぶら下がっている。肩から四角な箱を腋の下へ釣るしている。浅黄の股引を穿いて、浅黄の袖無しを着ている。足袋だけが黄色い。何だか皮で作った足袋の様に見えた。

爺さんが真直に柳の下まで来た。柳の下に子供が三四人居た。爺さんは笑いながら腰から浅黄の手拭を出した。それを肝心綯の様に細長く綯った。そうして地面の真中に置いた。それから手拭の周囲に、大きな丸い輪を描いた。しまいに肩にかけた箱の中から真鍮で製らえた飴屋の笛を出した。

「今にその手拭が蛇になるから、見ておろう。見ておろう」と繰返して云った。

子供は一生懸命に手拭を見ていた。自分も見ていた。

「見ておろう、見ておろう、好いか」と云いながら爺さんが笛を吹いて、輪の上をぐるぐる廻り出した。自分は手拭ばかり見ていた。けれども手拭は一向動かなかった。

爺さんは笛をぴいぴい吹いた。そうして輪の上を何遍も廻った。草鞋を爪立てる様に、抜足をする様に、手拭に遠慮をする様に、廻った。怖そうにも見えた。面白そうにもあった。

やがて爺さんは笛をぴたりと已めた。そうして、肩に掛けた箱の口を開けて、手拭の首を、ちょいと撮んで、ぽっと放り込んだ。

「こうして置くと、箱の中で蛇になる。今に見せてやる。今に見せてやる」と云いながら、爺さんが真直に歩き出した。柳の下を抜けて、細い路を真直に下りて行った。自分は蛇が見たいから、細い道を何処までも追いて行った。爺さんは時々「今になる」と云ったり、「蛇になる」と云ったりして歩いて行く。仕舞には、

「今になる、蛇になる、
　きっとなる、笛が鳴る、」

と唄いながら、とうとう河の岸へ出た。橋も舟もないから、此処で休んで箱の中の蛇を見せるだろうと思っていると、爺さんはざぶざぶ河の中へ這入り出した。始めは膝位の深さであったが、段々腰から、胸の方まで水に浸って見えなくなる。それでも爺さんは

「深くなる、夜になる、
　真直になる」

と唄いながら、どこまでも真直に歩いて行った。そうして髯も顔も頭も頭巾もまるで見えなくなってしまった。

　自分は爺さんが向岸へ上がった時に、蛇を見せるだろうと思って、蘆の鳴る所に立って、たった一人何時までも待っていた。けれども爺さんは、とうとう上がって来なかった。

第五夜

こんな夢を見た。

何でも余程古い事で、神代（かみよ）に近い昔と思われるが、自分が軍（いくさ）をして運悪く敗北（まけ）た為（ため）に、生擒（いけどり）になって、敵の大将の前に引き据えられた。

その頃の人はみんな脊が高かった。そうして、みんな長い髯を生やしていた。革の帯を締めて、それへ棒の様な剣（つるぎ）を釣るしていた。弓は藤蔓（ふじづる）の太いのをそのまま用いた様に見えた。漆も塗ってなければ磨きも掛けてない。極めて素樸（そぼく）なものであった。

敵の大将は、弓の真中を右の手で握って、その弓を草の上へ突いて、酒甕（さかがめ）を伏せた様なものの上に腰を掛けていた。その顔を見ると、鼻の上で、左右の眉（まゆ）が太く接続（つなが）っている。その頃髪剃（かみそり）と云うものは無論なかった。

自分は虜（とりこ）だから、腰を掛ける訳に行かない。草の上に胡坐（あぐら）をかいていた。足には大きな藁沓（わらぐつ）を穿いていた。この時代の藁沓は深いものであった。立つと膝頭まで来た。その端の所は藁を少し編残して、房の様に下げて、歩くとばらばら動く様にして、飾りとしていた。

大将は篝火（かがりび）で自分の顔を見て、死ぬか生きるかと聞いた。これはその頃の習慣で、捕虜（とりこ）にはだれでも一応はこう聞いたものである。生きると答えると降参した意味で、死ぬと云うと屈服しないと云う事になる。自分は一言死ぬと答えた。大将は草の上に突いていた弓を向うへ抛（な）げて、腰に釣るした棒の様な剣をするりと抜き掛けた。それへ風に靡（なび）いた篝火が横から吹きつけた。自分は右の手を楓（かえで）の様に開いて、掌（たなごころ）を大将の方へ向けて、眼の上へ差し上げた。待てと云う相図である。大将は太い剣をかちゃりと鞘に収めた。

その頃でも恋はあった。自分は死ぬ前に一目思う女に逢いたいと云った。大将は夜が明けて鶏（とり）が鳴くまでなら待つと云った。鶏が鳴くまでに女を此処へ呼ばなければならない。鶏が鳴いても女が来なければ、自分は逢わずに殺されてしまう。

大将は腰を掛けたまま、篝火を眺めている。自分は大きな藁沓を組み合わしたまま、草の上で女を待っている。夜は段々更（ふ）ける。

時々篝火が崩れる音がする。崩れる度に狼狽（うろたえ）た様に焔（ほのお）が大将になだれかかる。真黒な眉の下で、大将の眼がぴかぴかと光っている。すると誰（たれ）やら来て、新しい枝を沢山火の中へ抛げ込んで行く。しばらくすると、火がぱちぱちと鳴る。暗闇（くらやみ）を弾（はじ）き返す様な勇ましい音であった。

この時女は、裏の楢（なら）の木に繋（つな）いである、白い馬を引き出した。鬣（たてがみ）を三度撫（な）でて高い脊にひらりと飛び乗った。鞍（くら）もない鐙（あぶみ）もない裸馬（はだかうま）であった。長く白い足で、太腹を蹴（け）ると、馬は一散に駆け出した。誰かが篝りを継ぎ足したので、遠くの空が薄明るく見える。馬はこの明るいものを目懸て闇の中を飛んで来る。鼻から火の柱の様な息を二本出して飛んで来る。それでも女は細い足でしきりなしに馬の腹を蹴ている。馬は蹄の音が宙で鳴る程早く飛んで来る。女の髪は吹流しの様に闇の中に尾を曳いた。それでもまだ篝のある所まで来られない。

すると真闇な道の傍で、忽ちこけこっこうと云う鶏の声がした。女は身を空様に、両手に握った手綱をうんと控えた。馬は前足の蹄を堅い岩の上に発矢と刻み込んだ。

こけこっこうと鶏がまた一声鳴いた。

女はあっと云って、緊めた手綱を一度に緩めた。馬は諸膝を折る。乗った人と共に真向へ前へのめった。岩の下は深い淵であった。

蹄の跡はいまだに岩の上に残っている。鶏の鳴く真似をしたものは天探女である。この蹄の痕の岩に刻みつけられている間、天探女は自分の敵である。

第六夜

運慶が護国寺の山門で仁王を刻んでいると云う評判だから、散歩ながら行って見ると、自分より先にもう大勢集まって、しきりに下馬評をやっていた。

山門の前五六間(けん)の所には、大きな赤松があって、その幹が斜めに山門の甍(いらか)を隠して、遠い青空まで伸びている。松の緑と朱塗の門が互いに照(うつ)り合って美事に見える。その上松の位地が好(い)い。門の左の端を眼障(めざわり)にならない様に、斜(はす)に切って行って、上になる程幅を広く屋根まで突出しているのが何となく古風である。鎌倉時代とも思われる。

　ところが見ているものは、みんな自分と同じく、明治の人間である。その中でも車夫が一番多い。辻待(つじまち)をして退屈だから立っているに相違ない。

「大きなもんだなあ」と云っている。

「人間を拵(こしら)えるよりも余っ程骨が折れるだろう」とも云っている。

　そうかと思うと、「へえ仁王だね。今でも仁王を彫るのかね。へえそうかね。私(わっし)ゃ又仁王はみんな古いのばかりかと思ってた」と云った男がある。

「どうも強そうですね。なんだってえますぜ。昔から誰が強いって、仁王程強い人あ無いって云いますぜ。何でも日本武尊(やまとだけのみこと)よりも強いんだってえからね」と話しかけた男もある。この男は尻(しり)を端折(はしょ)って、帽子を被(かぶ)らずにいた。余程無教育な男と見える。

　運慶は見物人の評判には委細頓着(いさいとんじゃく)なく鑿(のみ)と槌(つち)を動かしている。一向振り向きもしない。高い所に乗って、仁王の顔の辺(あたり)をしきりに彫り抜いて行く。

　運慶は頭に小さい烏帽子(えぼし)の様なものを乗せて、素袍(すおう)だか何だか別らない大きな袖を脊中で括(くく)っている。その様子が如何(いか)にも古くさい。わいわい云ってる見物人とはまるで釣り合が取れない様である。自分はどうして今時分まで運慶が生きているのかなと思った。どうも不思議な事があるものだと考えながら、やはり立って見ていた。

然し運慶の方では不思議とも奇体とも頓と感じ得ない様子で一生懸命に彫ている。仰向いてこの態度を眺めていた一人の若い男が、自分の方を振り向いて、

「さすがは運慶だな。眼中に我々なしだ。天下の英雄はただ仁王と我れとあるのみと云う態度だ。天晴れだ」と云って賞め出した。

自分はこの言葉を面白いと思った。それで一寸若い男の方を見ると、若い男は、すかさず、

「あの鑿と槌の使い方を見給え。大自在の妙境に達している」と云った。

運慶は今太い眉を一寸の高さに横へ彫り抜いて、鑿の歯を竪に返すや否や斜すに、上から槌を打ち下した。堅い木を一と刻みに削って、厚い木屑が槌の声に応じて飛んだと思ったら、小鼻のおっ開いた怒り鼻の側面が忽ち浮き上がって来た。その刀の入れ方が如何にも無遠慮であった。そうして少しも疑念を挟んでおらん様に見えた。

「能くああ無造作に鑿を使って、思う様な眉や鼻が出来るものだな」と自分はあんまり感心したから独言の様に言った。するとさっきの若い男が、

「なに、あれは眉や鼻を鑿で作るんじゃない。あの通りの眉や鼻が木の中に埋っているのを、鑿と槌の力で掘り出すまでだ。まるで土の中から石を掘り出す様なものだから決

して間違う筈はない」と云った。

自分はこの時始めて彫刻とはそんなものかと思い出した。果してそうなら誰にでも出来る事だと思い出した。それで急に自分も仁王が彫ってみたくなったから見物をやめて早速家（さっそくうち）へ帰った。

道具箱から鑿と金槌を持ち出して、裏へ出てみると、先達（せんだつ）ての暴風（あらし）で倒れた樫（かし）を、薪（まき）にする積りで、木挽（こびき）に挽（ひ）かせた手頃な奴（やつ）が、沢山積んであった。

自分は一番大きいのを選んで、勢いよく彫り始めてみたが、不幸にして、仁王は見当らなかった。その次のにも運悪く掘り当る事が出来なかった。三番目のにも仁王は居なかった。自分は積んである薪を片っ端から彫ってみたが、どれもこれも仁王を蔵（かく）しているのはなかった。遂（つい）に明治の木には到底仁王は埋っていないものだと悟った。それで運慶が今日まで生きている理由も略（ほぼ）解った。

第七夜

何でも大きな船に乗っている。

この船が毎日毎夜すこしの絶間なく黒い煙（けぶり）を吐いて浪（なみ）を切って進んで行く。凄（すさま）じい音である。けれども何処へ行くんだか分らない。只波の底から焼火箸（やけひばし）の様な太陽が出る。

それが高い帆柱の真上まで来てしばらく挂っているかと思うと、何時の間にか大きな船を追い越して、先へ行ってしまう。そうして、しまいには焼火箸の様にじゅっといって又波の底に沈んで行く。その度に蒼い波が遠くの向うで、蘇枋の色に沸き返る。すると船は凄じい音を立ててその跡を追掛けて行く。けれども決して追附かない。

ある時自分は、船の男を捕まえて聞いてみた。

「この船は西へ行くんですか」

船の男は怪訝な顔をして、しばらく自分を見ていたが、やがて、

「何故」と問い返した。

「落ちて行く日を追懸る様だから」

船の男は呵々と笑った。そうして向うの方へ行ってしまった。

「西へ行く日の、果は東か。それは本真か。東出る日の、御里は西か。それも本真か。身は波の上。檝枕。流せ流せ」と囃している。舳へ行って見たら、水夫が大勢寄って、太い帆綱を手繰っていた。

自分は大変心細くなった。何時陸へ上がれる事か分らない。そうして何処へ行くのだか知れない。只黒い烟を吐いて波を切って行く事だけは慥かである。その波は頗る広いものであった。際限もなく蒼く見える。時には紫にもなった。只船の動く周囲だけは何時でも真白に泡を吹いていた。自分は大変心細かった。こんな船にいるより一層身を投

て死んでしまおうかと思った。

乗合は沢山居た。大抵は異人の様であった。然し色々な顔をしていた。空が曇って船が揺れた時、一人の女が欄に倚りかかって、しきりに泣いていた。眼を拭く半巾の色が白く見えた。然し身体には更紗の様な洋服を着ていた。この女を見た時に、悲しいのは自分ばかりではないのだと気が附いた。

ある晩甲板の上に出て、一人で星を眺めていたら、一人の異人が来て、天文学を知ってるかと尋ねた。自分はつまらないから死のうとさえ思っている。天文学などを知る必要がない。黙っていた。するとその異人が金牛宮の頂にある七星の話をして聞かせた。そうして星も海もみんな神の作ったものだと云った。最後に自分に神を信仰するかと尋ねた。自分は空を見て黙っていた。

或時サローンに這入ったら派出な衣裳を着た若い女が向うむきになって、洋琴を弾いていた。その傍に脊の高い立派な男が立って、唱歌を唄っている。その口が大変大きく見えた。けれども二人は二人以外の事にはまるで頓着していない様子であった。船に乗っている事さえ忘れている様であった。

自分は益つまらなくなった。とうとう死ぬ事に決心した。それである晩、あたりに人の居ない時分、思い切って海の中へ飛び込んだ。ところが——自分の足が甲板を離れて、船と縁が切れたその刹那に、急に命が惜くなった。心の底からよせばよかったと思った。

けれども、もう遅い。自分は厭でも応でも海の中へ這入らなければならない。只大変高く出来ていた船と見えて、身体は船を離れたけれども、足は容易に水に着かない。然し捕まえるものがないから、次第々々に水に近附いて来る。いくら足を縮めても近附いて来る。水の色は黒かった。

そのうち船は例の通り黒い煙(けぶり)を吐いて、通り過ぎてしまった。自分は何処へ行くんだか判(わか)らない船でも、やっぱり乗っている方がよかったと始めて悟りながら、しかもその悟りを利用する事が出来ずに、無限の後悔と恐怖とを抱(いだ)いて黒い波の方へ静かに落ちて行った。

第八夜

床屋の敷居を跨(また)いだら、白い着物を着てかたまっていた三四人が、一度に入らっしゃいと云った。

真中に立って見廻すと、四角な部屋である。窓が二方に開いて、残る二方に鏡が懸っている。鏡の数を勘定したら六つあった。

自分はその一つの前へ来て腰を卸(おろ)した。すると御尻がぶくりと云った。余程坐り心地が好く出来た椅子(いす)である。鏡には自分の顔が立派に映った。顔の後には窓が見えた。それから帳場格子が斜に見えた。格子の中には人がいなかった。窓の外を通る往来の人の腰から上がよく見えた。

庄太郎が女を連れて通る。庄太郎は何時の間にかパナマの帽子を買て被っている。女も何時の間に拵えたものやら。一寸解らない。双方共得意の様であった。よく女の顔を見ようと思ううちに通り過ぎてしまった。

豆腐屋が喇叭を吹いて通った。喇叭を口へ宛がっているんで、頬ぺたが蜂に螫された様に膨れていた。膨れたまんまで通り越したものだから、気掛りで堪らない。生涯蜂に螫されている様に思う。

芸者が出た。まだ御化粧をしていない。島田の根が緩んで、何だか頭に締りがない。顔も寝ぼけている。色沢が気の毒な程悪い。それで御辞儀をして、どうも何とかですと云ったが、相手はどうしても鏡の中へ出て来ない。

すると白い着物を着た大きな男が、自分の後ろへ来て、鋏と櫛を持って自分の頭を眺め出した。自分は薄い髭を捩って、どうだろう物になるだろうかと尋ねた。白い男は、何にも云わずに、手に持った琥珀色の櫛で軽く自分の頭を叩いた。

「さあ、頭もだが、どうだろう、物になるだろうか」と自分は白い男に聞いた。白い男はやはり何も答えずに、ちゃきちゃきと鋏を鳴らし始めた。

鏡に映る影を一つ残らず見る積りで眼を睜っていたが、鋏の鳴るたんびに黒い毛が飛んで来るので、恐ろしくなって、やがて眼を閉じた。すると白い男が、こう云った。

「旦那は表の金魚売を御覧なすったか」

自分は見ないと云った。白い男はそれぎりで、頻と鋏を鳴らしていた。すると突然大きな声で危険と云ったものがある。はっと眼を開けると、白い男の袖の下に自転車の輪が見えた。人力の梶棒が見えた。と思うと、白い男が両手で自分の頭を押えてうんと横へ向けた。自転車と人力車はまるで見えなくなった。鋏の音がちゃきちゃきする。

やがて、白い男は自分の横へ廻って、耳の所を刈り始めた。毛が前の方へ飛ばなくなったから、安心して眼を開けた。粟餅や、餅やあ、餅や、と云う声がすぐ、そこでする。小さい杵をわざと臼へ中てて、拍子を取って餅を搗いている。粟餅屋は子供の時に見たばかりだから、一寸様子が見たい。けれども粟餅屋は決して鏡の中に出て来ない。只餅を搗く音だけする。

自分はあるたけの視力で鏡の角を覗き込む様にして見た。すると帳場格子のうちに、いつの間にか一人の女が坐っている。色の浅黒い眉毛の濃い大柄な女で、髪を銀杏返しに結って、黒繻子の半襟の掛った素袷で、立膝のまま、札の勘定をしている。札は十円札らしい。女は長い睫を伏せて薄い唇を結んで一生懸命に、札の数を読んでいるが、その読み方がいかにも早い。しかも札の数はどこまで行っても尽きる様子がない。膝の上に乗っているのは高々百枚位だが、その百枚がいつまで勘定しても百枚である。

自分は茫然としてこの女の顔と十円札を見詰めていた。すると耳の元で白い男が大きな声で「洗いましょう」と云った。丁度うまい折だから、椅子から立ち上がるや否や、帳場格子の方を振り返って見た。けれども格子のうちには女も札も何にも見えなかった。

代を払って表へ出ると、門口の左側に、小判なりの桶が五つばかり並べてあって、その中に赤い金魚や、斑入の金魚や、痩せた金魚や、肥った金魚が沢山入れてあった。そうして金魚売がその後にいた。金魚売は自分の前に並べた金魚を見詰めたまま、頬杖を突いて、じっとしている。騒がしい往来の活動には殆ど心を留めていない。自分はしばらく立ってこの金魚売を眺めていた。けれども自分が眺めている間、金魚売はちっとも動かなかった。

第九夜

世の中が何となくざわつき始めた。今にも戦争が起りそうに見える。焼け出された裸馬が、夜昼となく、屋敷の周囲を暴れ廻ると、それを夜昼となく足軽共が犇きながら追掛けている様な心持がする。それでいて家のうちは森として静かである。

家には若い母と三つになる子供がいる。父は何処かへ行った。父が何処かへ行ったのは、月の出ていない夜中であった。床の上で草鞋を穿いて、黒い頭巾を被って、勝手口から出て行った。その時母の持っていた雪洞（ぼんぼり）の灯（ひ）が暗い闇に細長く射（さ）して、生垣の手前にある古い檜（ひのき）を照らした。

　父はそれきり帰って来なかった。母は毎日三つになる子供に「御父様は」と聞いている。子供は何とも云わなかった。しばらくしてから「あっち」と答える様になった。母が「何日（いつ）御帰り」と聞いてもやはり「あっち」と答えて笑っていた。その時は母も笑った。そうして「今に御帰り」と云う言葉を何遍となく繰返して教えた。けれども子供は「今に」だけを覚えたのみである。時々は「御父様は何処」と聞かれて「今に」と答える事もあった。

　夜になって、四隣（あたり）が静まると、母は帯を締め直して、鮫鞘（さめざや）の短刀を帯の間へ差して、子供を細帯で脊中へ脊負（しょ）って、そっと潜（くぐ）りから出て行く。母はいつでも草履（ぞうり）を穿いていた。子供はこの草履の音を聞きながら母の脊中で寝てしまう事もあった。

　土塀の続いている屋敷町を西へ下って、だらだら坂を降り尽すと、大きな銀杏がある。この銀杏を目標（めじるし）に右に切れると、一丁ばかり奥に石の鳥居がある。片側は田圃（たんぼ）で、片側は熊笹（くまざさ）ばかりの中を鳥居まで来て、それを潜り抜けると、暗い杉の木立になる。それから二十間ばかり敷石伝いに突き当ると、古い拝殿の階段の下に出る。鼠色（ねずみいろ）に洗い出された賽銭箱（さいせんばこ）の上に、大きな鈴の紐（ひも）がぶら下がって昼間見ると、その鈴の傍（そば）に八幡宮（はちまんぐう）と云う額が懸っている。八の字が、鳩（はと）が二羽向いあった様な書体に出来ているのが面白い。その外にも色々の額がある。大抵は家中のものの射抜いた金的を、射抜いたものの名前に添えたのが多い。偶には太刀を納めたのもある。

鳥居を潜ると杉の梢で何時でも梟が鳴いている。そうして、冷飯草履の音がぴちゃぴちゃする。それが拝殿の前で已むと、母は先ず鈴を鳴らして置いて、直にしゃがんで柏手を打つ。大抵はこの時梟が急に鳴かなくなる。それから母は一心不乱に夫の無事を祈る。母の考えでは、夫が侍であるから、弓矢の神の八幡へ、こうやって是非ない願を掛けたら、よもや聴かれぬ道理はなかろうと一図に思い詰めている。

子供は能くこの鈴の音で眼を覚まして、四辺を見ると真暗だものだから、急に脊中で泣き出す事がある。その時母は口の内で何か祈りながら、脊を振ってあやそうとする。すると旨く泣き已む事もある。又益烈しく泣き立てる事もある。いずれにしても母は容易に立たない。

一通り夫の身の上を祈ってしまうと、今度は細帯を解いて、脊中の子を摺り卸ろすように、脊中から前へ廻して、両手に抱きながら拝殿を上って行って、「好い子だから、少しの間、待って御出よ」ときっと自分の頬を子供の頬へ擦り付ける。そうして細帯を長くして、子供を縛って置いて、その片端を拝殿の欄干に括り付ける。それから段々を下りて来て二十間の敷石を往ったり来たり御百度を踏む。

拝殿に括りつけられた子は、暗闇の中で、細帯の丈のゆるす限り、広縁の上を這い廻っている。そう云う時は母に取って、甚だ楽な夜である。けれども縛った子にひいひい泣かれると、母は気が気でない。御百度の足が非常に早くなる。大変息が切れる。仕方のない時は、中途で拝殿へ上って来て、色々すかして置いて、又御百度を踏み直す事もある。

こう云う風に、幾晩となく母が気を揉(も)んで、夜(よ)の目も寝ずに心配していた父は、とくの昔に浪士の為に殺されていたのである。

こんな悲い話を、夢の中で母から聞いた。

第十夜

庄太郎が女に攫(さら)われてから七日(なのか)目の晩にふらりと帰って来て、急に熱が出てどっと、床に就いていると云って健さんが知らせに来た。

庄太郎は町内一の好男子で、至極善良な正直者である。ただ一つの道楽がある。パナマの帽子を被って、夕方になると水菓子屋の店先へ腰をかけて、往来(おうらい)の女の顔を眺めている。そうして頻(しきり)に感心している。その外にはこれと云う程の特色もない。

あまり女が通らない時は、往来を見ないで水菓子を見ている。水菓子には色々ある。水蜜桃(すいみつとう)や、林檎(りんご)や、枇杷(びわ)や、バナナを奇麗に籠(かご)に盛って、すぐ見舞物(みやげもの)に持って行ける様に二列に並べてある。庄太郎はこの籠を見ては奇麗だと云っている。商売をするなら水菓子屋に限ると云っている。その癖自分はパナマの帽子を被ってぶらぶら遊んでいる。

　この色がいいと云って、夏蜜柑などを品評する事もある。けれども、曾て銭を出して水菓子を買った事がない。只では無論食わない。色ばかり賞めている。

　ある夕方一人の女が、不意に店先に立った。身分のある人と見えて立派な服装をしている。その着物の色がひどく庄太郎の気に入った。その上庄太郎は大変女の顔に感心してしまった。そこで大事なパナマの帽子を脱って丁寧に挨拶をしたら、女は籠詰の一番大きいのを指して、これを下さいと云うんで、庄太郎はすぐその籠を取って渡した。すると女はそれを一寸提げてみて、大変重い事と云った。

　庄太郎は元来閑人の上に、頗る気作な男だから、ではお宅まで持って参りましょうと云って、女と一所に水菓子屋を出た。それぎり帰って来なかった。

　如何な庄太郎でも、余まり呑気過ぎる。只事じゃ無かろうと云って、親類や友達が騒ぎ出していると、七日目の晩になって、ふらりと帰って来た。そこで大勢寄ってたかって、庄さん何処へ行っていたんだいと聞くと、庄太郎は電車へ乗って山へ行ったんだと答えた。

　何でも余程長い電車に違いない。庄太郎の云う所によると、電車を下りるとすぐと原へ出たそうである。非常に広い原で、何処を見廻しても青い草ばかり生えていた。女と一所に草の上を歩いて行くと、急に絶壁(きりぎし)の天辺(てっぺん)へ出た、その時女が庄太郎に、此処から飛び込んで御覧なさいと云った。底を覗いて見ると、切岸(きりぎし)は見えるが底は見えない。庄太郎は又パナマの帽子を脱(ぬ)いで再三辞退した。すると女が、もし思い切って飛び込まなければ、豚に舐(な)められますが好(よ)う御座んすかと聞いた。庄太郎は豚と雲右衛門(くもえもん)が大嫌(だいきらい)だった。けれども命には易(か)えられないと思って、やっぱり飛び込むのを見合せていた。ところへ豚が一匹鼻を鳴らして来た。庄太郎は仕方なしに、持っていた細い檳榔樹(びんろうじゅ)の洋杖(ステッキ)で、豚の鼻頭(はなづら)を打(ぶ)った。豚はぐうと云いながら、ころりと引っ繰り返って、絶壁(きりぎし)の下へ落ちて行った。庄太郎はほっと一と息接(つ)いでいると又一匹の豚が大きな鼻を庄太郎に擦り附けに来た。庄太郎は已(やむ)を得ず又洋杖(ステッキ)を振り上げた。豚はぐうと鳴いて又真逆様(まっさかさま)に穴の底へ転げ込んだ。すると又一匹あらわれた。この時庄太郎は不図(ふと)気が附いて、向うを見ると、遥(はるか)の青草原(あおくさばら)の尽きる辺(あたり)から幾万匹か数え切れぬ豚が、群をなして一直線に、この絶壁(きりぎし)の上に立っている庄太郎を見懸(めが)けて鼻を鳴らしてくる。庄太郎は心(しん)から恐縮した。けれども仕方がないから、近寄ってくる豚の鼻頭(はなづら)を、一つ一つ丁寧に檳榔樹の洋杖で打(ぶ)っていた。不思議な事に洋杖が鼻へ触りさえすれば豚はころりと谷の底へ落ちて行く。覗いて見ると底の見えない絶壁(きりぎし)を、逆さになった豚が行列して落ちて行く。自分がこの位多くの豚を谷へ落したかと思うと、庄太郎は我ながら怖くなった。けれども豚は続々くる。黒雲に足が生えて、青草を踏み分ける様な勢いで無尽蔵に鼻を鳴らしてくる。

庄太郎は必死の勇を振って、豚の鼻頭(はなづら)を七日六晩(むばん)叩いた。けれども、とうとう精根が尽きて、手が蒟蒻(こんにゃく)の様に弱って、仕舞に豚に舐められてしまった。そうして絶壁(きりぎし)の上へ倒れた。

健さんは、庄太郎の話を此処までして、だから余り(あんま)女を見るのは善くないよと云った。自分も尤(もっと)もだと思った。けれども健さんは庄太郎のパナマの帽子が貰いたいと云っていた。

庄太郎は助かるまい。パナマは健さんのものだろう。

表記について

本書の文字表記については、原文を尊重するという見地に立ち、次のように方針を定めました。

一、旧仮名づかいで書かれた口語文の作品は、現代仮名づかいに改める。
二、旧字体で書かれているものは、原則として新字体に改める。
三、「新潮文庫ルビ規準」に該当する語、および難読と思われる語には振仮名をつける。

底本一覧

「桜の森の満開の下」『坂口安吾全集 5』(ちくま文庫)
「影」『芥川龍之介全集 4』(ちくま文庫)
「芋虫」『江戸川乱歩傑作選』(新潮文庫)
「浮舟」『鏡花全集 巻十六』(岩波書店)
「身毒丸」『折口信夫全集 第十七巻』(中央公論社)
「白蟻」『小栗虫太郎傑作選II 白蟻』(現代教養文庫)
「刺青」『刺青・秘密』(新潮文庫)
「瓶詰地獄」『死後の恋』(新潮文庫)
「駈込み訴え」『走れメロス』(新潮文庫)
「夢十夜」『文鳥・夢十夜』(新潮文庫)

【読者の皆様へ】

本作品集収録作品には、今日の人権意識に照らし、不適切な語句や表現が散見され、それらは、現代において明らかに使用すべき語句・表現ではありません。

しかし、著者が差別意識より使用したとは考え難い点、故人の著作者人格権を尊重すべきであることという点を踏まえ、また個々の作品の歴史的文学的価値に鑑み、新潮文庫編集部としては、原文のまま刊行させていただくことといたしました。

決して差別の助長、温存を意図するものではないことをご理解の上、お読みいただければ幸いです。

（新潮文庫編集部）

江戸川乱歩著
江戸川乱歩傑作選
日本における本格探偵小説の確立者乱歩の処女作「二銭銅貨」をはじめ、その独特の美学によって支えられた初期の代表作9編を収める。

江戸川乱歩著
江戸川乱歩名作選
謎に満ちた探偵作家大江春泥――その影を追いはじめた私は。ミステリ史に名を刻む「陰獣」ほか大乱歩の魔力を体感できる全七編。

坂口安吾著
白　痴
自嘲的なアウトローの生活を送りながら「堕落論」の主張を作品化し、観念的私小説を創造してデカダン派と称される著者の代表作7編。

坂口安吾著
堕　落　論
『堕落論』だけが安吾じゃない。時代をねめつけ、歴史を嗤い、言葉を疑いつつも、書かずにはいられなかった表現者の軌跡を辿る評論集。

坂口安吾著
不連続殺人事件
探偵作家クラブ賞受賞

探偵小説を愛した安吾。著者初の本格探偵小説は日本ミステリ史に輝く不滅の名作となった。「読者への挑戦状」を網羅した決定版！

坂口安吾著
不良少年とキリスト
圧巻の追悼太宰治論「不良少年とキリスト」、織田作之助の喪われた才能を惜しむ「大阪の反逆」他、戦後の著者絶頂期の評論9編。

太宰治著 人間失格

生への意志を失い、廃人同様に生きる男が綴る手記を通して、自らの生涯の終りに臨んで、著者が内的真実のすべてを投げ出した小説。

太宰治著 斜陽

〝斜陽族〟という言葉を生んだ名作。没落貴族の家庭を舞台に麻薬中毒で自滅していく直治など四人の人物による滅びの交響楽を奏でる。

太宰治著 グッド・バイ

被災・疎開・敗戦という未曽有の極限状況下の経験を我が身を燃焼させつつ書き残した後期の短編集。「苦悩の年鑑」「眉山」等16編。

太宰治著 パンドラの匣（はこ）

風変りな結核療養所で闘病生活を送る少年を描く「パンドラの匣」。社会への門出に当って揺れ動く中学生の内面を綴る「正義と微笑」。

太宰治著 新ハムレット

西洋の古典や歴史に取材した短編集。原典「ハムレット」の戯曲形式を生かし現代人の心理的葛藤を見事に描き込んだ表題作等5編。

太宰治著 走れメロス

人間の信頼と友情の美しさを、簡潔な文体で表現した「走れメロス」など、中期の安定した生活の中で、多彩な芸術的開花を示した9編。

デザイン　川谷康久（川谷デザイン）

タナトスの蒐集匣（しゅうしゅうばこ）　―耽美幻想作品集（たんびげんそうさくひんしゅう）―

新潮文庫　し―21―111

令和六年十月一日発行
令和七年六月十日四刷

著者　芥川龍之介　泉鏡花
江戸川乱歩　小栗虫太郎
折口信夫　坂口安吾
太宰治　谷崎潤一郎
夏目漱石　夢野久作

発行者　佐藤隆信

発行所　株式会社新潮社

郵便番号　一六二―八七一一
東京都新宿区矢来町七一
電話　編集部（〇三）三二六六―五四四〇
読者係（〇三）三二六六―五一一一
https://www.shinchosha.co.jp

価格はカバーに表示してあります。

乱丁・落丁本は、ご面倒ですが小社読者係宛ご送付ください。送料小社負担にてお取替えいたします。

印刷・錦明印刷株式会社　製本・錦明印刷株式会社
Printed in Japan

ISBN978-4-10-180294-7　C0193